KB262201

북천십이로

北天十二路

북천십이로 3

허담 新무협 판타지 소설

초판 1쇄 찍은 날 § 2012년 8월 29일
초판 1쇄 펴낸 날 § 2012년 9월 3일

지은이 § 허담
펴낸이 § 서경석

편집부장 § 권태완
편집책임 § 어정원
디자인 § 이혜정

펴낸곳 § 도서출판 청어람
등록번호 § 제1081-1-89호
등록일자 § 1999. 5. 31
어람번호 § 제2-2252호

주소 § 경기도 부천시 원미구 심곡2동 163-2 서경B/D 3F (우) 420-822
전화 § 032-656-4452 팩스 § 032-656-4453
http://www.chungeoram.com
E-mail § chungeorambook@daum.net

ⓒ 허담, 2012

ISBN 978-89-251-2992-1 04810
ISBN 978-89-251-2964-8 (세트)

북천십이로

인검(人劍)

3

허 담 新무협 판타지 소설

ORIENTAL FANTASY STORY

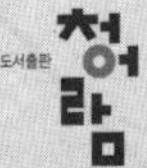

도서출판 청어람

北天十三路

第一章 현종

　―네 주인은 패존 금령이다. 네 주인만이 널 이 지옥에서 구해줄 수 있다. 네 생명을 구하는 자는 바로 금령, 네 운명의 주인이며 널 구원해 줄 수 있는 유일한 존재다.

　신기한 일이다. 모든 것이 환각 속에서 일어난 일이라는 것을 알고 있었다. 그 환각 속에서 그를 누군가의 노예로 만들기 위해 들려주었던 그 소리, 그리고 그가 토하곡주 석숭이 가한 금제를 벗어나는 순간 아무런 의미가 없어졌다고 생각했던 그 소리가 다시 그의 머리와 가슴속에서 일어나고 있었다.

　그리고 더욱 기이한 것은 그것들의 정체를 알면서도, 심인술에 의해 각인된 그 소리에 대해 반감이 일어나지 않는다는 것이었다.

'심인술 때문일까 아니면 이 사람의 노예가 될 운명이었을까?'

석요송이 세상에서 가장 신비한 여인을 바라보며 생각했다. 금령, 청도주 금온에 의해 그의 주인으로 정해진 여인이다. 아름답다는 말로는 설명할 수 없는 신비로움, 혹은 괴이함이 여인에게서 흘러나온다.

"난 금령이라고 하오. 들어봤을 거요."

외모에서 느껴지는 신비로움과 어울리지 않는 차고 강한 목소리에 석요송이 퍼뜩 정신을 차렸다. 여인이되 사내의 음색을 가지고 있다. 목소리에 실려 나오는 기운도 사내의 그것에 못지않게 강렬하다.

"그렇소."

"그렇습니다."

"……?"

"주인에겐 존대를 해야 하는 법이오. 그대는 나의 인검이니 지금처럼 대해서는 곤란해."

금령의 말에 석요송의 눈빛이 흔들렸다. 운명을 받아들여야 할 시간이다. 누군가의 도구로 살기 위해 자신을 낮춰야 하는 시간이다. 그의 뇌리에 각인된 심인술 때문이 아니라, 토하곡과 석가의 식솔들을 위해 그 자신이 스스로 선택한 길로 들어서야 할 시간이었다. 그러나 한순간, 어쩌면 조금 이를 수도 있다는 생각이 석요송의 머리에 떠올랐다.

"아직은 아니오."

석요송이 나직하게 대답했다. 그러자 금령의 표정이 살짝 변했다.

"인검으로서의 운명을 거부하겠다는 거요?"

"때가 아니라는 말이오."

석요송이 단호하게 말했다.

"때? 때는 이미 되었소. 그대는 인검오관을 통과했소. 그것으로 나 금령의 인검으로서 완전한 자격을 갖추게 된 것이오."

"내 자격의 문제가 아니라 약속의 문제요."

"약속? 무슨 약속? 쉽게 말해보시오. 난 복잡한 것은 질색이오."

대화를 나눌수록 석요송은 금령의 성정이 무척 독선적임을 알 수 있었다. 또한, 그 독선이 단지 성정의 문제가 아니라 그녀 스스로 그것을 감당할 만큼 강한 사람이라는 것도 느꼈다.

"내가 청도에 온 것은 도주와의 약속 때문이오. 우리의 약속이 아직도 유효한 건지 도주에게 확인할 필요가 있소. 그리고 그 약속이 당신에게 이어질 것인지도……."

석요송의 대답에 금령이 묵묵히 석요송을 바라보다 고개를 끄덕였다.

"듣고 보니 그대 말이 맞는 것 같구려. 뭐 그대가 자의로 인검의 길을 걸었다고는 생각지 않았소. 좋소. 우리의 일은 좀 더 뒤로 미루기로 하지. 그런데……."

금령이 다시 한 번 날카로운 눈빛으로 석요송을 바라봤다. 석요송은 순간 뇌전이 날아와 자신의 머리를 뚫고 들어오는 듯한 느낌을 받았다. 지금껏 그가 상대했던 자들 중 강호의 절정고수도 여럿 있었지만 이런 기운을 발산하는 사람은 처음이었다.

"그대는 조금 아둔한 사람이라고 들었는데… 지금 보니 아닌 것 같구려."

아마도 석요송의 뇌혈이 상해 있다는 말을 금령도 들었던 모양이었다. 금령의 의문에 석요송이 무표정한 얼굴로 대답했다.

"사람의 어리석음은 하루아침에 사라지지는 않소."

"그러니까 자신이 여전히 어리석다?"

"그러니 다른 사람이 강요한 인생을 살려 하는 것 아니겠소?"

"하하! 자신이 어리석음을 아는 자는 결코 어리석지 않소. 좋소. 생각보다 마음에 들어. 부디 나의 인검이 되기를 바라오. 그렇게 된다면 그대는 나와 함께 천하를 볼 수 있을 거요!"

금령이 호방한 웃음을 터뜨렸다. 이럴 때는 그녀가 여인이란 것이 믿어지지 않는 석요송이었다.

다시 길을 떠났다. 금령은 여전히 검은색 마차에 타고 있었고, 외부 출입을 하지 않았다. 마차 근처에 접근할 수 있는 사람은 한정되어 있었다. 당연히 마차 안으로 들어갈 수 있는 사람도 무리 중에서는 장로 궐후와 우풍사 모길 정도였다.

금령의 마차는 일행이 노숙을 하거나 혹은 작은 성읍에서 하루 묵어갈 때에도 일행과는 거리를 둔 곳에 여장을 풀었다. 그럴수록 사람들은 이 신비한 고수에 대해 호기심을 일으켜 나직하게 이런저런 말들을 쑥덕였지만 마차 안에 타고 있는 사람이 금문의 다음 대 후계자로 꼽히고 있는 금령이란 사실을 아는 사람은 그리 많지 않았다. 그런데 마차 안의 인물에 대한 호기심이 강해질수록 사람들의 시선을 받는 사람이 있었다. 석요송이었다.

　장내의 인물 중 장로 궐후와 우풍사 모길을 제외하고 마차 안의 인물과 이야기를 나눈 사람은 석요송이 유일했다. 그것도 흑사풍과의 싸움이 끝난 직후 근 반 시진 동안 두 사람이 함께 있었기에 사람들은 당연히 석요송이 마차 안 인물의 정체를 알고 있을 거라 짐작했다.

　그러나 그들 중 누구도 석요송에게 마차 안 인물에 대해 묻지 않았다. 궐후와 모길조차 그 정체를 말하지 않는 신비인에 대해 석요송이 입을 열 가능성은 없기 때문이었다. 또한 그들 중 누군가가 마차 안 인물에 대해 석요송에게 물은 것이 궐후나 모길에게 알려지면 만만찮은 대가를 치러야 함을 모르는 사람이 없었다.

　그러나 그런 모든 위험을 감수할 사람, 아니 그런 위험이 자신에게만은 일어나지 않을 것이라 확신하는 사람이 일행 중 한 명 있었다. 왕춘이었다.

　"정말 말해 주지 않을 건가?"

　왕춘이 석요송에게 바싹 다가서며 물었다. 말 등이 서로 붙어 두 사람의 무릎이 부딪칠 정도의 거리였다. 왕춘은 벌써 사흘째 석요송을 닦달하고 있었다.

　"나중에……."

　석요송의 대답 역시 사흘 동안 마찬가지였다.

　"이거 원 늙어 죽기 전에 궁금해 죽겠군."

　왕춘이 투덜거렸다. 그러면서도 은근하게 다시 질문을 던졌다.

"한 가지만 말해 주게."

"아무것도 말씀드릴 수 없습니다."

석요송이 다시 말했다. 그러나 석요송의 대답에 아랑곳하지 않고 왕춘이 계속 질문을 던졌다.

"내가 말이야, 지난 삼 일 간 곰곰이 생각해 봤는데 그 은가면의 정체를 알 수는 없지만 한 가지 사실은 짐작할 수 있었네."

왕춘의 말에 석요송이 왕춘을 바라봤다. 이 노련하고 괴이한 노고수가 어떤 눈치를 챘는지 궁금하기도 했던 것이다.

"들어보게. 그자… 여인이지?"

왕춘의 말에 석요송의 눈이 흔들렸다. 그러면서 왕춘의 얼굴을 빤히 바라봤다. 도대체 어떻게 알았을까? 장내의 사람들 중 마차 안의 인물이 여인일 거라고 생각하는 사람은 아무도 없었다. 은가면을 쓰고 나타났던 금령은 좌중을 압도하는 기도, 그리고 무엇보다 패도의 기운이 물씬 풍기는 전율적인 무공까지. 마차 안 은빛 가면의 고수가 여자라고 생각할 근거는 단 하나도 없었다. 그런데 이 노련한 노고수는 금령이 여인임을 눈치챘던 것이다.

"후… 자네 반응을 보니 분명하군."

왕춘이 만족스러운 표정으로 고개를 끄덕였다.

"어찌 아셨습니까?"

"말하지 않았나? 내가 젊어서 호색한이었다고! 고려 송도, 절강의 항주, 하남의 개봉… 그 모든 곳의 기루를 탐락한 나일세. 어찌 여인의 향기를 모를까. 흐흐흐!"

왕춘이 득의한 눈빛을 보이며 말했다. 그러자 석요송이 한 줌

실소를 흘리며 대꾸했다.

"설마 그 정도일 줄은 몰랐습니다. 그런 분이 어째서……."

"한 여인을 잊지 못하냐는 말이렷다?"

"그렇습니다."

"후우… 글쎄 정분이란 게 뭔지 참 알 수가 없지. 정해에 빠지면 꽃 속을 걸어도 향기 나는 꽃은 오직 하나이니……."

왕춘이 탄식을 흘렸다. 그러자 석요송이 마치 위로삼아 대답해 준다는 듯 말했다.

"어르신의 추측이 맞습니다. 그는 여인이지요."

석요송의 대답에 왕춘이 고개를 끄덕이며 멀리 후미에서 따라오고 있는 마차를 바라봤다. 마차 주변을 호위하는 네 명의 무인들의 눈초리가 날카롭게 왕춘을 응시했다.

"이크, 한시도 경계를 늦추지 않는군."

왕춘이 어깨를 움찔하며 재빨리 시선을 돌렸다. 그러자 석요송이 충고하듯 말했다.

"그녀에 대해 궁금해하는 것은 좋으나 가까이 다가가지는 마십시오."

"위험한 사람인가?"

"위험하지요."

"음, 그녀의 무공이 대단하기는 했지. 내 평생 그런 무공을 본 적이 없어. 더군다나 여인의 몸으로 그런 패도적인 무공이라니."

왕춘이 흠칫 몸을 떨었다. 이번만은 본능적으로 나온 행동으로 왕춘 역시 금령을 무공을 두려워함이 분명했다.

“나중에 어쩌면 그녀 곁에 있을지도 모릅니다.”

“누가? 자네 말인가?”

“아뇨. 어르신이요.”

“내가 왜?”

“어쩌면 제가 원하게 될지도 모르니까요.”

“음… 역시 자네와 특별한 관계군.”

“그렇게 될 가능성이 많지요.”

석요송이 고개를 끄덕였다. 왕춘은 뭔가를 더 물어보고 싶은 모습이었으나 석요송의 표정에서 더 이상 대답을 듣기 어렵다고 느꼈는지 더 이상 질문을 하지 않았다.

길게 늘어졌던 행렬이 어느새 좁혀졌다. 거대한 성읍이 일행의 눈앞에 나타났다. 임황이다. 대요의 상경으로 불리는 곳으로 서북방에서 가장 큰 도읍이라고 할 수 있었다.

“임황부에는 오랜만이군.”

왕춘이 손을 들어 임황의 거성을 보며 말했다.

“성으로 들어갈 것 같지는 않군요.”

“그렇지? 하긴 이 행렬이 성으로 들어가면 아무래도 관부의 시선을 끌 수밖에 없겠지. 하지만 그렇다고 이곳까지 와서 야숙을 하지는 않겠지.”

왕춘의 판단은 옳았다. 모길과 궐후는 일행을 임황성 밖 작은 야산을 끼고 서 있는 장원으로 이끌었다.

“어서 오십시오. 기다리고 있었습니다.”

장원 앞에 이르자 한 명의 청수한 노인이 나와 궐후를 맞이했

다. 그러자 궐후가 훌쩍 말에서 내려며 노인에게 마주 포권을
했다.

"오랜만입니다. 림주!"

궐후의 정중한 인사에 림주라 불린 노인이 미소를 지으며 대
답했다.

"궐 장로께서는 더욱 정정해지신 듯합니다."

"하하하, 외려 림주께서 더욱 강건해 보이십니다."

"나야 천하대사에서 한 걸음 물러나 있으니 마음 쓸 일이 있
나요. 그러니 얼굴에 살이 붙을 수밖에요."

"무슨 말씀을! 림주의 한 말씀이 본 문의 행보를 결정한다고
누차 도주께서 말씀하셨지요."

"저런, 태상장로께서 절 그토록 중시하시는 줄 몰랐소이다."

"겸양이 지나치시군요. 본 문에서 현종의 위치는 결코 다른
종파가 넘볼 수 없지요."

궐후가 정색을 하며 말했다. 그러자 림주라 불린 노인이 고개
를 저으며 대답했다.

"그도 예전의 일이지요. 당금에 들어서 어디 금문의 형제들
이 현종의 말에 귀를 기울이기나 합니까? 모두 자파의 영화를
위해… 음, 이거 손님을 세워두고 넋두리나 하고 있군요. 일단
안으로 드시지요."

노인이 자신의 실태를 깨닫고는 얼른 궐후에게 안으로 들기
를 권했다. 그러자 궐후가 나직한 목소리로 말했다.

"안으로 들기 전 드릴 말씀이 있습니다만……."

"무슨 일이신지?"

궐후의 말에 노인이 의아한 표정으로 물었다. 그러자 궐후가 좀 더 노인에게 가까이 다가가더니 귓속말로 무엇인가를 전했다. 순간 노인이 크게 놀라며 시선을 마차로 돌렸다. 마차에서는 아무런 기척이 없다. 그러자 다시 궐후가 노인에게 은밀히 말을 건넸다. 그러자 노인이 고개를 끄덕이더니 장원의 정문을 지키는 자들에게 명을 내렸다.

"문을 활짝 열라. 손님들을 안으로 뫼신다."

노인의 명에 장원의 문이 활짝 열렸다. 문이 열리자 궐후가 마차를 모는 자에게 고갯짓을 했다. 그러자 마부가 지체 없이 마차를 몰고 장원 안으로 달려 들어갔다.

마차가 안으로 들어가자 노인과 궐후가 누가 먼저랄 것도 없이 서둘러 마차의 뒤를 따랐다.

"자, 모두 안으로 드시지요."

궐후와 노인이 마차를 따라 장원으로 들어가자 노인을 따르던 장년의 사내가 석요송 일행을 보며 말했다.

"이곳은 본 문의 스물한 번째 진일세. 본문의 한 종파인 현종에 속해 있고, 좀 전에 보았던 그분이 바로 현종의 장로이신 혜천 금무해 어른이네. 금문에서 무척 중요한 위치에 올라 있는 분이지."

금문의 또 다른 한 지파 현종의 수장 금무해를 만나고 온 모길이 석요송에게 그들이 들른 장원에 대해 설명하고 있었다.

"이 장원은 대대로 현종의 수장들이 거주해 왔네. 보통 금문에서는 현림이라고 부르지. 그래서 혜천 장로님을 금문에서 달리 현림의 림주라 부른다네. 이곳이 현림이라고 불리는 것은 그만큼 현종에 혜안이 밝은 인사들이 많다는 의미네. 덕분에 그 세력은 금문의 다른 종파에 비해 그리 대단한 것은 아니지만 다른 종파로부터 무척 존중받는 문파라네. 당대 현종 장로의 말 한마디는 금문에서 천금의 가치를 갖지. 도주님조차 현종 장로의 말을 함부로 무시하지 못한다네.”

“중요한 사람이군요.”

석요송이 대답했다. 대답은 하고 있지만, 사실은 별반 관심이 없는 듯 보이기도 했다. 그러자 모길이 잠시 석요송의 눈치를 살피다가 어렵게 물었다.

“그분과의 이야기가 어찌 되었는지 물어봐도 되겠나?”

금령을 말하고 있음이 분명하다.

“듣지 못하셨습니까?”

“감히 여쭐 수 없었네.”

“우풍사께서도 두려워하십니까?”

“음… 금문의 다른 종파는 몰라도 청도에선 모두 그분을 두려워한다네. 성정이…….”

“패도적이지요.”

“그렇지. 지나치리만큼…….”

“이런 생각을 했습니다. 굳이 내가 소도주의 곁에 있을 필요가 있을까 하는… 지금으로도 소도주는 충분히 강하더군요.”

“음, 그거야 그렇지만 아무래도 여인이다 보니…….”

“그 한계를 뛰어넘은 지 오래인 듯싶더군요.”

석요송의 말에 모길이 반가운 기색을 보였다.

"그리 보았나?"

마치 자신의 딸이 칭찬을 받은 듯한 모길의 모습이다.

"금문에 또 다른 누가 있어 소도주에게 도전할 수 있을지 솔직히 지금으로선 걱정할 이유가 없을 것 같습니다만……."

석요송의 말에 모길이 고개를 저었다.

"그게 그렇지가 않네."

"소도주에 버금가는 실력자가 또 있단 말입니까?"

"물론 무공과 재능에서 소도주를 위협할 후기지수는 없네. 그러나 세상일이란 게 어디 무공과 재능으로만 결정되던가? 이미 북종과 남종에서도 여러 인물이 금문 문도들 사이에서 회자되고 있다네. 사실 지금으로선 그들의 명성이 소도주를 능가하고 있지. 인심이란 무서운 것일세. 인심은 세력을 모으고 세력은 권력을 일으킨다네. 그런 경우 한 사람의 힘으로는 감당하지 못할 상황이 벌어지기도 하지."

"그래서 현종이 중요한 겁니까?"

갑작스런 석요송의 질문에 모길이 조금 놀란 표정으로 석요송을 바라봤다. 그리고는 머리를 끄떡였다.

"맞네. 정확해. 현종 장로의 한마디가 수백 금문도의 마음을 움직이지. 그래서 현종이 중요하네. 소도주가 이곳에 온 이유도 그것이고."

모길의 말에 석요송이 다시 뜻밖의 질문을 던졌다.

"도주의 건강이 좋지 않군요."

"자네……."

모길이 흠칫했다.

"그리 놀랄 일은 아니지요. 도주님의 춘추가 이미 백이십 세를 넘으셨으니. 더군다나 소도주가 이렇게 직접 현종의 장로를 만나러 왔다는 것은… 서둘러 만나 봬야겠군요."

"자네 도주께 어찌 말하려나?"

"글쎄요. 제가 금문에 온 것은 도주님과의 약속 때문이지요. 그런데 약속의 한 쪽이 사라지면 새로운 거래가 이뤄지겠지요."

"소도주와 거래를 할 생각인가?"

"예전에 도주님과 한 거래는 제가 너무 많은 손해를 봤지요. 어렸고, 아둔했으니 어찌 흥정을 할 수 있었겠습니까? 그러나 지금은 다르지요."

석요송의 말에 모길의 걱정스러운 표정으로 말했다.

"소도주의 성정을 알지 않는가? 그분은 필시 과거의 약속을 그대로 이어받으려 하실 걸세."

"그녀는 도주가 아니지요."

석요송이 단호하게 말했다.

"그렇긴 하지만 도주님의 모든 것을 잇게 될 걸세. 그리고 결국에는 도주님이 이루지 못한 것들을 이뤄내실 거야."

"그러기 위해서는 결국 금문의 주인이 되어야 하지요. 또 금문의 주인이 되기 위해선 제 도움이 필요할 겁니다. 이미 금문의 주인이었던 도주님과 아직 금문의 주인이 아닌 도전 받는 후계자인 소도주와는 차이가 존재하지요. 새로운 거래를 할 만한 상황 아닙니까?"

석요송의 물음에 모길이 순순히 고개를 끄덕였다.

“자네 말이 맞긴 하네. 그러나……."

“소도주의 성정을 걱정하신다면 그러실 필요 없습니다. 이야기를 나눠보니 큰 사람이더군요. 새로운 거래가 필요하다는 것에 동의할 겁니다. 그걸 받아들일 수 없는 그릇이라면… 천하는커녕 금문도 담을 수 없겠지요."

“음, 그도 그렇네만……."

모길은 여전히 석요송이 그저 금령을 충실히 보필해 주기를 바라는 모양이었다. 그러나 석요송으로서는 순순히 금령의 그림자가 되어 줄 수는 없었다. 그는 토하곡에 대한, 석씨 일족에 대한 좀 더 확실한 보장을 금령으로부터 받아낼 생각이었다.

“뭘 요구할 것인가?"

문득 모길이 물었다. 그러자 석요송이 미소를 지으며 대답했다.

“미리 패를 내보이는 장사꾼은 없지요."

금문 제이십일진 임황부의 현림장은 대나무 숲으로 가득했다. 아침 요기를 일찍 해결하고 산보에 나선 석요송의 발걸음이 자연스레 이슬 맺힌 대나무 숲으로 향했다.

동쪽 담장에서 시작해 북쪽을 아우른 후 서쪽의 담장 절반까지 이르는 대나무 숲이 현림장을 등 뒤에서 푸근히 감싸고 있었다. 사각거리는 대나무 잎 밟히는 소리가 석요송의 기분을 좋게 만들었다.

석요송이 잠시 걸음을 멈췄다. 아침임에도 어디선가 한 줄기 바람이 불어와 대나무 잎을 흔들고 사라졌다.

후드득!

흔들린 대나무 잎에서 이슬이 비처럼 떨어져 내렸다.

순간 석요송의 발이 움직였다.

스스슥!

무관에서의 버릇 때문일까. 귀령보를 시전한 석요송의 몸이 대나무에서 떨어지는 이슬을 피해 십여 장 앞으로 이동했다. 가히 귀신같은 보법이다.

그때였다.

"멋지군요!"

청명한 목소리다. 석요송이 소리가 들려온 쪽으로 고개를 돌렸다. 그러자 미청년 한 명이 석요송을 바라보고 있었다. 청년은 조금 마른 체구를 가지고 있었지만, 이목구비가 큼직한 것이 보는 사람으로 하여금 금세 호감을 느끼게 만드는 외모를 지니고 있었다.

"……?"

석요송은 다가오는 사내를 물끄러미 바라보고 있었다. 생면부지의 얼굴임에도 불구하고 경계심이 일어나지 않는 것 역시 사내의 호감 가는 외모 때문일 터였다.

"이른 아침에 죽림의 정취를 즐기시는 분이 저 말고 또 있을 줄은 몰랐군요."

목소리 또한 듣는 사람의 기분을 좋게 한다.

"뉘신지……?"

석요송이 뒤늦게 상대방의 정체를 물었다. 그러자 젊은 사내가 웃으며 대답을 했다.

"전 금불현이라고 합니다. 대협께서는 어제 오신 손님이시지요?"

"그렇습니다."

석요송이 고개를 끄덕였다.

"이번 행렬에 세상을 놀라게 할 젊은 고수 한 분이 포함되어 있다고 하던데… 혹 대협께서 바로 그 유명하신 석 대협이신지요?"

금불현이라 이름을 밝힌 사내가 정중하게 물었다. 묻고는 있었지만, 그의 표정을 보건대 이미 석요송의 정체를 알고 있는 듯싶었다.

"대협으로 불릴 처지는 아닙니다만……."

석요송이 순순히 자신이 그가 말한 사람임을 인정했다.

그러자 금불현이 고개를 저었다.

"단신으로 흑사풍의 봉쇄를 뚫고 삼십육진을 위기에서 구한 분인데 어찌 대협의 호칭이 과하다 하겠습니까? 당금천하에선 손톱만큼의 공을 세우고도 대협이니 영웅이니 하는 소리를 스스로 지껄이는 자가 많은데 말입니다. 그런 자들에 비하면 석 대협의 공은 대협이란 호칭으로도 부족하다 할 수 있겠지요."

생김새와 달린 조금 거친 듯한 언사다. 그런데 또 그런 언사가 석요송의 마음에 친근감을 들게 했다.

"그런 금 대협께선 이곳 현림 분이십니까?"

석요송이 물었다.

"그렇습니다. 전 현림의 사람입니다."

금불현 역시 순순히 자신의 신분을 밝혔다.

"현림에선 어떤 일을 하십니까?"

석요송이 금불현에 대해 좀 더 알고 싶은 기색을 내보였다. 그러자 금불현이 시원하게 웃음을 터뜨리며 대답했다.

"하하, 사실 전 현림에서 제일 팔자가 좋은 사람입니다. 특별히 하는 일 없이 놀고먹는 것이 일이니까요. 하하하!"

농이 섞여 있었지만, 거짓말 같지는 않았다. 석요송이 그 호탕함에 자신도 모르게 빙그레 미소를 지으며 다시 물었다.

"놀면서 먹고 살 수 있다면, 귀한 분이시겠군요."

"음… 그렇지요. 제 조부께서 바로 현림의 당대 주인이시니까요."

순간 석요송이 조금 놀란 표정을 지었다. 금불현이 범상치 않은 신분을 지니고 있을 거라고는 생각했지만, 설마 금무해의 손자일 줄은 생각지 못했던 것이다.

"이제 보니 금 장로님의 손자분이셨군요."

"뭐, 말썽만 피우는 손자지요. 그래서 조부께서도 제 얼굴 보기를 싫어하신답니다. 하하하!"

그의 목소리가 여전히 맑다. 말은 그리하지만 아마도 그의 말처럼 현림의 주인 금무해와의 사이가 그리 나쁜 것은 아닐 터였다.

"호부에 견자가 없는 법이지요."

석요송이 웃으며 말했다. 그러자 금불현이 살짝 아미를 좁히며 말했다.

"옛말 그른 것이 없다지만 가끔은 예외도 있는 법이지요. 아아, 그런 이야길랑 그만하고 다른 이야기를 좀 해보면 어떻겠습니까?"

금불현이 불쑥 화제를 바꿨다.

"다른 이야기라면……?"

"솔직히 말씀드리자면 전 어제 대협께서 현림에 도착하시는 순간부터 대협을 살펴보고 있었지요."

상대를 살핀 것을 스스럼없이 말할 때는 적의가 없다는 말이다.

"이유가 뭡니까?"

"처음에는 약간의 질투 같은 것이었다고 할 수 있지요. 전 이 나이에 현림에서 할 일 없이 세월이나 죽이고 있는데 대협께서는 이미 금문 내에서 큰 명성을 얻고 있으니 말입니다."

"제 소문이 그렇게 빨리 퍼졌는지는 몰랐군요. 이제 막 대막에서 돌아오는 길인데……."

"다른 곳은 몰라도 현종은 소식이 빠른 곳이지요. 그리고… 금문이란 곳이 천하에 퍼져 있다 해도 생각보다 무척 좁습니다. 각 종파의 눈과 귀들이 삼십육진 어디에나 퍼져 있으니까요."

금불현의 말을 들으니 금문 내 각 종파의 경쟁이 생각보다 훨씬 극심한 듯 보였다.

"그렇군요. 그래서 직접 보니 어떠합니까?"

석요송도 이번에는 스스럼없이 물었다. 그러자 금불현이 빙그레 미소를 지었다.

"명불허전! 이 말이 딱 어울리는 것 같습니다."

"그리 보아주시니 고맙군요."

"하하, 솔직히 말하면 전 대협이 아주 마음에 들었습니다. 그래서 아침부터 대협을 따르고 있었지요."

"일부러 따라 오셨다는 말이군요."

"그렇습니다. 사실 대협과 대화를 나눌 시간을 만들기 위해서였지요. 이 죽림은 그런 면에서는 아주 좋은 장소지요."

금불현이 시선을 들어 두 사람의 머리 위로 우거진 대나무 숲을 바라보며 말했다.

"내게 관심을 가진 것은 이해할 수 있으나 이렇게까지 일부러 날 찾아올 이유는 없을 것 같은데……."

석요송이 물었다. 그러자 금불현이 고개를 끄덕였다.

"어제까지만 해도 그랬지요."

"그럼 오늘은 그 이유가 생겼다는 말이군요."

"그렇습니다."

"이유가 뭡니까?"

석요송이 정색을 하며 물었다. 그러자 금불현이 물끄러미 석요송을 바라보다 불쑥 입을 열었다.

"좀 걸을까요?"

갑작스러운 금불현의 말에 석요송이 말없이 금불현을 바라보다 고개를 끄덕였다.

"그러지요."

석요송과 금불현은 한동안 말없이 대나무 숲을 거닐었다. 금불현은 현림의 사람이었기에 죽림 내에 산책하기 좋은 길을 잘 알고 있었다. 그는 마치 석요송에게 죽림을 안내하기라도 하듯 죽림 내 비경을 볼 수 있는 곳곳으로 석요송을 이끌었다. 그러다 두 사람이 작은 개울 앞에 다다랐다.

물이 보이자 금불현이 소매를 걷어붙이고 개울가에 쪼그려 앉은 후 세수를 했다. 그러면서 석요송을 향해 소리쳤다.

"대협도 한 번 손을 담가보시지요. 이 물은 무척 시원합니다. 북쪽 절벽에서 나오는 물인데 약수로 유명하지요."

금불현의 말에 석요송이 금불현의 맞은편에 앉아 물에 손을 담갔다. 찬 냉기가 뼛속까지 스며든다. 그런데 그 순간 불쑥 금불현의 목소리가 석요송의 귀를 파고들었다.

"사실 석 대협께 전 동병상련의 기분을 느끼고 있지요."

"……?"

석요송이 고개를 들어 금불현을 바라봤다. 그러자 금불현이 손을 툭툭 턴 후 옷가지에 닦으며 말했다.

"어쩌면 이번에 저도 이 현림장을 떠나 청도로 가게 될지 모르겠습니다."

금불현이 뜻밖의 말을 했다. 그러나 또한 그게 그리 놀랄 일은 아니었다. 금문의 문도이자 그것도 현종 장로의 손자라면 청도를 오가는 것이 대단한 일은 아니기 때문이었다.

"현종의 후계자라면 당연히 청도와의 왕래가 있어야 하는 것 아닙니까?"

"물론 그렇지요. 하지만 이번 청도행은 그 의미가 다르다는 것이 문제지요."

"무슨 일로 청도엘 가시는 겁니까?"

석요송의 물음에 금불현이 살짝 아미를 모으며 대답했다.

"자의로 가는 것은 아닙니다."

"하면……?"

석요송이 되묻자 금불현이 문득 석요송을 보며 물었다.

"이번에 청도에서 온 귀빈의 정체를 아십니까?"

갑작스러운 금불현의 질문에 석요송이 잠시 망설이다가 천천히 고개를 끄덕였다.

"역시 알고 계시는군요. 혹 어떤 관계인지 물어도 될까요?"

금불현이 금령과 석요송 사이를 좀 더 깊이 알고 싶어 했다. 그러자 석요송이 순순히 대답했다.

"그의 그림자가 될지도 모르는 사이지요."

"역시 그렇군요. 소문처럼 인검으로 키워지신……."

"그렇습니다."

"하면 인검이 되시겠군요. 이미 모든 관문을 통과하셨으니……."

"글쎄요. 아직은… 이번에 청도에 가면 도주와 이 거래에 대해서 다시 이야기해 볼 생각입니다."

석요송의 대답에 금불현이 의아한 표정을 지었다.

"거래라니 그게 무슨 말씀이십니까? 설마 인검의 되는 일이 거래를 통해서 이뤄진다는 것입니까? 인검은 소도주의 분신이 되어야 하는데 그런 사람을 거래를 통해 곁에 둔다니 이해가 되지 않는군요."

"간혹 제대로 된 거래는 충성심이라는 사람의 마음보다 더 단단한 믿음을 갖게 되지요."

그러자 금불현이 깊은 눈으로 석요송을 살피며 말했다.

"석 대협은 쉬운 듯하면서도 어려운 분이군요."

"그런가요?"

"후… 뭐, 그야 어쨌든, 이번에 소도주께서 이곳 현림을 방문한 이유를 아십니까?"

"대충 들었습니다."

"소도주께 말입니까?"

"아닙니다. 우풍사께 들었지요."

"아, 우풍사께서는 석 대협을 무척 신뢰하신다 하더군요."

"글쎄요. 신뢰는 모르겠지만 어쨌든 어릴 때부터 봐왔던 분이니까요."

석요송의 대답에 금불현이 묘한 시선으로 석요송을 응시했다. 석요송과 청도의 무인들 관계가 새삼스레 궁금해지는 모양이었다. 그러나 금불현은 더 이상 그 문제를 끄집어내지는 않았다.

"소도주께서는 뛰어난 분이지요."

다시 금불현이 입을 열었다.

"맞습니다. 제가 본 그 어떤 인물보다도 뛰어난 사람이지요."

"그럼에도 금문의 다음 주인이 되기에는 어려움이 많지요. 소도주께서 현림에 오신 것은 그 일을 위해 조부님의 힘을 얻기 위해서입니다. 아시겠지만……."

"그래서 현림에선 소도주를 지원하기로 한 것입니까?"

"어찌 그리 생각하십니까?"

"소협께서 청도에 가신다니 아마도 서로 이야기가 잘 되었기 때문이 아닐까 생각이 되는군요."

석요송의 대답에 금불현이 고개를 끄덕인다.

"맞습니다. 조부께선 소도주를 지원하실 겁니다. 그런데… 소도주는 할아버님의 약속을 믿지 못하는 것 같더군요."

"그게 무슨……?"

"제가 청도로 가는 것은 표면적으로는 소도주를 돕기 위해서입니다. 그러나 그게 현림의 자의에 의한 것은 아니지요. 소도주는… 모든 걸 확실하게 하길 바라시더군요."

"그 말은 설마 인질이 되어서 가는 거란 말입니까?"

"하하하, 사실이야 맞는 말이지만 그렇게 말씀하시니 마음이 쓰리군요. 맞습니다. 사실상 인질이지요."

금불현의 표정이 씁쓸하다. 그리고 그제야 석요송은 금불현이 자신을 두고 동병상련이라고 말한 이유를 확실히 알 수 있었다. 두 사람 모두 타의에 의해 금령을 따라야 하는 운명이었던 것이다.

"그를 싫어합니까?"

석요송이 물었다.

"소도주 말입니까?"

금불현의 물음에 석요송이 고개를 끄덕였다. 그러자 금불현이 고개를 저으며 말했다.

"아닙니다. 그분을 싫어하지 않습니다. 오히려 그분이 우리 금문을 천하의 패자로 만들 사람임을 의심치 않습니다. 그러나… 그래도 사람은 마소가 아니니 고삐에 꿰여 끌려 다녀서는 기분이 나지 않지요."

"사정이 아주 나쁜 것은 아닌 것 같군요."

석요송의 말에 금불현이 석요송을 보며 물었다.

"석 대협의 사정은 더 좋지 않다는 말인가요?"

"적어도 금 대협보다 낫지는 않지요."

"하하하! 이것 정말 제대로 사람을 만난 것 같군요. 그런데 석 대협 올해 나이가 어찌 되십니까?"

"스물둘이군요."

"저런 그럼 저보다 한 살이 많으시군요."

"그런가요?"

"이렇게 하지요. 이제부터는 제가 형님으로 모시겠습니다."

금불현이 호탕하게 말했다. 그러자 석요송이 얼른 고개를 저었다.

"그럴 수야 없지요. 나야 금문에서 야인 같은 존재지만 금 소협은 금문 정통의 후예이니 어찌 나이가 많다고 대접받기를 원하겠습니까?"

"그런 말씀 마십시오. 사실대로 말하자면 제가 석 대협에 대해 좀 더 알고 있는 것이 있지요."

"나에 대해 뭘 더 알고 있습니까?"

석요송이 호기심을 드러내며 물었다. 그러자 금불현이 조심스럽게 말했다.

"석 대협은 토하곡 출신이시지요?"

"맞습니다."

석요송은 그리 놀라지 않았다. 현종의 우두머리이자 십육사의 일인을 조부로 두고 있으니 인검으로 키워지고 있는 석요송이 어느 곳 출신인지는 알고 있을 수도 있었다.

"그리고… 이건 정말 다른 사람들은 모를 거라고 조부님이 말씀하셨는데……."

금불현이 말꼬리를 흐렸다. 그러자 석요송이 금불현의 말을 재촉했다.

"말해보시지요?"

"석묘문이란 분을 아십니까?"

순간 석요송의 표정이 변했다.

"알고 있지요."

"그럼 혹시… 제 짐작이 맞습니까?"

금불현이 다시 물었다. 그러자 석요송이 고개를 끄덕였다.

"맞습니다. 그분이 제 부친이시지요."

그러자 금불현이 나직하게 탄식을 흘렸다.

"아, 정말 그러셨군요. 조부께서도 그에 대해선 확신을 못 하셨는데 너무 닮았다고 하시며 아마 그럴 거라 말씀하셨지요."

"장로님도 제 아버지를 알고 계셨나 보군요."

"이르다 뿐인가요. 사실… 석묘문 대협께서 금문에서 활동하실 때 우리 현종과 무척 친밀한 사이셨다 하더군요."

"그런가요?"

석요송으로서는 모르는 석묘문의 과거다.

"한 가지 사실을 더 말씀드리지요. 제가 이 일을 말씀드리면 대협께선 아마도 절 아우로 받아주실 겁니다."

“어디 들어볼까요?”

석요송이 호기심을 드러내며 물었다. 웬일인지 금불현과 이야기를 나누면 나눌수록 그에게 호감을 느끼는 석요송이었다. 어쩌면 금불현에게는 사람을 끌어들이는 마력이 있는지도 몰랐다.

“제 아버님은 후 자와 문 자를 쓰셨지요. 들어보셨나요?”

“미안하게도 처음 듣는 이름입니다.”

“그렇군요. 뭐, 어쨌든 제 아버님도 아주 오래전에 돌아가셨지요. 계림에서!”

순간 석요송의 눈이 번뜩였다. 계림혈사, 그의 아버지 석묘문이 죽음을 맞았다는 계림혈사가 금불현의 입에서 다시 흘러나왔다.

“그랬군요.”

석요송이 나직하게 말했다. 그러자 금불현이 다시 입을 열었다.

“계림혈사 당사 유일하게 홀로 계림을 빠져나올 능력을 지닌 사람이 있었지요. 바로 석 대협의 아버님이신 석묘문 대협이었다고 하더군요. 그러나 석 대협은 스스로를 희생해 많지는 않지만 다른 사람들을 살렸지요. 그런데 당시 석 대협이 장렬하게 산화하실 때 끝까지 곁을 지킨 사람이 있었습니다. 바로 제 아버지시죠. 왜 다른 금문의 후예들이 석 대협께 후방을 맡기고 도주를 할 때 아버님만이 석 대협 곁을 지키셨는지 아십니까?”

“……?”

석요송이 금불현을 바라봤다. 그러자 금불현이 이 참혹한 이야기를 하는 와중에도 빙긋 미소를 지었다.
"그 이유는 아버님과 석 대협께서는 의형제였기 때문이었습니다!"

第二章 형제를 얻다

현종은 금문 내에서도 기이한 종파다. 혹자는 그들이 금문에서 가장 많은 세작을 운용하고 있다고도 했다. 이유는 현종의 수장 금무해는 금문 내에서 일어나는 거의 모든 일을 알고 있기 때문이었다.

그러나 또 누군가는 그것은 세작의 힘이 아니라고도 했다. 대신 그들은 현종 사람들의 특별한 현명함을 그 이유로 들었다. 다시 말해 똑같은 사실을 접하고도 현종의 사람들은 그 일의 배후에 얽힌 수많은 일을 다른 사람들보다 수배는 깊게 추측해 낼 수 있는 능력이 있다는 것이었다.

하지만 이유야 어쨌든 현종은 금문 내에서 청도주를 제외하고는 가장 광범위하고 깊은 정보력을 가지고 있는 것이 분명했다. 현종 장로의 한마디가 금문도들에게 큰 의미를 지니는 것은 바로 그 방대하고 정확한 정보를 바탕으로 하는 말이기 때문이었다.

석요송은 금불현이라는 사내를 알면 알수록 그의 독특한 매력에 빠져들었다. 비단 그가 자신의 아버지 석묘문의 의형제였다는 금후문의 아들이기 때문만은 아니었다. 물론 금후문이 석묘문과 함께 계림에서 산화했다는 말에 마음이 쓰이지 않는 것은 아니었으나 그 모든 것을 떠나서 한 인간으로서 금불현은 석요송의 마음을 끌고 있었다.

"그래서 형님께선 청도로 가서 도주를 만나 담판을 지으실 생각이시군요."

어느새 두 사람은 자연스레 호형호제를 하고 있었다. 금불현이 금후문에 대해 말하는 순간부터 석요송은 그를 아우로 받아들이는 것을 거부할 수 없었다. 죽음을 함께한 부모를 둔 사람들이 형제처럼 가까워지는 것은 당연한 일이었다.

"그럴 생각이야. 확실히 해둬야 할 일이니까."

"문제는 도주님이 아니라 소도주겠군요."

"맞아. 거래는 도주와 하겠지만 소도주의 동의가 있어야 하는 거래지."

"소도주는… 보통 사람이 아니지요."

"음, 종잡을 수가 없어."

"극히 패도적이란 말을 들었습니다만."

"맞아. 내가 강호 경험이 그리 많은 것은 아니지만, 그 거친 흑사풍의 고수들 중에서도 소도주와 견줄 만큼 패도적인 자가 없었지. 무공 또한 측량할 수가 없어서 흑사풍 대천성의 유일한 제자이자 차기 흑사풍의 대천성으로 꼽히는 가섭몽을 아이 다루듯 하더군."

"그건 형님 이야기 아닌가요?"

금불현이 미소를 지으며 말했다. 그 청량한 미소에 석요송은 마음 한편이 시원해지는 느낌을 받았다.

"내 얘기라니?"

"듣자 하니 형님도 그자를 손쉽게 꺾었다고 하던데요?"

"그 이야기군. 물론 나도 그를 물러나게 했지. 하지만 소도주와 같지는 않았네. 보기에 소도주는 그에게 두려움을 안겨 주었던 것 같아."

"두려움이라. 무서운 말이군요. 본시 고수들이란 목이 잘려도 상대에게 두려움을 느끼지 않는 법인데. 역시 무공이 아니라 그 패도적인 기운 때문일까요?"

"그런 것 같아."

"휴우, 그런 사람을 모셔야 한다니……."

"걱정되나?"

"세상에서 가장 보필하기 어려운 사람이 독선적인 사람이지요. 말년에 초패왕의 곁에 사람이 없었던 것과 마찬가지 아닙니까? 반면 유방은 분망한 성정이었지만 타인의 의견을 새겨들을 줄 알아 천하를 제패했지요."

"그 말은 소도주가 강호를 제패할 재목이 아니라는 건가?"

"형님은 어찌 보셨습니까?"

"글쎄. 난 그런 것까지 생각지는 않았네."

석요송이 고개를 갸웃했다. 그러자 금불현이 잠시 침묵을 지키다가 대답했다.

"강호든 세속이든 천하를 제패하려면 결국 천운이라는 게 필요하지요. 소도주의 성정이 어떠하든 천운이 따른다면 결국 무림을 손에 넣지 않겠습니까?"

군이 소도주 금령의 성정으로 판단하지 않고 천운을 끌어와 대답을 했다는 것은 금불현이 소도주 금령을 강호무림을 제패할 인물로 보고 있지 않음을 은연중에 드러내는 것이라고 할 수 있었다. 금불현의 대답을 들은 석요송이 잠시 생각에 잠겼다. 그러다가 문득 입을 열었다.

"그래도 그의 곁에 있을 건가?"

갑작스러운 물음에 금불현이 살짝 당황하는 표정을 짓다가 순순히 고개를 끄덕였다.

"어쩔 수 없는 일이지요."

"운에 운명을 맡긴다?"

"형님도 그의 곁에 머무실 것 아닙니까?"

"나와 아우는 다르지."

"후… 다를 바 없습니다. 만약 제가 청도로 가는 것을 거부하면 현종은 순식간에 와해할 수도 있습니다. 적어도 지금은 도주께 그런 힘이 있지요. 아무리 금문 각 종파의 분열이 오랫동안 지속되어 왔다 해도 현재로서는 태상장로이신 청도주님을 거스를 종파는 없습니다."

"그런가?"

"지금으로선 선택의 여지가 없지요. 다만……"

"청도주 이후의 일은 모르겠다?"

“그래서 고민입니다. 저란 놈이 한 번 약조를 하면 되돌릴 수 없는 놈이라서……."

“이번에 청도에 가 소도주를 따르기로 하면 그 약조를 버릴 수 없다는 말이군."

“그렇지요."

금불현이 고개를 끄덕였다.

“그런데 문제는 과연 청도주 이후에 소도주가 제 종파의 견제를 이겨내고 금문을 그리고 강호를 제패할 수 있느냐에 의문이 있다는 거고."

“맞습니다."

금불현이 고개를 끄덕였다. 그러자 석요송이 잠시 생각에 잠겼다가 물었다.

“만약 소도주가 아니라면 금문을 천하로 이끌 사람이 존재하는가?"

석요송의 질문은 무척 중요한 문제였기에 금불현도 신중하게 생각한 후 입을 열었다.

“소도주보다 나은 능력을 지녔다고 할 수는 없지만, 사람들의 인망을 얻고 있는 인물들이 몇 있기는 합니다. 그들은… 무척 능수능란한 처세를 하는 자들이지요. 사람을 모으고 그 사람을 쓸 줄도 압니다. 소도주는 그런 자들을 아마… 힘으로 상대하려 할 겁니다, 그걸 만류할 수도 없을 테고… 후!"

금불현이 나직하게 탄식을 흘려냈다. 석요송은 금불현이 고민하는 바를 이해할 수 있었다. 천하를 얻는 일이 어찌 힘만으로 될 것인가. 그런데 그럼에도 불구하고 석요송은 소도주 금령

의 그 기이한 패도가 모든 일을 가능하게 할지도 모른다는 생각
이 들었다. 어쩌면 그 전율적이 패도 앞에 사람의 지모와 술책
이란 아무런 쓸모가 없을지도 몰랐다.

"소도주는 아우가 생각하는 것보다 훨씬 강한 사람이야."

석요송이 침묵 끝에 말했다.

"하지만 강함은 결국……."

"아니, 계책이나 술책이 꺾일 그런 강함이 아니란 거지. 금문
도 모두를 죽여서라도 자신의 뜻을 관철할 수 있는 강함을 지니
게 될 거야."

"그게… 가능한 일입니까?"

"나도 소도주를 만나기 전에는 그런 인물이 있을 거라고 생
각지 못했지만, 그녀는……."

"여인의 몸으로 말입니까?"

"소도주는 남녀의 구분으로 판단할 수 없는 사람이더군. 도
대체 청도주는 소도주를 어떻게 키운 것일까?"

갑자기 석요송이 고개를 갸웃했다. 그런 석요송의 모습을 보
며 금불현도 같이 심각해졌다.

"모든 술책을 쓸모없게 만드는 강함이라면……."

"모르겠네. 어쨌든 난 거래를 할 뿐이야. 거래가 제대로 성사
되면 그녀 곁에 머물 걸세."

"알겠습니다. 형님이 그러하시다면 저 또한 그리하지요. 소
도주의 부족함을 메울 방법은 나중에 생각해 보아도 되겠지
요."

금불현이 빙그레 미소를 지었다. 그러자 다시금 석요송의 무

겁던 마음이 상쾌해졌다.

"아우는 아주 좋은 기운을 지녔어."

"그런가요?"

"아우의 곁에 있는 사람은 운이 좋은 거야. 아우의 기운은 다른 사람을 편안하고 청명하게 만드니까."

"하하, 그럼 형님이 운이 좋으신 거네요. 이제부터는 늘 형님 곁에 머물 테니까요."

"그런 건가? 하하!"

입 밖으로 소리 내어 웃는 경우는 거의 없는 석요송이 웃음을 흘렸다. 석요송은 금불현을 만나고부터는 간혹 이렇게 시원한 웃음을 터뜨렸다. 그러고 보면 금불현의 말처럼 오늘이 석요송에게는 무척 운이 좋은 날인 듯싶었다.

석요송과 금불현의 산보도 거의 끝나가고 있었다. 이제 죽림의 끝이 보였다. 남쪽의 담장이 눈에 들어오고, 장원 안의 건물들 사이로 이어진 길도 보였다. 그런데 그때 문득 그 길로 한 명의 중년 사내가 달려왔다. 마치 석요송과 금불현이 이리로 올 줄 알고 있었다는 듯한 행동이었다.

"소주(小主)!"

사내가 급히 금불현에게 고개를 숙였다.

"무슨 일이죠?"

금불현이 사내에게 물었다.

"어른께서 찾으십니다."

"날?"

"두 분 모두 보자십니다."

"무슨 일로?"

"아침을 함께 하자십니다."

사내가 대답을 하면서 슬쩍 석요송을 바라봤다. 그러자 금불현이 석요송에게 물었다.

"형님 괜찮으시겠어요? 만약 불편하시면 제가 할아버님께 양해를 구하지요."

그러자 석요송이 고개를 저었다.

"아니야. 어찌 현종 종주의 초청을 거절하겠는가? 더군다나 아우의 조부님이 아니신가?"

"제 체면을 생각해 주시는 겁니까?"

금불현이 기분 좋은 표정으로 물었다. 그러자 석요송이 대답했다.

"형이 아니면 누가 아우를 챙기겠는가?"

"하하하! 정말 형님이 생기니 좋군요. 가시죠. 제가 안내하지요."

금불현이 얼른 죽림을 벗어나며 말했다.

학인의 거처인 듯 먹물향이 물씬 나는 대청이다. 북쪽 벽으로는 서간들이 늘어서 있었고. 서쪽 벽에도 오래된 화서들이 걸려 있다. 그 앞으로 단출한 차림의 상이 세 개 놓여 있었는데 그중 하나에는 이미 그 주인이 앉아 있었다.

"어서 오너라."

금불현이 석요송을 데리고 대청으로 들어서자 미리 상 하나

를 차지하고 있던 노인이 얼굴에 온화한 미소를 띠며 금불현을
맞았다.

"편히 주무셨어요?"

금불현이 조금 어리광이 느껴지는 목소리로 물었다. 석요송
과 대화를 할 때와는 또 다른 모습이다.

"나야. 잘 잤지. 늙으면 잠이 없어져서 문제라지만 난 안 그
렇구나. 아주 잘 잤지 뭐냐."

"뭔가 좋은 일이 있으시군요?"

금불현이 얼른 물었다. 그러자 노인이 빙그레 미소를 지었다.

"네가 눈치가 제법 늘었구나."

"얼굴에 다 나타나시는데요. 뭐."

"허허 그런가? 허허허!"

"무슨 일이세요?"

금불현이 정색을 하며 물었다. 그러자 노인이 천천히 시선을
돌려 석요송을 보면서 대답했다.

"먼저 손님을 소개해 줘야지 않겠느냐?"

"아, 이런 그렇군요. 그런데 뭐 소개해 드리지 않아도 아시잖
아요? 석 대협… 아니 석 형님이세요. 형님 이분은 제 조부님이
세요."

순간 노인의 눈빛이 살짝 변했다.

"형님?"

"아, 우린 이미 의형제를 맺었어요."

"의형제라… 젊은 사람들이라 빠른 거냐? 아니면……?"

노인이 금불현을 바라봤다. 그러자 금불현이 고개를 끄덕

였다.

“아버님과 석 대협 이야기를 드렸어요.”

“음, 그랬구나. 반갑네. 금무해라고 하네.”

노인이 석요송을 보며 말했다. 그러자 석요송이 정중하게 고개를 숙이며 대답했다.

“인사드립니다. 석요송이라고 합니다. 뵙게 되어 기쁩니다.”

단정하면서도 무거운 석요송의 인사에 노인이 고개를 끄덕였다.

“그 아비에 그 아들이로다.”

노인이 석요송을 보며 감탄했다. 한눈에 석요송의 사람됨을 파악한 모양이었다. 하긴 금문에 최고의 현자라 알려진 노인의 명성을 생각하면 그리 놀랄 일도 아니었다.

“일단 요기부터 하지. 아침이라 가볍게 차렸네.”

금무해가 손을 들어 석요송에게 자리에 앉기를 권했다. 그러자 석요송과 금불현이 좌우로 이동해 금무해를 사이에 두고 각자 하나씩 상을 차지하고 앉았다.

단출한 식사와 가벼운 침묵, 석요송은 정신까지 맑아오는 간결한 아침을 경험했다. 금무해 조손의 아침이 매일 이러한지는 알 수 없으나 현종 출신의 사람들이 어떻게 생활하는지 그 일면을 볼 수 있는 아침 식사였다.

조용히 식사가 끝나자 이번에는 차가 들어왔다. 조금 날카로운 듯 느껴지는 차 맛이었지만 역시 아침의 상쾌함을 생각하자면 잘 어울리는 맛이었다.

“음… 내 자네에 대해서는 궐 장로께 얼핏 들었네.”

차를 두어 모금 마신 후 금무해가 석요송을 보며 말했다. 석요송이 가볍게 고개를 숙이는 것으로 대답을 대신했다.

“그래, 어쩔 생각인가?”

금무해가 거두절미하고 물었다. 그러자 금불현이 얼른 석요송을 대신해 대답했다.

“청도로 돌아가시면 도주님과 소도주님을 상대로 다시 이야기를 해보시겠답니다.”

“인검이 되는 것을 거절할 수도 있다는 말인가?”

다시 금무해가 석요송을 보며 물었다. 조금 걱정스러운 표정이기도 했다.

“그것이 피하기 어려운 길이란 걸 잘 알고 있습니다.”

“맞네. 자네가 피한다면 석문이… 음.”

말을 하다 금무해가 입을 닫았다. 마치 자신이 석요송을 협박하는 듯 들릴 수도 있기 때문이었다.

“애초의 약조는 도주님과 한 것이었기에 소도주와는 이 거래를 새롭게 할 필요가 있다는 생각입니다.”

“도주와 소도주는 다르다?”

“그렇습니다.”

“상대하기가 소도주가 더 까다로울 수도 있네. 너무 패도적이라……”

금무해가 말꼬리를 흐렸다.

“그 정도 그릇은 되리라 봅니다만……”

석요송의 말에 금무해가 고개를 끄덕였다.

"그렇기는 하지. 본래 소도주가 어려서부터 지금 같은 성격을 지니게 된 것을 아닐세. 여인의 몸으로 거친 수련을 하고, 또 도주님으로부터 금문의 패업을 이어야 한다는 당부를 하루도 거르지 않고 들으며 성장하다 보니 지금 같은 성정을 가지게 된 것이지. 생각보다 현명한 사람이니 자네의 제안을 받아들일 걸세."

금무해의 말이 끝나자 금불현이 조심스럽게 물었다.

"할아버님께서도 결심을 굳히신 것입니까?"

"음, 그래."

"결국, 소도주로군요."

"어쩔 수 없다. 도주께서 살아계시는 동안 벌어지는 일은 모두 도주님의 뜻대로 따를 수밖에! 도주께서도 그 사실을 알고 있기에 지금 나에게 소도주를 보낸 것이니라. 불현! 넌 소도주를 따른다. 알겠느냐?"

"할아버님의 뜻이 그러시다면 어쩔 수 없지요."

"설마 다른 사람을 마음에 두고 있었던 것은 아니겠지?"

"뭐, 석 형님 정도라면 소도주를 대신할 수도 있겠지만……."

"하하! 그렇기는 하다만 이 친구가 묘문의 아들이라면 무림 제패와 같은 일에 관심을 둘 리 없지. 안 그런가?"

금무해가 석요송을 보며 은근한 어조로 물었다. 천하를 제패하는 자가 소도주가 아닐지언정 금문 사람이 아닌 자가 패자가 되는 것은 금무해로서도 달갑지 않은 모양이었다.

'이러니 저러니 해도 역시 금문의 사람인가?'

석요송의 내심 씁쓸한 실소를 흘리면서도 순순히 대답했
다.

"석문은 예로부터 천하를 금문에 양보한 문파지요."

"하하하, 내 뭐 그런 뜻으로 한 말은 아니네. 그저 석문의 사
람들이 세상에 욕심이 없었다는 것을 말하려 함이지."

석요송에게 내심을 들켰다고 생각했는지 금무해가 얼른 변명
을 늘어놓는다.

"그래도 전 차라리 석 형님이셨으면 좋겠어요."

금무해의 심사를 아는지 모르는지 금불현이 말했다. 그러자
금무해가 빙그레 미소를 지으며 말했다.

"넌 정말 석 대협에게 크게 반한 모양이구나."

"강호에서 석 형님만 한 사람을 보지 못했으니까요."

"그렇긴 하지. 하지만… 세상은 넓고 강자는 모래알처럼 많
다. 출도를 한 이후에는 꼭 행동을 조심해야 할 게다."

금무해가 금불현에게 당부했다. 그러자 금불현이 고개를 끄
덕이다 불쑥 물었다.

"몇 명 일러주시지요."

"응?"

"할아버님께서 이미 향후 소도주의 경쟁자가 될 수 있는 사
람들을 꼽아놓았다는 것을 알고 있지요. 아마도 그건 소도주께
드리는 할아버님의 선물이겠지요?"

"선물은 너지."

"저야 뭐… 인질이죠."

"그리 생각 말거라. 세상사는 게 그렇다. 한쪽 눈을 감고 보

면 편한 길이 보일 때가 있는 법이란다. 기왕에 청도로 갈 바에는 좋은 생각으로 가거라."

"아아, 알겠어요. 그러니 저와 형님에게도 선물을 주세요."

금불현의 말에 금무해가 고개를 끄덕였다.

"그렇잖아도 떠나기 전에 말해 주려 했다. 보자… 시간은 좀 있는가?"

금무해가 석요송에게 물었다.

"이곳에선 제가 할 일이 없지요."

"하하, 그렇군. 아직은 인검이 아니니. 그럼 오전에는 내게 시간을 내어주게. 자네가 인검으로 살아가려면 반드시 알아야 할 인물들에 대해 말해줌세."

금무해의 말에 석요송이 순순히 고개를 끄덕였다.

"자리를 옮길까?"

"송방으로 가요."

금불현이 말했다.

"그럴까? 그러자."

금무해가 고개를 끄덕였다.

사방에서 솔향기가 들어왔다. 왜 방 이름을 송방(松房)으로 지었는지 단박에 알 수 있었다. 방 남쪽으로 누대가 나와 있었고, 장승같은 소나무 다섯 그루가 누대 위에서 그늘을 만들고 있었다.

누대 아래로는 작은 개울이 굵은 기둥 사이를 지나고 있었다. 물은 맑아 송사리가 오르내렸다. 여름날 그늘에 가려진 누대에

누워 잠을 청하면 저절로 깊은 잠에 빠져들 것 같은 곳이었다.

금무해는 석요송을 방과 이어진 누대로 이끌었다.

"앉지."

금무해가 부드럽게 권했다. 석요송은 금무해의 목소리와 바람에 흔들리는 소나무 우는 소리가 잘 어울린다고 느꼈다. 도검이 난무하는 강호를 살아가는 곳으로는 어울리지 않은 사람과 장소였다.

"이곳은 뜻깊은 곳이에요."

문득 금불현이 말했다. 석요송이 금불현을 바라보다 다시 금불현이 입을 열었다.

"예전에 형님의 아버님과 아버지가 이곳에서 의형제를 맺었어요."

"그래?"

석요송이 주변을 돌아봤다. 과거의 사람은 간 곳이 없지만 그날의 정취가 느껴지는 듯싶었다.

"그 아이들이 그때 이곳에서 두 말의 술을 마셨지. 참 이상한 날이었어. 본래 두 사람 모두 술을 좋아하지 않았거든? 그런데 그날은 그렇게 마시더라고. 어찌 보면……."

금무해가 말을 하다 말고 살짝 코끝을 찡그리며 말을 멈췄다.

"왜 그러세요?"

금불현이 걱정스러운 표정으로 금무해를 보며 물었다. 그러자 금무해가 고개를 저으며 대답했다.

"아, 어찌 보면 그날 두 사람이 그렇게 취한 것은 아마도 계림에 가서 돌아오지 못할지도 모른다는 생각을 했기 때문이었을 것 같구나."

"그럼 두 분이 의형제를 맺은 것은 계림으로 떠나기 얼마 전이었군요?"

석요송이 물었다. 그러자 금무해가 고개를 끄덕였다.

"그렇다네. 계림의 일이 있기 얼마 전 묘문 그 사람이 현림을 찾아온 거야. 도주와 함께… 그리고 그때 그를 본 후문이 한눈에 반해 의형제를 맺은 거지. 마치 오늘 너희처럼."

말하는 금무해의 표정이 결코 밝지 않았다. 아마도 사람의 운명이라는 것이 계속해서 반복된다는 생각이 떠오른 듯 보였다. 앞서 의형제를 맺은 두 사람의 끝이 좋지 않았으니 오늘 의형제를 맺은 석요송과 금불현의 앞날이 걱정되는 모양이었다.

"저희 걱정은 마세요."

금불현이 금무해의 내심을 읽었는지 웃으며 말했다.

"당시 두 사람보다 지금 너희가 더 어리다."

"물론 그렇지만 그분들보다 우린 좀 더 영악하지요."

"무슨 말이냐?"

"두 분은 금문을 위해, 타인을 위해 자신의 목숨을 버렸지만 우린… 아니 요송 형님은 몰라도 전 그럴 생각이 없어요. 제가 살아야 남도 있는 거죠."

"녀석, 그런 점에선 네 아비를 닮지 않았어."

"그럼 어머니를 닮았나 보죠."

"후후, 그렇지. 네 어미는 참으로 똑똑한 사람이지."

그러자 석요송이 금불현을 보며 물었다.

"그러고 보니 아우의 어머니는 어디 계시지?"

“지금은 출타 중이세요. 석 달 일정이니 만나기는 어려울 것 같아요.”

“그렇군. 그런데 어디로……?”

“어디라고 했지요?”

금불현이 금무해에게 물었다. 그러자 금무해가 타박을 했다.

“이 녀석 또 잊어버렸느냐? 양산이라고 하지 않았느냐?”

“아! 맞다. 양산이라는 곳에 다니러 가셨어요. 어머니는 양산종이라는 종파의 마지막 후예시거든요.”

“양산종? 못 들어 본 이름이군.”

“그럴 걸세. 아주 오래전에 잊힌 종파인데… 어찌 그 끈이 불현 어미에게 이어진 모양이야.”

금무해의 말에 석요송이 고개를 끄덕였다. 그렇게 세 사람이 과거의 인물들에 대해 그리고 양산종이라는 사라진 종파에 대해 두런두런 이야기를 나눴다. 그러다 잠시 대화가 뜸해지던 어느 순간 문득 금무해가 입을 열었다.

“청도에 나아가 소도주를 보필하게 되면 세 사람을 조심해야 한다.”

금무해가 입을 열자 석요송도 금불현도 정색을 하며 금무해를 바라봤다.

“대저 도주가 부재할 때 금문의 권력을 손에 넣을 수 있는 사람은 현재로는 그 세 사람이다.”

“누구죠?”

금불현이 물었다. 그러자 금무해가 품속에서 한 장의 양피지를 꺼내 두 사람 앞에 펼쳤다. 얇게 여며진 양피지는 그 부피에

비해 무척 넓은 크기를 자랑했고, 그 위에 천하의 지도가 일목
요연하게 그려져 있다.

"이게 현재 금문삼십육진의 위치다. 그리고 이 세 곳이 금문
삼혈이지. 하지만……."

금무해가 큰 산 모양으로 그려진 육지의 두 곳과 청도를 가리
키다가 이번에는 붉은 점으로 표시한 세 곳을 가리키며 말을 이
었다.

"정작 중요한 곳은 삼혈이 아니라 바로 이 세 곳이다. 왜냐하
면, 이 세 곳에 소도주를 대신해 금문을 손에 넣을 수 있는 세 명
의 잠룡이 있기 때문이다."

그러자 석요송과 금불현의 시선이 붉은 점이 찍혀 있는 세 곳
으로 향했다.

"하나는 북쪽의 흑수 근처, 다른 하나는 송화강 상류고, 다른
하나는 심양 근처군요."

금불현이 말했다.

"그렇다. 모두 삼혈과 가까운 곳이기는 하지만 삼혈은 아니
지."

"누가 있죠?"

금불현이 물었다. 그러자 금무해가 가장 위쪽 흑수 근처의 붉
은 점을 짚으며 말했다.

"가장 북쪽은 금문삼십육진 중 구진이 있는 곳이다. 그곳에
는 북종의 실질적 수장인 장로 금천명이 있다. 그는 비록 백여
세에 가까워지고 있지만 적어도 향후 이십 년은 충분히 살 수
있지. 그러니 도주께서 돌아가시면 그가 가장 강력한 소도주의

경쟁자가 될 것이다."

"하지만 그는 지난번 고려의 변경에서 일으킨 혈사에서 도주님의 도움으로 살아난 이후 도주께 충성을 맹세하지 않았습니까?"

"후후, 사람의 입에서 나온 말을 믿느냐?"

"아닌가요?"

"흉중에 구렁이 백 마리는 족히 들었을 것이다."

"그렇다면 무서운 상대군요. 도주님을 제외하고는 그의 권위에 도전할 사람이 금문에는 없는데……."

"맞다. 아마도 가장 무서운 상대가 될 거야. 그러나 한편으로는 또한 가장 쉬운 상대기도 하지."

"어째서죠?"

"가장 강력한 상대니까. 이미 드러난 상대고, 또한 모든 사람의 이목을 받고 있는 상대다. 그 이목이 그를 옭아맬 것이다. 함부로 소도주를 향해 검을 뽑지 못할 거란 말이지. 소도주에게 특별한 흠이 없는 한!"

"그럼 그는 소도주의 실책을 만들어내려 하겠군요."

"그가 할 수 있는 유일한 방책이지."

금무해의 말에 석요송과 금불현이 동시에 고개를 끄덕였다. 그러자 금무해가 이번에는 심양 근처의 붉은 점을 짚었다.

"이곳에는 누가 있는지 짐작하겠느냐?"

"그건 알 것 같아요. 아마도 남종의 일인자 금자명 장로가 계시겠지요."

"맞다. 장로 금자명 역시 도주의 후대를 노릴 만한 인물이지.

나이도 이제 겨우 칠십, 세속에서야 늙은이 소리를 들을 나이지만 금문에서는 그렇지 않지. 적어도 이삼십 년의 세월을 감당할 수 있는 나이지 않느냐?"

"그러나 남종은……."

금불현이 고개를 갸웃했다.

"물론 남종의 세력으로 정종과 북종을 상대할 수 없지. 그러나 어부지리라는 것이 있지 않으냐?"

"양쪽을 이간할 거란 말씀인가요?"

"그게 그가 할 수 있는 유일하면서도 확실한 방법이지."

금무해의 말에 금불현이 고개를 끄덕였다. 그러면서 송화강 상류의 붉은 점을 짚으며 물었다.

"두 사람은 이미 예상했던 사람들이고요. 이곳에는 누가 있죠?"

"그곳이 어딘지는 아느냐?"

"십진이라면… 불산 근처인가요?"

"맞다, 바로 불산이다. 불산에는 금관유가 있다."

"금관유… 요? 듣기는 했지만 그리 대단한 인물은 아닌 것으로 알려지지 않았나요?"

금불현이 고개를 저었다. 그러자 금무해가 고개를 끄덕였다.

"그에 대해 자세히는 모를 거다. 그는 지난 이십여 년 동안 철저히 초야에 묻혀 지냈으니까. 그러나 그를 아는 사람들은 누구나 그가 소도주의 가장 강력한 상대가 될 것이라 예상하고 있단다."

"어째서죠?"

금불현이 호기심을 드러내며 물었다. 그러자 금무해가 무겁게 입을 열었다.

"그는 계림혈사에서 살아 돌아온 사람 중 하나다."

"이십사룡 중 하나라는 건가요?"

"그렇다."

"이십사룡이 뭐지?"

석요송이 금불현에게 물었다.

"당시 계림에서 살아 돌아온 사람 스물네 명을 일컬어 금문에서는 이십사룡이라 불렀어요. 당시로써는 후기지수 중 가장 뛰어난 인물들이었지요. 물론 석 대협과 아버님을 제외하고는요."

"불현의 말이 맞네. 그들이 계림에서 살아온 이유도 바로 그들이 금문의 미래기 때문이었지. 그러나 살아 돌아온 자들은 환영받지 못했네. 패한 전장에서 살아온 자는 결국 멸시를 받는 법이거든. 덕분에 이십사룡은 금문 곳곳으로 뿔뿔이 흩어졌지. 그러나 워낙 출중한 자들이기에 금세 자신이 속한 곳에서 두각을 나타내기 시작했네. 그들의 나이가 지금 대략 많게는 육십, 적게는 사십이니 현재 금문의 중추들이라고 할 수 있네. 삼십육진의 대주 중 이십사룡 출신의 대주만도 일곱일세."

"금관유가 바로 이십사룡 중 하나였군요?"

금불현이 재차 물었다.

"그렇단다. 이십사룡 중에서도 가장 뛰어난 재능을 지닌 인물로 알려졌던 아이지. 그런데 당시엔 다른 사람에 비해 크게 주목을 받지 못했어. 이유는 그가 이십사룡 중 가장 어렸기 때문이지. 당시의 나이가 약관을 겨우 지났었으니까."

"그럼 지금은 마흔 중반쯤 되었겠네요."

"그렇지."

"그렇다면 금문의 권력을 노리기에는 너무 어리지 않나요?"

"어리지. 하지만 그렇게 따지면 소도주도 어리지 않느냐?"

"소도주야 도주님의 후광이 있으니 다르지요."

금불현의 말에 금무해가 고개를 저었다.

"그에게도 든든한 후원자가 있다."

"누구죠? 북종과 정종 그리고 남종은 이미 각자 주인들이 있으니 그들은 아닐 테고, 그들이 아니라면 금문에서 힘을 발휘할 배경은 없을 텐데요?"

"이십사룡! 그들이 있지 않으냐?"

금무해의 말에 금불현이 놀란 표정을 지어보였다.

"그들이 다시 모였나요?"

"드러나지 않았지만 이십사룡의 몇몇이 최근 들어 불산을 방문한 것으로 알려졌다. 이후 이십사룡에 속한 자들의 움직임이 활발해졌다. 그리고 그 중심에 금관유가 있다."

"이상하군요."

"뭐가 말이냐?"

"할아버님 말씀처럼 그는 이십사수 중 가장 어린 사람인데 어떻게 그를 중심으로 이십사룡이 힘을 모으는 거죠?"

"그래서 무섭다는 게다. 그의 재주가 오죽 특출나면 그 대단한 이십사룡이 어린 그를 밀겠느냐? 더군다나 이십사룡은 지난 날 받은 멸시로 인해 권력에 대한 욕심이 그 누구보다 강하다. 내 생각에는 아마도 금관유의 행보가 향후 금문의 주인을 결정하는 가장 큰 변수가 될 것 같구나.”

“무공이 강한가요?”

금불현이 다시 물었다. 그러자 금무해가 고개를 끄덕였다.

“삼 년 전인가? 당시 요병이 북방의 금문 터전을 공격한 적이 있었다. 그때 그가 이끄는 십진이 요병 일천을 상대로 승리를 거뒀다.”

“정말요?”

금불현이 화들짝 놀라 되물었다.

“그렇단다. 물론 주변의 말갈인들을 이용하기는 했지만 어쨌든 일백이 안 되는 숫자로 요의 정예 일천을 상대해 낸 것은 아무래도 그의 탁월한 무공과 지략 때문이라는 것이 정설이란다.”

“대단하네요.”

“대단하지. 무공에 지모, 그리고 무시하지 못할 후원자들까지. 더군다나 그의 재능을 아끼는 금문의 원로들이 여럿 있다. 그들과도 손을 잡았을 수 있고… 역시 변수는 그가 될 것이다.”

금무해가 확신하듯 말했다. 그러자 석요송이 나직하게 물었다.

“그가 소도주와 손을 잡을 가능성은 없습니까?”

석요송의 물음에 금무해가 고개를 저었다.

"쉽지 않은 일이네. 오히려 금천명이나 금자명 두 사람과 손을 잡을 가능성이 크다고 할 수 있지. 두 사람과는 나이 차이가 있으니 후대를 약속받으면 두 사람을 위해 움직일 수도 있어. 그러니 그가 소도주와 손을 잡을 가능성은… 음. 한 일 푼 정도는 있겠군."

"어떻게요?"

금불현이 물었다.

"간단하다. 소도주가 여인이 된다면 그때는 가능하겠지."

"소도주와 그가 혼인을 한다는 말인가요?"

"그래서 일 푼이라지 않았느냐? 소도주는 여인의 삶을 뛰어넘은 사람이니 그런 일을 없겠지. 대답이 되었나?"

금무해가 석요송에게 물었다. 그러자 석요송이 고개를 끄덕였다.

"알아들었습니다."

"좋아. 어쨌든 이 세 사람에 대해서는 항상 주의를 기울여야 하네. 그리고 이건 네가 가지고 있거라. 대신 이곳을 떠날 때는 다시 내게 주어야 하니 그 안에 머릿속에 넣어두거라."

금무해가 품속에서 서책 하나를 꺼내 금불현에게 건넸다.

"이게 뭐죠?"

"그 안에 지금까지 그들 세 사람에 대해 조사한 것들이 들어 있다. 특히 금문 내에서 은밀히 그들을 따르는 자들도 들어 있으니 청도에 가거든 특별히 조심하거라."

"바로 이런 선물을 기다렸지요."

금불현이 밝게 미소를 지었다. 그런 금불현을 바라보던 금무해가 이번에는 석요송에게 말을 건넸다.

"결국, 소도주 곁에 머물게 될 걸세."

"아마도 그렇겠지요."

"그렇게 된다면 불현 저 아이를 잘 부탁하네. 총명하기는 하나 조금 성급한 면이 있어서……."

"오히려 아우에게 제가 의지하게 될 것입니다."

"음, 가끔 도움이 되기도 할 걸세. 쓸모가 없는 아이는 아니야."

그러자 두 사람의 말을 듣고 있던 금불현이 금무해를 보며 언성을 높였다.

"할아버지, 아직도 절 믿지 못하세요?"

"물론 널 믿는다. 그러나 내 눈에는 언제나 네가 어려 보이는 걸 어쩌겠느냐? 아무튼, 조심해야 한다. 조만간 현림 밖에서 만나게 될 게다."

"청도로 오실 거예요?"

금불현이 조금 놀란 표정으로 물었다. 그러자 금무해가 고개를 저었다.

"조만간 도주가 금문십육사를 금산으로 부를 것이다. 물론 금산이 아닌 다른 곳일 수도 있겠으나 결국 모두를 한 번 모으긴 할 것이야."

금무해의 말에 금불현이 고개를 끄덕이며 대답했다.

"역시 소도주의 문제 때문이겠지요?"

"그렇겠지. 도주는 그 자리에서 아마도 소도주를 자신의 후계자로 인정받으려 할 것이다."

"장로들이 반발하지 않을까요?"

"도주가 살아 있는 한은 어렵지. 어쨌든 도주도 살아계시는 동안 최대한 많은 힘을 소도주에게 몰아주려 하겠지. 그리고 어쩌면 그 자리에서 자네를 장로들에게 소개할지도 모르겠네."

금무해가 석요송을 보며 말했다. 그러자 석요송이 물었다.

"인검은 그림자가 아니던가요?"

"음, 인검의 탄생은 처음이니 어찌 쓸지는 모르겠네. 그러나 적어도 우리 십육사에게는 자네를 소개하고 자네의 지위 역시 공식적으로 인정받으려 할 걸세. 그때가 되면… 자네도 적을 갖게 되겠지."

금무해의 말에 석요송이 묵묵히 고개를 끄덕였다. 인검으로서의 삶이 시작되면 석요송은 칼날 위에 목숨을 걸고 살아야 할 터였다. 그런 석요송을 조금 안쓰럽게 바라보던 금무해가 분위기를 바꾸려는 듯 밝은 목소리로 말했다.

"자자, 나중의 일에 관한 이야기는 이쯤하고, 이젠 좀 편히 쉬도록 하지. 이곳을 떠나면 한동안 이런 휴식은 없을 테니."

금무해가 말했다. 그러자 금불현이 물었다.

"언제 떠난다고 하죠?"

"이삼 일 내로 떠날 게다. 혈사신보는 외지에 오래 있을 물건이 아니니."

금무해가 대답했다.

"그럼 정말 시간이 없네요. 형님 혹시 술을 하세요?"

"아직 마셔보지 않았는데."

석요송이 대답했다. 그러자 금불현이 묘한 미소를 지으며 말
했다.

"잘 됐네요. 그럼 제가 가르쳐 드릴게요."

"어린 녀석이! 쯔쯔……."

금무해가 금불현을 보며 혀를 찼다.

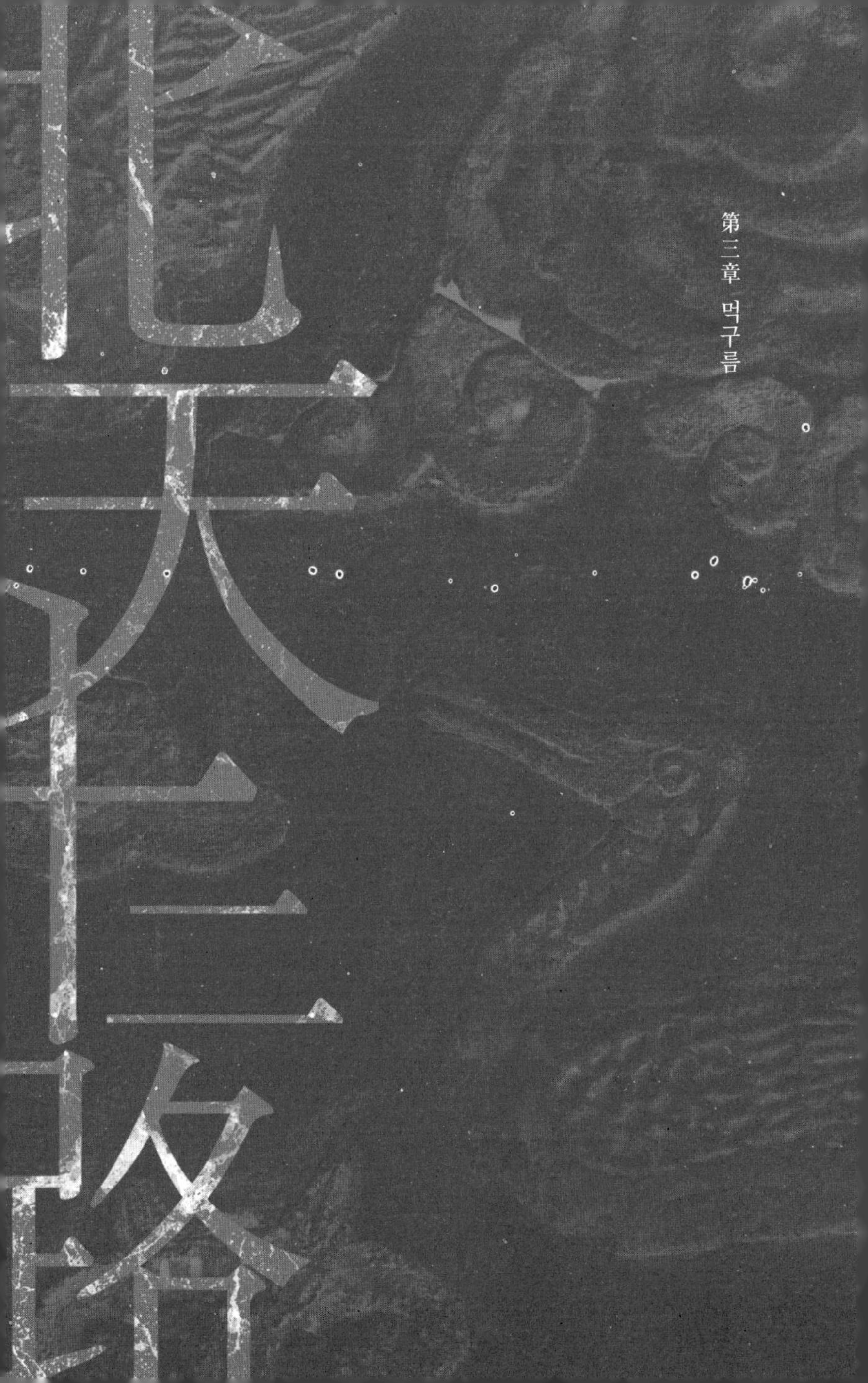
第三章 먹구름

 꿈결 같은 시간이 흘렀다. 이틀 동안 석요송은 송방에 머물렀다. 왕춘은 석요송과 금불현이 의형제를 맺었다는 사실을 몰랐기에 의구심 어린 시선으로 새벽처럼 나가 밤늦게 돌아오는 석요송을 보며 행선지를 물었지만 석요송은 왕춘에게도 금불현과 송방에 대한 이야기를 하지 않았다.

 물론 길을 떠나게 되면 금불현에 대해 금세 알게 되겠지만, 만약 현림에 머무는 동안 왕춘에게 금불현과 송방에 대해 말하면 필시 왕춘도 동행을 하게 될 터였다. 그리되면 송방에서의 고요한 휴식이 금세 방해받을 것이 분명했다.

 석요송은 토하곡을 떠난 이후 자신의 인생에서 처음 맞아보는 이 고요하고 청량한 휴식을 다른 사람에게 방해받고 싶지 않았다. 금불현조차도 석요송 곁에 조용히 머물 뿐 그의 휴식을 방해하지 않았다. 금불현은 현명한 청년이어서 석요송이 이 휴식을 아주 오랜만에, 어쩌면 생애 처음으로 갖는 것이라는 것을 알고 있었다. 또한, 앞으로 이런 휴식이 또다시 석요송에게 주어지려면 오랜 시간이 필요하다는 것을 알고 있었기에 석요송의 청정한 휴식을 방해하지 않았던 것이다.

그렇게 삼 일의 시간이 지나고 석요송의 아침이 다시 분주해졌다. 드디어 금령이 현림을 떠날 결심을 한 것이다.

일행은 석요송과 금령이 현림에 들어올 때보다 배가 늘어나 있었다. 모두 현림에서 합류한 사람들로 그중에 금불현이 있었다.

"이젠 말해 보게. 어디서 뭘 했나?"

두 필의 말에 나눠 타고 떠나기를 기다리고 있던 석요송에게 왕춘이 협박하듯 물었다. 더 이상은 비밀을 용납하지 않겠다는 말투였다.

"좀 쉬었습니다."

"무슨 소린가? 나는 뭐 일했나?"

"좋은 곳을 알았지요. 그리고… 좋은 사람도."

"내게 비밀로 할 만큼?"

왕춘이 입을 비쭉였다.

"그저 아주 오랜만에 조용히 쉬고 싶었어요. 기분 상하셨다면 사과드리지요."

대답하는 석요송을 왕춘이 빤히 바라봤다. 그리고는 천천히 고개를 저었다.

"아닐세. 내가 농을 해본 거야. 자네가 지난 사흘 동안 무척 밝아진 것 같아 사실은 궁금하면서도 기뻤네. 자네의 본성인 청정한 기운이 오랜만에 밖으로 드러나는 것 같으이."

"그런가요?"

"좋은 일이지."

"그러나 곧 사라지겠지요."

"후후, 그걸 지켜가는 것이 곧 수양이라네."

왕춘이 희미한 미소를 지었다. 그때 멀리서 모길의 목소리가 들려왔다.

"출발한다. 엄주까지 쉬지 않고 이동할 것이다. 가자!"

모길의 힘찬 목소리에 앞선 자들이 말을 몰아 빠르게 현림을 벗어났다.

"다시 보세."

어느새 궐후, 모길과 인사를 나눈 금무해가 급히 석요송에게 다가와 말했다.

"다시 뵙지요."

"그러세. 불현을 잘 부탁하네."

"제가 없어도 충분히 잘해낼 것입니다. 저보다 현명하니까요."

"그래도 애는 애지. 사실 고생을 모르고 자랐다네."

"지켜보겠습니다."

"든든하네. 가게!"

금무해의 말에 석요송이 고개를 숙여 보이고는 서둘러 말을 몰았다. 그러자 갑작스러운 금무해의 등장에 놀랐던 왕춘이 황

급히 말을 몰아 석요송을 따라 붙었다.

"뭔가? 언제부터 저 양반과 친했었지?"

왕춘이 물었다.

"예전에 인연이 있던 분이더군요."

"그래? 어떤 인연?"

"선대의 인연입니다."

"선대라… 이거 왠지 많은 이야기가 있을 것 같은데?"

왕춘이 호기심을 드러내며 말했다. 그러자 석요송이 미소를 지었다.

"가면서 말씀드리지요."

푸른 산과 들이 끝없이 펼쳐졌다. 가끔 들판을 가로지르는 강이 나타나 일행을 막기도 했지만, 일행의 속도를 늦추지는 못했다. 일행은 현림을 떠난 지 십여 일이 지나자 이미 바다 내음을 맡고 있었다.

바다 냄새가 나기 시작한 지 한 시진이 지나자 검푸른 파도가 사람들의 눈에 들어왔다. 그 파도들이 밀려가는 한쪽에 제법 큰 포구가 형성되어 있었다. 일행의 목적지인 엄주다.

"형님, 다 온 것 같은데요?"

바다가 보이자 금불현이 금령이 탄 마차를 떠나 석요송 곁으로 다가왔다.

"엄주인가?"

석요송이 포구를 고개를 끄덕였다. 그러자 왕춘이 금불현에게 물었다.

"금 공자께서는 처음이신가?"

"바다가요? 아니면 엄주가요?"

"바다 말일세."

"바다야 많이 봤죠. 가끔 동해에도 갔으니까요."

"동해를? 그 먼 곳까지 왜?"

"금문의 뿌리가 어딘지 아시잖습니까?"

"하하, 그렇군. 내 멍청한 질문을 했군."

십여 일 여행 중에 이미 금불현과 왕춘도 서로 친숙해져 있었다. 현림에서 석요송과 금불현이 의형제를 맺은 것을 알게 된 왕춘은 금불현을 마치 석요송 대하듯 편하게 대했다.

"어르신이 떨리시겠어요?"

"나? 왜?"

금불현의 말에 왕춘이 되물었다.

"옛 정인을 만나게 될지도 모르잖아요."

금불현 역시 왕춘의 사연을 알고 있었다.

"그야 모르는 일이지. 살아 있는지도 모르고. 또 설혹 살아 있다고 해도 청도에 있다고 장담할 수는 없으니까."

"그분이 도주님을 모시고 있을지도 모른다고 했잖습니까?"

"나이가 몇인가? 아직도 남의 시중을 들고 있겠나?"

"하긴 그렇군요. 하지만 어떤 경우에는 평생 누군가의 곁을 지키는 사람도 있지요. 그분이 어르신을 떠날 정도였다면……."

말을 하며 금불현이 슬쩍 석요송을 바라봤다. 석요송의 운명 역시 평생 누군가의 곁을 지켜야 할 수도 있기 때문이었다.

“뭐 그렇다면 일이 좀 더 수월해지기는 하겠지.”

“만나시면 어쩔 겁니까?”

“뭘 어째?”

“그냥 얼굴만 보고 마시겠다고요?”

금불현이 두 손을 들어 올리며 물었다.

“그럼 어쩌면 좋겠나?”

“이제라도 함께 사시죠?”

“으흐흐, 이 나이에?”

“나이가 드셨으니 그래야죠. 얼마나 남으셨겠어요?”

금불현의 말에 왕춘이 어이없는 표정을 지으며 말했다.

“지금 곧 죽을 거라고 말하는 건가?”

“그게 그런가요?”

금불현이 머리를 긁적였다. 그러자 왕춘이 정색을 하며 말했다.

“만난다 한 들 뭘 할 수 있겠나? 시간이 흘렀고, 사람의 기억은 퇴색되어 가네. 기억이 퇴색되는데 하물며 감정이야… 나야 평생 마음에 두고 살았지만, 그 사람은 또 어떨지 모르고. 그저 얼굴 한 번 보고 안부 한 번 전하는 것으로 끝날 수도 있지.”

왕춘의 말에 금불현이 씁쓸한 표정으로 대답했다.

“그리되면 슬픈 일이네요.”

“슬프긴 그게 사람 사는 거지. 이런 너무 처졌군. 얼른 가세.”

이미 일행은 석요송 등 삼인에게서 이십여 장이나 멀어져 있었다. 세 사람이 급히 말을 몰아 일행을 따라붙었다. 잠시 후 근

사십여 명의 금문도가 엄주로 들어섰다.

*　　*　　*

　두 개의 섬이 눈에 들어왔다. 한쪽은 푸른 숲으로 덮여 있었고, 다른 한쪽은 회색 바위로 가득 찬 섬이다. 섬 사이의 거리는 제법 멀어 배를 타고 반나절은 이동해야 하는 거리였지만 그래도 망망대해에 오직 두 개의 섬만 떠 있다 보니 실제의 거리보다는 무척 가깝게 느껴졌다.
　청도와 생사도다.
　"그러니까 형님이 저 섬에서 십여 년을 사셨다는 거죠?"
　금불현이 살짝 눈살을 찌푸리며 말했다. 생사도의 황량한 모습에서 어린 시절 석요송의 고난이 느껴졌기 때문이었다.
　"나쁜 것만은 아니었지."
　"설마요."
　"그분들은 제법 괜찮았어."
　"천기삼사요?"
　금불현이 되묻자 석요송이 고개를 끄덕였다.
　"그 사람들이 누군지 아세요?"
　"글쎄. 솔직히 자세히는 모르겠다. 그러나 소도주와 밀접한 관련이 있는 사람들이라는 것은 알고 있지."
　"그 사람들은 성하장원의 사람들이에요."
　"성하장원?"
　우연히 천기삼사의 내력에 대해 알 기회가 생긴 석요송이 호기심을 보였다.

"예. 심양 인근에 있는 문파인데 북천십이문에 들죠."

"그렇게 명문 출신인지는 몰랐군."

"명문이라고는 하지만 사실 지금 상황은 그리 좋지 못하죠. 마치……."

"무슨 문제라도 있나?"

"금문에 의해 봉문을 당한 것이나 마찬가지 상황이지요. 그 모든 것이 천기삼사와 연관되어 일어난 일이지만……."

"그래? 금문과 그렇게 사이가 좋지 않았나?"

"사이가 나쁜 것은 아니에요. 나쁠 이유가 없죠. 왜냐하면, 그 성하장원이 바로 소도주의 외가니까요."

"응?"

석요송이 뜻밖이라는 듯 고개를 돌려 금불현을 바라봤다. 그러자 금불현이 목소리를 낮춰 말했다.

"성하장원은 본래 발해의 후인들이 세운 세력이에요. 그들 역시 옛 제국의 부활을 꿈꿔왔죠. 금문이 계림의 부활을 꿈꾸듯 말이에요. 두 문파는 그렇게 같은 꿈을 꾸다 보니 결국 힘을 합치게 되었어요. 두 개의 세력이 하나로 힘을 모을 때 가장 좋은 방법은 뭘까요?"

"그야 당연히… 정략혼?"

석요송의 말에 금불현이 고개를 끄덕였다.

"맞았어요. 바로 정략혼이죠. 본래 도주께는 병약한 아드님이 계셨지요. 금기룡이라고. 타고난 천재였는데 몸이 무척 약했어요. 도주님의 능력으로 그 수명을 연장하기는 했지만, 후사를 볼 수 없는 몸이라고 세상에 알려져 있었지요."

"그런데 어떻게 소도주가 태어난 거지?"

"그건 정확히 알 수 없어요. 한 가지 짐작이 가는 것은 그 성하장원의 따님, 그러니까 소도주의 어머니의 체질이 아주 특별한 사람이었을 거란 것이에요. 병약한 금기룡으로부터 수태를 할 수 있을 만큼 말이지요. 아마 도주가 정작 원한 것은 성하장원과의 결맹이 아니라 병약한 아들에게서 후사를 볼 수 있는 여인, 즉 소도주의 어머니, 대모설 그분 자체였을지도 모르지요."

"음… 내막이 적지 않겠군."

"그렇죠. 금기룡 금 대협이 아이를 생산하는 것은 하늘의 별을 따는 것과 같다는 말을 한 의원이 있었지요. 그런데 소도주가 태어난 거죠. 사실 이 정략혼은 대모설이라는 분께 무척 가혹한 것이었지요."

"정략혼이 다 그렇지 뭐."

"그런 의미가 아니라요."

"그럼 다른 이유가 있나?"

석요송이 묻자 금불현이 망설이는 듯한 기색을 보이며 대답을 하지 못했다.

"무슨 일인데."

"그게… 어쩌면 형님과도 관련이 있는 일이라……."

"나와? 내가 소도주의 부모들과 관련이 있다고?"

"뭐 직접적인 관계는 아니지만……."

"말해봐. 무슨 일이 있었지?"

석요송이 정색을 하며 물었다. 석요송의 추궁에 금불현이 망설이다가 어렵게 입을 열었다.

"금기룡 대협과 소도주의 어머니인 대모설 여협의 나이 차이가 얼마나 나는 줄 아세요?"

"글쎄. 그게 무슨 상관이지?"

"두 사람의 나이 차이는 서른 살이 넘지요. 더군다나 금기룡 대협으로선 초혼도 아니었고……."

"어떻게……?"

"이제 왜 그 정략혼이 대모설 여협에게 불행한 일이었는지 아시겠지요?"

"단지 나이 차 때문이란 말인가?"

석요송이 납득할 수 없다는 듯 물었다. 정략혼의 경우 나이 차는 그리 문제가 되지 않았다. 그러자 금불현이 다시 침중한 어조로 입을 열었다.

"단지 나이 때문은 아니지요. 이건 그냥 은밀한 소문으로 돌고 있는 것이었지만… 사실 대모설 여협이 금기룡 대협과 혼인을 하기 전에 정인이 있었다는 소문이 있었어요."

"현종이라면 소문과 진실은 구분했겠지?"

석요송의 물음에 금불현이 무겁게 고개를 끄덕였다.

"사실이죠. 그 정인이 바로……."

금불현이 그즈음에서 입을 닫았다. 석요송은 그 정도 이야기로도 일의 전말을 짐작할 수 있었다. 애초에 금불현이 두 사람의 정략혼이 자신과도 관련이 있다는 말을 한 이상 말하지 않아도 대모설이 혼인 전 만났던 정인을 짐작하지 못할 리 없었다.

“아버님이신가?”

석요송이 물었다. 그러자 금불현이 고개를 끄덕였다.

“그런 일이 있었군. 그런데 왜 아버지는 그런 금문을 위해 목숨을 버렸을까?”

석요송이 고개를 갸웃했다.

“형님과 비슷한 처지였을 수도 있지요.”

“그런 건가? 그렇다면 도주는 너무 가혹하군. 부자 이대에 걸쳐 금문의 수족으로 살라 하니……”

“제가 괜한 말씀을 드린 것 같습니다.”

“아니. 결국엔 알게 될 일이었으니까.”

석요송이 고개를 저었다. 그러자 금불현이 재빨리 다시 입을 열었다.

“어쨌든 그렇게 정략혼이 이뤄졌고 대모설 여협은 아이를 가졌지요. 그리고 소도주가 태어난 겁니다. 아버님께서 말씀하시길 소도주의 탄생은 결코 천운에 의해서만 이뤄진 것은 아닐 거라 하시더군요. 세상에 존재하는 모든 비방이 동원되었을 테지요. 도주로서는 그렇게 태어난 소도주가 사내가 아니라 여인인 것이 천추의 한이었을 테지만.”

“사람이 모든 것을 가질 수는 없지.”

“그렇죠. 인명도 재천이고요. 소도주를 낳다가 대모설 여협은 죽었으니까요.”

“기구하군.”

“그렇죠. 이후 금기룡 대협도 소도주가 채 다섯 살이 되기 전에 죽었지요. 혹자는 무리하게 후사를 보기 위해 비방을 남용해 죽었다는 말도 하더군요."

"그런데 왜 천기삼사께서는 생사도에 유폐된 거지?"

"그 자세한 이유는 모르지만 아마도 소도주가 태어난 일과 연관이 있지 않겠습니까? 천기삼사는 당시 성하장원의 세 기둥으로 불렸던 사람들이지요. 그들이 생사도에 갇힌 이후 성하장원은 쇠락하기 시작했어요. 청도주는 그런 성하장원의 쇠락을 방치했고, 한편으로는 오히려 그 쇠락을 부추기기도 했지요."

"왜지?"

"그의 심사는 알 수 없죠. 어쩌면… 소도주의 외가이기 때문일지도. 본래 권력이란 부모 자식 간에도 나눌 수 없다잖아요."

"정말 그렇다면 참으로 매정한 양반이군."

"형님의 일만 해도 그렇지요."

"후후, 맞아. 잊고 있었군. 내가 왜 여기에 있는지."

석요송이 씁쓸하게 웃음을 흘렸다. 그때 갑자기 배의 선수에서 길게 뿔피리 소리가 울렸다. 그러자 배 곳곳에서 금문의 무사들이 갑판으로 모습을 드러냈다. 이미 배의 앞머리는 청도의 포구 안쪽으로 들어서고 있었다.

마차가 그대로 배에 걸쳐진 다리를 따라 내려갔다. 소도주 금령은 단 한 번도 얼굴을 마차 밖으로 내밀지 않고 횡하니 청도 중심으로 난 길을 따라 사라졌다.

"자넨 나와 함께 가세."

모길이 석요송에게 다가왔다.

"어디로 갑니까?"

"도주님을 봬야지."

석요송이 금불현과 왕춘을 돌아봤다. 그러자 금불현이 재빨리 입을 열었다.

"어차피 숙소는 같을 거예요."

금불현의 말에 모길이 고개를 끄덕였다.

"맞는 말이네, 결국 소도주 곁에 있게 될 테니까."

그러자 왕춘이 재빨리 물었다.

"저는… 어찌 됩니까?"

"음, 그대도 한 번은 도주님을 봬야겠지. 그러나 그 일은 궐 장로님의 일이니 장로님을 따라가게. 혈사신보는 장로님이 보관하고 계시니."

그러자 왕춘의 눈이 빠르게 돌아갔다. 궐후는 이미 그를 호위하는 무사들과 함께 말에 올라 청도 안으로 들어갈 채비를 마친 후였다.

"다음에… 다음에 보세."

왕춘이 급히 석요송에게 말을 하고는 훌쩍 신형을 날려 궐후의 곁으로 다가갔다. 그런 왕춘을 흘깃 본 궐후가 나직하게 명을 내렸다.

"가자!"

궐후의 명에 따라 그를 따르는 무사들이 일제히 섬 안쪽을 향해 이동했다. 그 무리에 섞여 왕춘도 석요송의 시야에서 자취를 감췄다.

"괜찮을까?"

석요송이 걱정스레 중얼거렸다.

"걱정하실 필요 없다는 걸 형님도 잘 아시잖아요?"

금불현이 말했다. 그러자 석요송이 고개를 끄덕였다.

"하긴 저분의 별호가 불사자이니 큰일은 없겠지."

"우리도 그만 가세."

모길이 길을 재촉했다. 그러자 금불현이 미소를 지으며 석요송에게 말했다.

"나중에 봬요. 형님! 내 미리 좋은 방을 잡아두지요."

"알겠네. 가시죠."

석요송이 모길을 보며 말하자 모길이 이내 걸음을 섬 안쪽으로 옮기기 시작했다.

기이한 섬이었다. 바다에서 볼 때는 온통 수목에 덮인 섬처럼 보였지만 그 안쪽에는 각양각색의 건물들이 벌집처럼 늘어서 있었다. 큰 건물을 짓지 않아 그 위로 자란 수목에 모습을 감추고 있었던 가옥들이 하나둘 나타나자 석요송은 그제야 이 섬이 왜 금문의 삼혈 중 하나인지, 청도주가 왜 이 섬에 똬리를 틀었는지 이해할 수 있었다. 섬은 그야말로 난공불락의 요새였던 것이다.

"몇 명이나 있습니까?"

걸음을 옮기다가 문득 석요송이 물었다.

"상주하는 자가 오백, 오고 가는 자가 다시 일백여 명 쯤……."

“많군요.”

“많지. 달리 삼혈이 아니네. 금문의 대소사가 모두 이 청도에서 결정되네. 현시점에서만 본다면 금문 전력의 삼 할이 이곳에 모여 있다고 할 수 있네. 그래서 금문제일진이 바로 청도네.”

“그렇군요.”

석요송이 고개를 끄덕였다. 그러자 모길이 묻지도 않은 말을 덧붙였다.

“처음부터 이곳이 금문의 중심은 아니었네. 도주 이전의 태상장로들은 흑수 인근의 북방에 머물렀지. 지금은 북종의 근거지가 된 곳이네.”

“도주께선 왜 이곳에 거처를 정하신 겁니까?”

“사실 도주께서 청도로 들어오실 때는 금문의 일에서 한발 물러서 계실 때였네. 그런데 전대 태상장로께서 대업을 시도하다 분패하여 돌아가신 후 자연스럽게 도주께서 그 뒤를 잇게 되셨지. 해서 은거하기 위해 들어온 이 청도가 금문의 중심이 된 것이네.”

“왜 흑수로 돌아가지 않으셨을까요?”

“글쎄 나도 솔직히 그 이유는 모르겠네. 그때 흑수로 돌아갔다면 오늘날 북종의 행보를 걱정하지 않아도 되었을 텐데.”

모길이 아쉬운 표정을 지었다. 그러자 석요송이 말했다.

“이미 그때 흑수에 남아서는 금문을 장악할 수 없었을지도 모르지요. 다른… 도주님만의 세력이 필요했을 수도 있지 않습니까?”

“음, 듣고 보니 그도 그렇군. 당시 전대 태상장로께서 정종의 원기를 크게 상하게 하셨기에 북종의 사람들이 문의 칠 할을 채우고 있던 시기였으니… 흑수에 남아 있었다면 어떤 일을 당하셨을지 알 수 없는 일이군."

모길이 고개를 끄덕였다. 그러는 사이 두 사람은 청도 동쪽에 자리 잡고 있는 소박한 장원에 도착했다. 청도 곳곳에는 이런 장원들이 섬 전체에 퍼져 있었는데 그중에서도 두 사람이 도착한 장원은 청정한 기운이 물씬 풍기는 것이 무림 문파의 수장이 거처하는 곳답지 않았다.

동심원(冬心園).

석요송이 장원의 정문에 걸려 있는 현판 앞에 섰다. 그리고는 고개를 갸웃했다.

"기이한 이름이군요."

"그렇지?"

"마음이 차다는 건가요?"

"해석은 분분하네. 도주께서 직접 지으신 이름이지. 그러나 한 번도 왜 이런 이름을 지으셨는지 다른 사람에게 말씀하신 적이 없네. 누군가는 금문의 힘들었던 시절을 잊지 말자는 의미라고도 하고. 또 누군가는 겨울의 냉엄함을 마음에 지녀 세파에 흔들리지 않는 부동심을 갖자는 의미라고도 하지."

모길의 해석에 석요송이 고개를 끄덕였다. 어떻게 해석하든 동심원이란 장원의 이름이 도주 금온의 성정을 드러내 주고 있음은 분명했다.

“어서 오십시오.”

장원 안쪽에서 무사 한 명이 모습을 드러내더니 모길에게 정중하게 고개를 숙여 보였다.

“오랜만이네.”

“원행에 별고 없으셨는지요.”

“나야 늘 다니던 길인걸.”

“그래도 도주께서는 항시 우풍사 어른의 안위를 걱정하고 계십니다.”

“하하하, 그런가? 그렇다면 황송한 일이지. 계시는가?”

“기다리고 계십니다. 다른 모든 일정을 취소하셨지요.”

중년 사내가 말을 하면서 시선을 석요송에게 주었다. 그러자 모길이 입을 열었다.

“소개하지. 이 사람이 바로 그 사람이네.”

모길의 말에 사내가 이젠 드러내 놓고 석요송을 살피기 시작했다. 그러더니 나직하게 탄식을 흘리며 말했다.

“아… 역시 닮았군요.”

“그 피가 어디 가나.”

모길이 대신 대답했다. 그러자 사내가 석요송을 보며 말했다.

“반갑네. 여계행이라고 하네. 동심원의 호위를 맡고 있지.”

“석요송입니다.”

석요송이 가볍게 고개를 숙여 보였다. 그러자 모길이 입을 열었다.

“계행 이 친구는 동심원의 호위를 맡고 있다 했지만 기실 도주님을 가장 가까이서 보필하는 사람일세. 청도와 금문에서 어떤 직책도 맡고 있지 않지만, 또한 도주님 외에 그 누구도 함부로 대할 수 없는 사람이지. 한마디로 청도의 자유인이라고 할까."

"우풍사께서 제 얼굴에 금칠을 하시는군요."

여계행이 미소를 지으며 말했다.

"과장은 아니지 않은가?"

"그리 말씀해 주셔서 고맙습니다. 들어가시지요."

여계행의 두 사람을 장원 안으로 인도했다. 모길과 석요송은 여계행을 따라 고즈넉한 장원 안으로 들어가 몇 개의 건물을 지난 후 한 채의 아담한 기와집 앞에 섰다. 드디어 다시 그를 만나게 된 석요송이었다.

여계행이 모길과 석요송의 도착을 알리려 입을 열려는 순간 방문이 열렸다. 그리곤 한 명의 노인이 지팡이를 짚고 나타났다. 얼굴에 돋은 검버섯, 주름진 목, 구부정한 허리와 등… 살아 있는 것이 기이한 모습의 노인이다. 그러나 석요송은 노인을 한눈에 알아봤다. 왜냐하면 그 눈빛만은 변하지 않았고, 잊을 수도 없었기 때문이었다. 청도주 금온이다.

"왔구나."

누구에게 한 말일까. 시선이 석요송과 모길을 동시에 훑고 있었기에 금온이 누구에게 건넨 말인지 확실치 않았다. 그러자 모길이 한 걸음 앞으로 나서며 고개를 숙였다.

"다녀왔습니다."

"음, 그래. 수고했네."

금온이 연신 고개를 끄덕였다. 어찌 보면 혼망스러운 몸짓이다.

"건강은 어떠신지……?"

"일면불월면불이지."

"은검주는 어디로 갔습니까?"

"잠시 심부름을 좀 보냈네."

"어디로 말입니까? 몸도 성치 않으신데……?"

"후후, 죽을 날을 앞둔 사람처럼 보이나?"

"그, 그것이 아니오라."

모길이 황급히 고개를 저었다. 그러자 금온이 손을 들어 흔들며 말했다.

"뭐, 틀린 말은 아니야. 조금 멀리 보냈어."

"어디로 말입니까?"

"개경엘 갔어."

금문의 힘은 고려 개경까지도 뻗쳐 있었다. 이건 석요송으로서도 놀라운 일이었다.

"그곳엔 왜?"

"금모망의 목을 가져올 거야."

순간 모길도 석요송도 흠칫했다. 사람의 목숨을 취해오는 일을 금온은 주머니 속의 물건을 꺼내는 일인 듯 쉽게 말하고 있었다.

"금 대주를 어째서……?"

"그가 왕씨와 손을 잡으려 했던 모양이야. 좌풍사가 소식을 전해왔더라고. 어찌할까 하고 말이야. 그래서 좌풍사에게 손을 쓰라고 하려 했는데 은검주가 가겠다고 나서더군."

"은검주가 원한 일입니까?"

"그래. 이유는 알겠지?"

금온이 물었다.

"모를 리가 있겠습니까? 금모망은 은검주가 아끼던 자인데……."

"그러게 말이야. 그 은혜를 모르고 쯔쯔… 아무튼 부귀영화가 좋긴 좋은가 보이. 키워주고 길러주고 힘을 준 곳을 배신할 정도니 말이야. 안 그런가?"

문득 금온이 석요송에게 물었다. 갑작스러운 질문에 당황할 법도 하지만 석요송이 침착하게 대답했다.

"그렇지요. 오랜 친구의 팔도 벨 정도니……."

순간 금온의 눈가에 더욱 주름이 졌다. 석요송이 하고자 하는 말의 의미를 모를 리 없었다. 과거 토하곡에서 석요송을 데리고 나올 때 석숭의 팔을 베어 협박한 일을 말하고 있음이다.

"얘기는 전해 들었다. 신지를 회복했다고?"

"나이가 조금 들었을 뿐입니다."

"헛허… 정말 많이 변했군. 내가 석 노제에게 당한 것 같아. 석 노제는 네가 때가 되면 뇌혈의 금제에서 벗어날 것이란 걸 알고 있었던 거지. 그래서 순순히 내게 널 맡긴 것이겠고."

"제가 도주님을 따라온 것은 도주님의 겁박 때문이었지요."

"물론 그렇긴 하지만 우리가 토하곡을 떠나 청도로 오는 길이 짧았던 것은 아니다. 석 노제가 널 다시 찾으려 했다면 기회는 충분했을 거란 말이다. 그런데도 석 노제는 단 한 번도 널 찾으려고 시도하지 않았다. 더군다나 네가 청도에 든 이후에도 한 번도 서찰을 보내 네 안부를 묻지 않았어. 결국, 네가 언젠가는 잃어버린 총기를 회복할 것을 알았기 때문이겠지. 그리고 그런 날이 오면 네 스스로 운명을 결정할 힘을 가지게 될 거라 생각했을 게다. 석 노제는⋯ 현명한 사람이야.”

금온의 말에 석요송이 잠시 그의 노안을 바라보다 물었다.

“제게 제 운명을 결정할 힘이 생겼다고 생각하십니까?”

석요송이 묻자 금온이 딴청을 부렸다.

“그 이야기는 들어가서 할까? 우풍사!”

“예, 도주!”

모길이 대답했다.

“세상 이야기는 나중에 하지. 오늘은⋯ 이 아이와 함께 있겠네.”

순간 여계행이 조심스럽게 말했다.

“도주님, 오늘 도주님을 뵙길 원하는 사람들이 많습니다.”

“됐어. 사람들을 만나는 것은 내일로 하지. 그들도 오랜 여행에서 피곤할 터이니 오늘을 푹 쉬라고 해.”

“하지만⋯⋯.”

“이 아이는 그럴 가치가 있어. 아니 그런가? 우풍사.”

금온이 묻자 모길이 나직하게 대답했다.

“아마도⋯⋯.”

“그렇지. 이 일은 나의 사랑스러운 손녀의 운명이 걸린 일이야. 하루쯤⋯ 긴 시간은 아니잖나?”

금온이 동의를 구하듯 여계행을 보자 여계행이 어쩔 수 없다는 듯 고개를 숙였다.

"알겠습니다. 그리 정리하겠습니다."

"그래. 우풍사는 저녁때 오시게. 함께 식사를 하지."

"알겠습니다."

"혈사신보는 내일 본다."

"명을 받들겠습니다."

다시 여계행이 대답했다.

"나머지는 모두 그 이후로……."

"옛, 도주!"

여계행이 다시 대답했다. 그러자 금온이 만족한 듯 미소를 짓고는 석요송에게 말했다.

"들자."

금온이 석요송의 대답도 듣지 않고 다시 마루로 올라서더니 방문을 열고 안으로 들어갔다. 그러자 모길이 석요송을 보며 말했다.

"부디… 좋은 결과가 있기를 바라네."

"나중에 뵙지요."

석요송이 가볍게 고개를 숙여보이고는 금온이 사라진 방으로 들어갔다. 그러자 모길이 어두운 안색으로 중얼거렸다.

"과연 소도주의 곁에 머물 수 있을 것인가?"

"도주님이라면 반드시 그리 만드실 겁니다."

여계행이 대답했다.

"만만치가 않아. 뇌혈의 금제가 풀린 이후 그 속을 짐작할 수 없는 사람이 되어 버렸네. 도주에 대한 원망도 있을 것이고……."

"그래도 도주님의 그물에서 벗어날 수는 없을 겁니다."

"그렇겠지. 그런데 말일세. 그물로 그를 잡아 놓는다고 한다면 그 그물이 언제까지 가겠나? 그물을 잡고 있는 도주님이 사라지면 그땐 또 어쩔 것인가?"

"그, 그건……."

"그러니 도주께선 결코 그를 그물로 잡을 수 없네. 다른 뭔가가 필요하겠지."

모길이 닫힌 방문을 보며 말했다.

하나의 서탁을 사이에 두고 금온과 석요송이 마주 앉았다. 일단 좌정을 하고 앉자 금온에게서 느껴지던 노년의 고루함은 씻은 듯이 사라지고 일대 종사의 기운이 흘러나왔다.

석요송은 그런 금온의 기운을 온몸으로 받으며 묵묵히 금온이 입을 열기를 기다렸다.

"청도가 어떠하냐?"

금온이 입을 열었다. 손주를 대하듯 부드러운 음성이다.

"아름답습니다."

"그래? 그 안은 또 어찌 보았느냐?"

"위험하더군요."

"그래?"

금온이 고개를 갸웃하더니 더 이상 말을 하지 않고 미리 준비되어 있던 차를 찻잔에 따랐다. 그러더니 두 개의 찻잔 중 하나를 석요송을 향해 밀었다.

찻잔이 아주 느리게 서탁을 가로질러 석요송에게로 다가왔다. 쉽지 않은 일수다. 찻잔을 던져 상대방 앞에 놓이게 하는 술수야 어느 정도 내공을 지닌 고수라면 누구나 할 수 있는 일이다. 그러나 이렇게 마치 찻잔이 살아 있는 생명체처럼 느리게 움직이도록 만드는 것은 절대의 공력을 지닌 고수가 아니면 흉내 낼 수 없는 수법이다.

스르르!

얼음을 미끄러지듯 밀려온 찻잔이 석요송 앞에서 멈췄다. 그러자 석요송이 차분하게 잔을 들어 한 모금 차를 입에 머금었다. 순간 금온의 눈동자가 번쩍였다.

"잘 컸구나!"

금온이 대견하다는 듯 말했다.

"모두 도주님 덕분이지요."

"그 찻잔을 받을 수 있는 자가 청도에 열도 되지 못할 게다."

"이렇게 찻잔을 보내실 수 있는 분은 청도에 오직 한 분 계시겠지요."

"하하하! 총명함이 돌아오니 대화가 즐겁구나. 일단 마시자!"

금온이 손을 들어 석요송에게 차를 권하고는 자신도 한 모금 차를 마셨다. 그리고는 가볍게 찻잔을 내려놓고 가볍게 부채를 펴 바람을 일으켰다.

"흐흠… 어디부터 시작할까?"

문득 금온이 물었다. 그러자 석요송이 대답했다.

"건강은 어떠신지요?"

"헛!"

금온이 웃음인지 헛기침인지 모를 소리를 냈다. 그리고는 빙그레 미소를 지으며 석요송을 바라봤다.

"그건 왜 묻노?"

"도주님의 건강에 따라 이야기가 달라지지 않겠습니까?"

"날 원망하고 있었느냐?"

"그건 아닙니다. 도주님께도 사정이 있으셨겠지요."

"그래. 내게도 사정이 있었지. 그렇지만 내 사정 때문에 타인에게 어려움을 주었다면 그걸 변명할 수는 없지. 내 잘못이니까."

"후회하실 거라고는 생각지 않습니다."

"물론. 다시 그때로 돌아간다 해도 난 똑같이 할 것이니까."

"건강은 어떠신지요?"

석요송이 다시 물었다. 그러자 금온이 살짝 눈살을 찌푸렸다.

"오로지 내가 죽는 날만 기다리는 사람 같구나."

"거래를 다시 할 생각입니다. 그러려면 역시……."

"내 수명을 알아야겠다? 참으로 냉혹하구나."

"도주님만 하겠습니까?"

석요송의 말에 금온이 묵묵히 고개를 끄덕였다. 그리고는 다시 차를 한 잔 마셨다.

"맞아. 어찌 나의 냉혹함에 비할 사람이 있을까."

"아버님의 일을 들었습니다."

"응?"

금온이 조금 놀란 표정을 지었다.

"계림혈사에 대해 들었지요."

“누군지 쓸데없는 말을 했구나.”

“결국 알게 될 일이지요. 해서 전 조금 더 유리한 패를 지닌 것 같기도 하고 말입니다.”

“아버지의 빚까지 받겠다?”

“석문 일족의 생명을 두고 두 번 거래를 하셨더군요.”

석요송이 따지듯 물었다. 그러자 금온이 고개를 저었다.

“묘문은⋯ 스스로 날 찾아왔다.”

“강호의 패자가 되기 위해서 말입니까?”

“그 속은 나도 모르지.”

금온이 고개를 돌렸다. 그러자 그런 금온을 한동안 바라보던 석요송이 입을 열었다.

“거래엔 거짓이 없어야 합니다. 도주께서 돌아가시고 나면 전 도주께서 하신 말들을 확인해 볼 겁니다. 그때 혹여 거짓이 드러난다면 도주님과 제가 한 약조들은 아무런 소용이 없게 되겠지요.”

석요송의 말에 금온이 살짝 노기를 담은 눈으로 석요송을 노려보다 눈을 감았다. 그리고는 침묵이 흘렀다.

第四章　토정경(土正經)

탁!

눈부신 빛을 발하는 구리거울이다. 동경을 내려놓는 금온의 손이 가늘게 떨렸다. 마치 세상에서 가장 귀중한 보물을 내어놓는 사람처럼 보였다.

"네 무공이 어떠하다고 생각하느냐?"

새로운 거래를 하자고 나서는 석요송에게 구리거울과 함께 내놓은 금온의 질문이다.

"제 한 몸 지킬 정도는 된다고 생각합니다."

"령의 무공을 보았느냐?"

"예."

석요송이 고개를 끄덕였다.

"너와 비교하면 어떠하더냐?"

"저보다 강하더군요."

"흐음… 그렇다면 령이 마음먹기에 따라서 나보다 더 널 핍박할 수 있다는 걸 알겠구나."

그러자 석요송이 고개를 저었다.

"도주님을 따라올 수는 없을 겁니다."

"왜 그렇게 생각하느냐?"

"소도주는 패도적이기는 해도 아직은 독심을 감추지는 못할 것 같더군요."

"세월이 충분치 못해서그래. 그 아이도 결국 독심을 숨길 줄 알게 될 거야."

"그러나 도주님만큼 무서운 사람이 되지는 않겠지요. 그래서… 제가 도주님과 새로운 거래를 할 수 있는 것입니다."

"끙……!"

금온이 졌다는 듯 두 손을 들어 올리며 신음성을 흘렸다. 그러다가 다시 자신이 꺼내 놓은 구리거울에 시선을 주며 그 테두리를 아기 쓰다듬듯 조심스레 어루만졌다. 한동안 그렇게 구리거울을 쓰다듬던 금온이 문득 입을 열었다.

"오래 전 노형께서 중원에서 대업을 도모하다 비명에 가신 이후 난 금문을 맡았다. 당시 금문은 흑수 인근에 그 본거지가 있었는데 형님에 의해 그 정혈 칠 할이 꺾여 재기가 불능한 상태였다. 그래서 북방 이족을 수하로 끌어들인 북종이 주인 행세를 하려하기도 했지."

"그 이야기는 우풍사에게 대충 들었습니다."

"그래? 하지만 다시 듣거라."

금온이 석요송의 말을 무시하고 계속 이야기를 이어나갔다.

"당시 노형의 유지에 의해 난 금문의 태상장로가 되었다. 그러나 이미 정종의 원기가 크게 상한 터라 금문의 제 종파들은 내 말을 들으려 하지 않았다. 나 역시 그들을 애써 내 밑으로 끌어들이지 않았다. 적당히 그들의 위신을 살려주면서 그저 이름뿐인 금문의 태상장로 역할을 해나갔지. 사실 그렇게 살아도 별 아쉬움은 없었다. 청도에 들어오는 순간 난 세속의 권세 따위는 집어던졌으니까. 그게 본래의 나였다."

금온이 잠시 말을 끊었다. 그의 얼굴에 회한이 묻어난다. 금온의 침묵은 길지 않았다.

"사람은 누구나 그 마음속에 수십 가지의 성정을 지니고 있다. 희로애락애 오욕은 누구에게나 있는 법이지. 단지 사람에 따라 그 성정 중 특별히 도드라지는 성정이 있을 뿐이다. 도를 구하는 선승도 대도에 이르기 전에는 수많은 번뇌로 고통받는 법이니까. 나 역시 마찬가지였다. 청도에서 청빈한 삶을 살길 원하면서도 마음 한 곳에는 세상에 대한 욕심이 있었던 모양이야. 노형께서 비명횡사하시고, 금문이 와해될 지경에 이르러서도 그저 청도에 머물며 세속에 관여치 않으려던 내 생각은 한 가지 이유로 변했다."

금온의 말에 석요송의 눈이 구리거울로 향했다. 금온이 세상을 욕심낸 이유가 따로 있다면 필시 구리거울과 연관이 있을 것이기 때문이었다.

"내가 형님의 유업을 이었으면서도 복수를 꿈꾸거나 세상에 크게 뜻을 두지 않은 이유는 당시의 금문으로서는 도저히 천하

대업을 성취할 가능성이 없다고 판단했기 때문이기도 하다. 현실이 날 청도에 안주하게 만든 것이지. 그런데… 그런 나에게 세상을 향한 야망을 깃들게 한 것이 무엇인 줄 아느냐?"

금온의 물음에 석요송이 넌지시 구리거울을 바라봤다. 그게 석요송의 대답이라고 생각한 금온이 고개를 끄덕였다.

"네 짐작이 맞다. 이 구리거울… 어느 해 압록하구의 바닷가에서 발견한 이 구리거울이 날 세상으로 이끌었다. 처음에는 이걸 버리려고 했었다. 마물이라고 생각했지. 왜냐하면 이 안에 담긴 무공은 사람의 것이 아니기 때문이었다. 그러나 난 결국 이 동경을 버리지 못했다. 왜냐하면, 나 역시 보잘것없는 사람이기 때문이었다."

"위험하군요."

석요송의 말에 금온이 고개를 끄덕였다.

"그래, 위험하지. 사람이 사람의 것이 아닌 물건을 손에 넣었으니까. 그리고 그 물건으로 세상에 나아가려 했으니까. 그러나 역시 사람은 욕망의 동물일 뿐이 아니더냐?"

"그렇지 않은 사람도 있지요."

"후후, 토하곡주를 말함이냐?"

금온의 물음에 석요송은 대답하지 않았다. 그러나 석요송이 대답하지 않았다고 해서 금온이 석요송의 내심을 모를 리 없었다.

"아주 예전에 말이다. 물론 그때도 금문과 석문의 거리는 한참 멀어져 있었지만, 토하곡주와 난 무척 가까웠었다. 왜냐하면 서로가 살아가는 삶이 비슷했기 때문이다. 석 노제는 토하곡에,

난 청도에 은거했다. 그런데 내겐 세상에 나갈 이유가 생겼고, 토하곡주는 자신의 삶을 깨뜨리려 하지 않았지. 그래서 우리는 마음으로부터 멀어졌다. 아니었다면 난 네게 좋은 할애비가 되었을 것이다.”

석요송은 가타부타 말없이 묵묵히 금온의 말을 듣고 있었다. 그러자 금온이 부질없는 말을 하고 있었다는 듯 고개를 젓고는 다시 동경의 이야기를 이어갔다.

“어쨌든 이 동경의 무공은 나에게 힘을 줬다. 강력한 힘을! 난 다시 금문의 실질적인 주인이 되었다. 암중에 수십 명의 금문 문도를 베었지. 북종과 남종을 굴복시키고 청도에서 금문 제 종파의 회합을 이뤄냈다. 그 자리에서 난 다시 예전 태상장로들의 위치, 아니 그보다 더 절대적인 위치에 올랐다. 그리고 금문의 오랜 염원인 계림 부활을 위해 해동으로 사람을 보냈다. 결과는… 너도 알고 있듯이 처절한 실패였다. 솔직히 말하자면 지금도 왜 계림에서 그토록 철저히 당했는지 알 수가 없다. 전설적인 고수가 등장했었다는 증거도 없다. 그저 하룻밤 사이에 거짓말처럼 내가 보낸 이백 명의 상승 고수가 도륙을 당했다. 짐작건대… 선문이 움직인 듯하다만…….”

“선문을 능가할 무공은 아닙니까?”

석요송이 오랜만에 입을 열었다. 그의 시선이 다시 동경을 가리켰다.

“글쎄다. 그건 모르겠다. 선문의 무공은… 음, 아무래도 신비한 것이니까. 그러나 내 생각으로는 충분히 감당할 수 있을 것이라 생각된다. 계림에서 실패한 가장 큰 이유는 내가 그곳에 직접 가지 않았기 때문이다. 내가 갔다면 일의 성패는 달라졌을 거야."

"왜 가지 않으셨습니까?"

"북방을 비울 수가 없었다."

"설마 그 당시에도 여전히 북종과 남종을 견제하고 있었던 건가요?"

"그렇다. 솔직히 말하자면 그들은 나의 힘에 고개를 숙이고 있지만 언제라도 약세를 보이면 금문을 손에 넣으려 할 사람들 이지. 금문은 그저 우리를 얽어매는 허름한 명문의 울타리일 뿐 실질적으로는 이미 다른 문파나 다름없단다. 그러나 그렇다고 서로 갈라설 수도 없는 것이 금문 전체의 힘이 아니면 군림 강 호든 새 왕조의 창업이든 그 어떤 것도 할 수 없기 때문이다."

"그렇군요."

석요송이 천천히 고개를 끄덕였다. 그러자 그런 석요송을 물 끄러미 바라보던 금온이 다시 입을 열었다.

"이 동경에 새겨진 무공의 이름이 뭔지 아느냐?"

"글쎄요."

"대정심공!"

순간 석요송의 눈이 커졌다. 그가 인검오관을 통과하며 수련 한 무공이 바로 대정심공이 아니던가.

"설마……?"

"오냐. 내가 널 데려오면서 석 노제에게 한 약속은 거짓이 아 니다. 널 세상에서 가장 강한 사람으로 만들겠다고 석 노제에게 말했었지. 넌 이 동경, 즉 토정경에 새겨진 무공을 익힌 것이다.

대정심공. 모두 사결로 구성되어 있다. 오결 비슷한 것이 있기
는 하지만 무공 구결은 아니니 역시 사결로 보아야겠지. 난 너
에게 그중 삼결까지 전했다. 삼결은 여전히 수련 중이겠지?"

"오랜 시간이 걸리는 무공이지요."

석요송이 대답했다.

"그래. 솔직히 말하면 나 역시 이결 이상은 수련치 못했구나.
나이가 나이인지라 삼결은 머리로는 알아도 몸이 따라주지 못
했다. 사람의 습성은 무서워서 내가 기존에 수련한 무공이 계속
방해를 하더구나. 그러나 그것만으로도 강호에서 적수가 없는
고수가 되었다. 그러니 너 또한 세월이 지나 대정심공이 깊어지
면 세상에 적수가 없는 강자가 될 것이다."

금온의 말을 듣고서야 석요송은 자신이 수련한 무공의 정체
를 알았다. 그리고 금온의 말이 틀리지 않음도 알고 있었다. 그
가 수련한 대정심공의 가치는 그 자신의 몸이 증명하고 있었다.
그런데 그때 금온이 다시 한 번 동경을 쓰다듬었다. 그리고는
어렵게 입을 열었다.

"새로 거래를 하자고 했지?"

"그렇습니다."

"난 네가 여전히 인검이기를 원한다. 네가 원하는 것은 뭐냐?
혹 인검을 거부하고 싶은 것이냐? 그렇다면 다른 신분으로라도
금문에 남기를 바란다. 아니, 금문이 아니라 령의 곁에! 만약 그
리한다면 난 이 동경을 네게 주겠다. 이 동경에는 나조차 수련
하지 못한 완전한 대정심공의 구결이 있다. 만약 온전하게 이
대정심공을 완성한다면 넌… 천하제일인의 자리에 있을 게다."

"그리되면 제가 소도주의 밑에 있겠습니까?"

"물론 그러기는 쉽지 않겠지. 하지만 구결을 손에 넣는다고 대정심공을 완성할 것이란 보장은 없다. 내가 이 무공을 손에 넣었지만 나의 능력으로도 삼결과 사결을 수련치 못했으니……."

"제겐 시간이 많지요."

"물론 그렇긴 하다. 그러나 설혹 네가 이 무공을 완성한다 해도 령의 곁을 떠날 수 있을 거라고는 장담할 수 없다."

"소도주도 같은 무공을 수련했군요."

석요송의 물음에 금온이 고개를 저었다.

"그건 아니다. 령은 다른 무공을 수련했다. 당시 바닷가에서 내가 얻은 동경은 하나가 아니라 두 개였다. 만약 하나였다면 네게 이 동경을 주는 일은 없었을 것이다."

"소도주가 수련한 무공이 대정심공을 능가한다는 말이군요."

"글쎄, 무학의 이치로 따져보라면 두 무공의 우열을 논할 수 없다. 그러나 적어도 완벽한 경지에 이르기 전에는 령의 무공이 너의 앞에 있을 것이다. 령이 수련한 무공은 패도의 무공이다. 아마도 이 세상에서 가장 강력한 패도의 무공이겠지. 극에 이르기 전에는 패가 정을 이길 수밖에 없다. 너도 이 이치를 알겠지?"

금온의 말에 석요송이 천천히 고개를 끄덕였다. 정(正)이란 결국 시간의 결정체일 수밖에 없다. 완성되기 전에는 패도를 막아내기란 여간 힘든 것이 아니다.

"소도주의 성정이 이해가 가는군요."

"그래. 처음에는 많이 망설였다. 더군다나 녀석은 여자아이 였지. 여아에게 패도라… 어울리지 않았다. 그러나 금문의 주인 에게 패도는 무척 잘 어울리는 무공이지. 특히 여인으로서 금문 을 이끌어가자면 패도의 무공이 정공보다 낫다고 본 것이다. 그 래서 령에게 패경을, 네게 정경을 준 것이다."

"더불어 정경을 수련한 자는 약속을 깨뜨릴 수 없다고 생각 하신 모양이군요."

"하하하, 무공의 성질이 어찌 사람의 마음마저 움직일 수 있 을까. 다만 그런 바람을 가진 것뿐이지."

석요송의 금온이 용의주도한 사람인 줄은 알았지만, 무공의 성질로 사람의 행보까지 읽아맬 정도의 심기를 지닌 인물이라 는 것을 깨닫고는 새삼스레 금온에 대한 두려움을 느꼈다.

"령의 곁에 있겠느냐?"

"제가 원하는 바는 항상 하나지요."

"대정심공의 온전한 구결에 더 원하는 것이 있다?"

"석문의 완벽한 자유를 보장 받아야 하겠습니다."

"음, 그거야 이미 약속한 바 아니냐?"

"사람의 입으로 하는 약속은 믿을 바가 못 되지요."

"날 못 믿겠다는 말이냐?"

"도주님의 약속이 필요한 것이 아닙니다."

"령의 약속을 받고 싶다는 말이군."

"그렇습니다. 말이 아니라 행동으로!"

"어찌할까?"

금온이 물었다. 그러자 석요송이 차분하고 단호하게 말했다.

"여전히 천하에 퍼진 석문의 형제들을 감시하고 있겠지요?"

"음……!"

금온이 침음성을 흘렸다. 석요송의 말은 틀리지 않았다. 금온은 여전히 천하에 퍼져 있는 석씨 일족을 살피고 있었다. 부인하지 않는 금온을 보며 석요송이 다시 말했다.

"그 감시를 거둬주셔야겠습니다."

"음……."

다시 금온이 침음성을 흘렸다. 석문의 일족에 대한 감시를 거둔다는 것은 그들에 대한 인연을 이제야말로 완전하게 끊어낸다는 것을 의미한다. 일단 감시를 거두면 석문 일족은 재차 정체를 숨기고 다른 곳으로 숨어들 터이고 그리되면 영원히 그들을 찾는 것은 불가능할 것이다.

"너를 어찌 믿느냐?"

석문 일족에 대한 감시를 거둔 이후 석요송이 마음을 바꿀 수도 있다는 말이었다. 그러자 석요송이 한줄기 미소를 지으며 대답했다.

"석씨 일족을 모르십니까?"

석요송의 대답은 그것으로 충분했다. 금온만큼 석문에 대해 잘 아는 사람은 없었다. 석문 일족은, 특히나 토하곡주 석숭의 손자라면 당연히 한 번 내뱉은 말은 무덤까지 가져갈 터였다.

"그렇다면 나와 령은 어찌 믿느냐?"

감시를 거둔다 하고 은밀히 다시 사람을 풀 수도 있다는 말이었다.

"어느 날인가 여전히 석문 일족이 감시당한다는 것을 알게

된다면 그때는 그에 대한 대가를 치러야 할 터인데 설마하니 도
주님과 소도주께서 그런 모험을 하리라고는 생각지 않습니다.”
　협박치고는 소름 끼치는 협박이다. 금령의 가장 가까이에 있
는 자가 배신을 한다면 금령은 하루아침에 모든 것을 잃을 수도
있었다.
　“아주 제대로 된 거래구나.”
　금온이 말했다.
　“크게 손해 보는 일은 없으신 거래지요.”
　“더 원하는 것은?”
　“전 오직 소도주의 일을 할 뿐입니다.”
　“음… 결국 령의 사람이되 금문의 사람은 아니다?”
　“그렇습니다.”
　“그건 오히려 내가 바라던 바다. 네가 금문의 통제를 따라 움
직이는 것은 령이 널 마음대로 쓸 수 없다는 의미이니 나로서도
원치 않는 바다. 그러나… 그리되면 천하가 금문의 그늘 아래
들어왔을 때 네가 취할 것이 작을 것이다.”
　“애초에 이득을 바라고 하는 일이 아닙니다.”
　“좋아. 그럼 우리 사이의 거래는 이뤄진 거냐?”
　금온의 물음에 석요송이 고개를 끄덕였다. 그러자 금온이 다
시 물었다.
　“령을 부를까?”
　“와 있지 않습니까?”
　석요송의 물음에 금온이 탄복한 표정으로 웃음을 터뜨렸다.
　“과연, 과연 인검의 재목이다. 령! 나오너라.”

　방 뒤쪽 벽이 좌우로 열렸다. 그러자 금령이 그 안으로부터 걸어 나왔다. 언제 보아도 신비한 기운이 감도는 금령이다. 얼굴을 가린 가면도 없었고, 머리도 수수하게 뒤로 묶어 내렸다. 옷은 청도의 사람 모두가 그러하듯 푸른빛이 도는 무복 차림이었는데 그 모습으로 보자면 일세의 미장부라 할 수 있었다.

　벽 뒤에서 걸어 나온 금령이 천천히 걸음을 옮겨 서탁의 다른 한쪽 면을 차지하고 앉았다. 그러자 금온이 금령을 보며 물었다.

　"들었느냐?"

　"들었습니다."

　금령이 대답했다. 여인이라고는 생각할 수 없는 단호한 말투다.

　"어찌 생각하느냐? 난 이 아이의 거래에 응했다."

　금온의 말에 금령이 시선을 돌려 석요송을 바라봤다. 한동안 그렇게 석요송을 바라보던 금령이 나직하게 입을 열었다.

　"사실 난 누군가와의 거래에 익숙하지 않소."

　금령의 말에 석요송이 고개를 끄덕였다. 금령의 패도적인 기운으로 보건대 거래는 그녀에게 어울리지 않았다. 가부의 결정과 생사의 선택만 존재하는 것이 금령의 심성일 터였다.

　"나 역시 원해서 하는 거래가 아니오. 서로 인연을 정리하고 돌아서면 그뿐인데 날 거래에 나서게 한 것은 바로 도주님과 소도주요."

　석요송이 대답했다. 그러자 금령이 다시 한참 동안 석요송을 바라보다 물었다.

"이 거래에 응하면 그대는 정말 나의 사람이 될 수 있겠소?"

"이미 난 도주께 그 대답을 했소."

"위험하고 험한 길을 가야 할 거요."

"그 또한 석문 일족의 목숨보다 무겁지는 않소."

석요송의 대답에 금령의 눈빛이 살짝 흔들렸다.

"역시 마음으로 따를 수는 없다는 말이구려."

"어떤 경우에는 적당한 거래가 사람의 마음보다 더 확실할 수 있소."

그러자 금령이 천천히 고개를 끄덕였다.

"좋소. 나 역시 이 거래에 동의하겠소."

금령의 대답이 있자 금온이 여전히 손을 올리고 있던 구리거울을 석요송을 향해 밀었다. 그러자 구리거울이 미끄러지듯 석요송 앞으로 다가오더니 정확하게 서탁 끝에 걸리며 멈췄다. 석요송은 동경으로부터 전해지는 투명하고 신비로운 빛깔에 잠시 취했다가 이내 정신을 차리고 동경을 들어 올렸다. 글이 없는 듯 보였으나 또한 그 어떤 형태보다도 뚜렷하게 새겨진 글씨가 눈에 들어왔다. 아마도 그 투명하고 영롱한 빛 때문에 음각된 글씨가 가려진 모양이었다.

"이제 그 물건은 네 것이다. 그 안에 새겨진 네 개의 신공구결 중 둘은 이미 수련했고, 세 번째 구결은 수련 중이니 나머지 구결들을 수련토록 하거라. 그러나… 수련이 쉽지만은 않을 것이다. 그 심공은 많은 시간과 깨달음이 동반되어야 완성할 수 있는 무공, 그 성취는 오직 운에 달려 있다 해도 과언이 아닐 것이다."

"운을 시험해 보지요."

석요송이 동경을 들어 품속에 넣었다. 그러자 방안이 순식간에 밤처럼 어두워졌다. 동경에서 흘러나오던 빛이 워낙 강렬했기에 낮임에도 불구하고 동경이 사라지자 자연의 빛이 일순간 힘을 잃은 모양이었다.

그러나 자연이란 위대하다. 소멸한 빛은 다시 서서히 사람들이 인식하지 못하는 사이에 다시 힘을 회복해 석요송의 눈을 밝혀줬다.

"거래가 끝났으니 물러가겠습니다."

"가기 전에 한 가지 더 말해 둘 것이 있다."

"……?"

석요송이 금온을 바라봤다. 그러자 금온이 신중한 어조로 말했다.

"인검은 령의 사람이다."

"이미 말씀하시지 않으셨습니까?"

"또한 령의 대리인이다."

"그런가요?"

"그저 시키는 일만 하는 것은 아니라는 것이지. 령이 가지 못하는 곳, 령의 눈이 미치지 못하는 곳에서 인검은 령을 대신해야 한다. 그러려면… 금문 내에서도 인검이 곧 령의 대리인임을 인정받아야 한다."

"시험이 더 남아 있다는 말이군요."

"지금까지의 시험은 나와 령에게 널 증명하는 시험이었다면 다음번에는 금문의 장로들에게 널 납득시켜야 될 게다. 네 능력이 알려지면 네가 령의 사람이 되지 못하게 하려는 자들이 생길 것이다. 그런 경우 그들이 선택할 수 있는 방법은 두 가지다.”

“회유와 죽음이겠군요.”

“옳게 보았다. 그러니 오늘부터 조심해야 할 게다. 북종과 남종은 물론 제 종파의 간자들이 청도에도 존재하니까.”

“시험은 어떻게 치러야 합니까?”

“이제 곧 난 제 종파의 수장들을 한 자리에 모을 것이다. 그 자리에서 인검의 존재를 인정받겠다. 또한, 령을 나의 후계자로 지목할 것이다.”

“그거야 이미…….”

“아니, 아직 장로들의 동의를 받지는 못했지. 그들이 순순히 동의해 주지는 않을 것이다. 령도 시험을 거쳐야 할 게야. 그 전에 네가 인검이 되어주어야 일이 수월해질 테니 그리 알고 있거라.”

“알겠습니다. 그럼 물러가지요.”

석요송이 자리에서 일어났다. 그러자 금령이 말했다.

“계명원으로 가시오.”

“……?”

“내 장원이오. 나의 사람들이 머무는 곳이기도 하오.”

금령의 말에 석요송이 고개를 끄덕였다. 그러자 금온이 문밖을 보며 입을 열었다.

“게 있는가?”

금온의 말에 문이 열리며 여계행이 얼굴을 비쳤다.

“찾으셨습니까?”

“이 친구를 계명원으로 데려다 주게.”

“알겠습니다.”

여계행의 대답을 들으며 석요송이 자리에서 일어났다. 그리고 금온에게 가볍게 고개를 숙여 보인 후 장내에서 물러났다. 식요송이 물러나자 금온이 금령에게 물었다.

“어떠냐?”

“아주… 좋더군요.”

“감당할 수 있겠느냐?”

금온이 물음에 금령이 한광을 번쩍이며 대답했다.

“이미 전 패경삼결을 완성했습니다.”

“알고 있다. 그러나 그를 힘으로 다루려고 하면 탈이 날 것이다.”

“그가 다른 사람과 다르다는 것을 알고 있습니다. 또한 그를 힘으로 다룰 생각도 없습니다. 그는… 굳이 힘을 쓰지 않아도 다뤄질 사람이지요.”

“설마 그를 너무 쉽게 생각하는 것은 아니겠지?”

“어렵지도 않은 사람이지요.”

“아니야. 그 아이는 무거운 사람이다.”

금온이 걱정스럽게 말했다.

“해서 다루기 쉽다는 겁니다. 한 번 한 약속은 절대 깨지 않을 사람이니까요. 그리고 이미 전 그에게 약속을 받아내지 않았습니까? 그러니 그를 쓰는 일에 어려울 것이 있겠습니까?”

“그렇긴 하다만… 어쨌든 그를 존중해 줘야 한다. 너와 나 사이의 말이지만 사실대로 말하자면 우리 금문은 요송 그 아이의 부자에게 큰 빚을 지고 있단다.”

“그 또한 잊지 않겠습니다. 대업이 성취되는 날 그는 그만큼의 대가를 얻게 될 것입니다.”

“그가 원하는 것은 그런 대가가 아닐 것이다. 그는 석문의 사람이다. 석문의 사람은 신의를 중시하고 신의를 위해 목숨을 바친다. 묘문이 그러했으니 그 아들도 그리하게 만들어라. 그것이 네가 인검을 쓰는 방법이 되어야 할 게다.”

“알겠습니다.”

금령이 고개를 숙였다.

“사람들을 부를 거다.”

“어디로……?”

“이번에는 금산으로, 일 년 뒤에는 청도로… 청도로 사람을 부를 때는 네가 주인이 되어 손님을 맞아야 할 거야.”

“할아버님!”

“사람에게 주어진 시간은 유한하다. 그러나 또한 무한하기도 하지. 죽음은 하나의 관문일 뿐, 그 문을 지나면 또 다른 여행이 시작된다. 난… 이생에서의 여행이 썩 만족스럽지 않았다. 내가 원한 여행을 하지 못했다. 그래서 네게 미안하다. 너 역시 이런 여행을 원한 것은 아니었겠지? 그러나 운명이라는 것이 있다. 그 운명이라는 큰 길은 사람의 힘으로 어쩔 수가 없는 길이라 따를밖에.”

“알겠습니다.”

“운명을 이겨낼 수 있다면 다른 길을 가도 된다. 그러나 쉽지 않을 것이다."

"생각해 보지요."

"물러가 쉬거라. 원행에 피곤할 터이니."

"할아버님도 편히 쉬십시오."

금령의 말에 금온이 손짓으로 대답을 대신했다. 그러자 금령이 자신이 나왔던 벽면을 통해 장내에서 사라졌다. 금령까지 방을 나가자 장내가 고요해졌다. 금온은 한동안 그 침묵 속에 앉아 있었다. 그러다가 툴툴 옷을 털며 일어나며 중얼거렸다.

"이번 금산행이 마지막이 되겠지. 후우……."

*　　　*　　　*

청도는 이름처럼 푸른 섬이다. 섬 어느 곳 하나 수목이 우거지지 않은 곳이 없다. 이곳이 과거 불모의 땅이었다는 것은 허황된 전설에 지나지 않는 것처럼 느껴졌다.

청도는 단순히 금문의 태상장로 금온이 머무는 곳 이상의 섬이었다. 청도에서 살아가는 오백여 명의 사람은 외부에서 식량을 들여올 필요가 없었다.

금온이 개간한 청도 내의 논밭이 나는 곡물들로 식량이 충분히 감당 되었고, 바다에서 나는 풍부한 해산물도 청도 사람들이 섬에서 자급하는데 훌륭한 보탬이 되었다.

그러니 청도는 뱃길만 막으면 그 어떤 세력으로부터도 안전한 섬이라고 할 수 있었다.

석요송은 계명원에 머물렀다. 계명원은 소도주 금령이 머무는 처소다. 청도에서 동쪽에 치우쳐 있었고, 가장 먼저 해를 보는 곳에 있었다. 장원 아래쪽으로는 가파른 절벽이 서 있어 바다로 나가려면 한참을 걸어 청도 남쪽 포구를 이용해야 했다.

장차 청도의 주인이 될 금령이 이 외진 곳에 거처를 정한 이유는 알 수 없었지만, 덕분에 석요송은 한적한 일상을 보낼 수 있어 좋았다.

기이한 일은 금령이 석요송을 찾지 않고 있다는 것이었다. 금온의 거처에서 금령을 만난 이후 금령은 석요송을 찾지 않았다. 분명 같은 계명원에 머물고 있을 터인데 금령의 모습은 그 어디서도 보이지 않았다. 그러나 사람들은 금령이 머무는 곳이 어딘지는 알고 있었다. 계명원 안, 가장 깊숙한 곳에 또 하나의 작은 장원이 있다. 계명원에 머무는 사람들이 은림각(隱林閣)이라고 부르는 곳인데, 그 둘레는 삼 장 높이의 담장이 가로막고 있어서 외부에서는 안쪽의 사정을 전혀 알 수 없는 곳이었다.

은림각에 드나드는 사람 역시 극히 드물었다. 그 앞을 지키는 호위무사들조차도 그 안쪽으로는 걸음을 들이지 못했다. 아마도 문 안과 문 밖의 호위무사들 신분도 다름이 분명했다.

석요송의 거처는 그 은림각에서 남쪽으로 이십여 장 떨어진 곳에 있었는데 계명원의 남동쪽 끝이었다. 그곳에서 은림각을 바라보면 은림각의 담장 위로 비죽 솟은 기와집 끝과 그 아래 작은 창이 보일 뿐이었다.

"뭔가 분주한 일이 벌어지는 것 같은데 소도주는 조용하군요."

금불현은 석요송과 다른 방향을 바라보고 있었다. 그의 시선은 청도의 중심, 금온이 머물고 있는 동심원을 향해 있었다. 동심원 주변으로 수많은 사람들이 분주히 움직이고 있었다.

"기이한 사람이야."

석요송이 대답했다.

"그러게 말이에요. 하는 행동을 보면 권력을 탐하는 사람 같지가 않아요. 보통의 후계자들이라면 도주를 대신해 청도의 일을 주관할 텐데 전혀 움직임이 없잖아요."

"또 모르지. 우리가 모르는 사이에 많을 일을 하고 있을 지도."

"뭐, 그렇기도 하네요."

"그런데 아우는 왜 따로 거처를 쓰는 거지?"

석요송이 문득 금불현을 보며 물었다. 그러자 금불현이 슬쩍 딴청을 피웠다.

"전 본래 현림에서부터 홀로 지내는 것을 좋아했어요. 오면서도 혼자 다른 천막을 썼잖아요?"

"그러면서도 매일 이곳에 들르잖아?"

"하하, 그거야 형님이 지척에 계시는데 문안을 드려야 당연한 것이니까요."

"문안치고는 무척 긴 문안이지? 거의 하루 종일 이곳에 있으니까."

석요송의 말에 금불현이 멋쩍은 표정으로 머리를 긁적였다. 그러다가 문득 석요송을 보며 물었다.

"제가 귀찮게 해드리는 건가요?"

"아니, 아니야. 나야 좋지. 이곳에 아는 사람도 없는데……"

"사실대로 말씀드리자면 형님과 같은 방을 쓰고 싶은 생각도 없지는 않았지요. 하지만 우리 무인들에게는 아무래도 자신만의 공간과 시간이 필요한 법이라……."

"음, 그 말은 맞아. 아우도 하루 한두 시진은 홀로 무공을 수련해야 할 터이니."

"그리고 어려서부터 거의 혼자 생활을 했거든요. 해서 다른 사람들과 섞여 지내는 것이 영… 적어도 잠자리만큼은요."

"그렇군. 하긴 나도 다른 사람들과 부딪치는 것이 조금 불편하기는 하더군."

석요송이 고개를 끄덕였다. 그러자 금불현이 재빨리 말머리를 돌렸다.

"그런데 형님, 왕 어른은 만나보셨어요?"

"아니, 어디 계신지 모르겠더군."

"제가 알아보니까요. 풍운각에 계시다고 하던데요?"

"풍운각?"

"예, 본래 풍운각은 금문 내에서 도주님의 눈과 귀 그리고 입 역할을 하는 곳이에요. 우풍사 마풍 모길 어른과 좌풍사 청풍 융안 어른이 이끌고 계시는 곳이죠. 금문은 물론 강호 전체의 정세를 살피고, 또 도주님의 말씀을 금문삼십육진에 전하는 일도 맡아 하는 곳이에요."

"바쁜 곳에 적을 두셨군."

"그러게요. 보아하니 귀찮은 것을 싫어하시는 것 같던데……."

금불현이 나직하게 웃으며 말했다.

"그러나 또한 가장 적당한 곳에 자리를 잡으신 것 같아."

"무슨 말씀이세요?"

"그 어른… 보통 분이 아냐."

"저도 뭐 본 모습을 감추고 계신 것 같다는 생각은 들었어요."

"무공도 뛰어나시고, 천하 정세에도 밝으시지. 생각해 보니 풍운각에 딱 어울리는 분이시지."

"그런가요?"

"또……."

석요송이 왕춘이 찾으려는 사람에 대해 이야기하려다 입을 닫았다. 왕춘의 세세한 사연은 왕춘과 자신만의 비밀로 남겨두는 것이 좋을 듯했기 때문이었다. 금불현이 빠른 눈치로 석요송의 심사를 알아채고는 이내 다른 화제를 입에 올렸다.

"그런데 형님은 소도주님의 진면목을 보셨나요?"

"본래 얼굴?"

"외부에 출입을 하실 때는 은가면을 항상 쓰고 있으니 그 진면목을 본 사람의 거의 없지 않습니까?"

"아우도 보지 못했나?"

"저라도 뭐 다를 바 있나요? 형님은 어떻습니까?"

"난 보았네."

"오! 역시 인검은 다르군요. 어떠하시던가요?"

"뭐가?"

"소문대로 절세의 미인이시던가요?"

금불현이 바싹 다가앉으며 물었다.

"글쎄, 미모를 거론하기는 어렵더군."

"무슨 말씀이세요?"

"소도주가 뿜어내는 기세는 쉽게 감당할 수 없는 것이더군. 그러니 미모에 관심을 둘 수 없다는 말이지."

"하지만 형님은 충분히 감당하실 수 있지 않습니까?"

금불현이 빙긋 미소를 지었다.

"그렇긴 하지. 음, 미인이더군. 절세의 미인… 그러나 그 미모는 사람의 마음을 끌지 못할 것 같아."

"왜죠?"

"이미 말했듯이 소도주의 미모를 그녀의 패도가 압도하니까. 사람들은 소도주의 아름다움에 감탄하기 전에 그녀에 대한 두려움에 휩싸이게 될 거야. 두려움의 대상을 아름답게 볼 수 있겠어?"

"하… 그런가요? 그런데 형님도 소도주가 두렵던가요?"

금불현이 은근한 어조로 물었다.

"글쎄. 두렵다면 두려운 사람이지."

"다행이네요."

"무슨 소리냐?"

"형님이 소도주에게 마음을 뺏길 일은 없을 테니까요."

"내가 소도주를 마음에 둘 일은 없겠지만 왜 마음에 두면 안 되는 것이지?"

"소도주와 같은 사람을 마음에 두면… 끝이 좋지 못해요."

"왜?"

"야망가의 여인들은 결코 행복하지 않지요. 역사가 그를 증명하니까요. 그런데… 야심을 가진 여인들의 남자들 역시 행복하지 않아요. 아니 그뿐이 아니라 결국 비참하게 파멸하게 되지요. 그 또한 역사가 증명해요."

금불현이 정색을 하며 말했다. 다시 말해 소도주 금령을 마음에 두고 있다가는 그 말로가 결코 좋지 않을 거란 경고였다. 워낙 금불현의 표정이 심각했으므로 석요송도 그의 말을 농으로 듣지 않았다.

"내게 하는 충고면 반드시 기억해 두지."

석요소의 말에 금불현이 빙그레 미소를 지었다.

왕춘이 석요송을 찾아온 것은 청도에 들어온 지 열흘이나 지나서였다. 그새 왕춘은 많이 변해 있었다. 변방을 떠도는 비루한 노인의 모습은 간 곳 없고, 번듯한 무복을 차려입고, 장삼까지 걸쳐서 그런지 제법 진중한 분위기가 흘렀다.

"여기가 자는 곳인가?"

왕춘이 석요송을 거처를 둘러보며 물었다.

"그렇습니다."

"흠, 실망인걸."

"무엇이 말입니까?"

"난 금문 주인의 그림자가 될 신분이라기에 좀 더 호화로운 거처를 생각했거든."

"초원을 생각하면 이만해도 구중궁궐이지요."

"하하하, 그러긴 해!"

왕춘이 시원하게 웃음을 터뜨렸다. 그러자 이번에는 석요송이 왕춘에게 물었다.

"어떠세요?"

"뭐가 말인가?"

"청도에서의 생활 말입니다."

"음, 아주 좋아."

"예?"

뜻밖의 대답에 석요송이 되물었다.

"말 그대로네. 좋아. 좋은 옷에. 좋은 잠자리. 때가 되면 밥도 주고… 특히 좋은 것은 세상의 소식을 한눈에 알 수 있다는 거지. 자네도 풍운각에 대해서는 들어 알고 있지."

"그럼요. 우풍사와 인연이 깊지 않습니까?"

"하하, 맞아 맞아. 우풍사와 자네의 인연이 보통은 아니지. 그래서 말인데 혹시 자네가 날 풍운각에 입각시켜 달라고 부탁했나?"

"그런 일은 없습니다."

"그래? 그렇다면 정말 기이한 일이군. 도대체 왜 날 처음부터 풍운각에 입각시킨 걸까?"

"어르신이 요구하신 것 아닙니까?"

"아냐. 설혹 내가 요구했다고 해도 그리 쉽게 입각이 허락될 일도 아니고… 풍운각은 도주의 눈과 귀네. 금문에서도 도주에 대한 충성심을 의심받지 않는 자만이 들어갈 수 있는 곳이지. 그런데 궐 장로와 우풍사가 먼저 나에게 풍운각에 들 생각이 없느냐고 물어봤단 말이야. 이거 무슨 꿍꿍이가 있는 건 아닐까 의심이 들어."

"그거야 어르신께 뭘 얻어낼 게 있을 때나 생각할 수 있는 일이지요. 이미 혈사신보도 넘겼는데 무슨 음모를 꾸미겠습니까?"

"그도 그렇지? 그럼 역시……."

"짚이는 것이라도 있으세요?"

"음, 사실 궐 장로를 따라갔다가 내 신세에 대해 조금 이야기를 내비쳤네. 그중에는 젊어서부터 강호를 떠돌아 중원의 지리와 장성 이남 무림 사정에 대해 자세히 알고 있다는 것도 있었지. 그 지식이 필요하다고 하긴 했어. 역시 금문이 천하를 꿈꾸기에 그렇겠지?"

"어르신의 경험은 중히 쓰일 만하지요."

"그렇긴 해. 하지만 그래도 그 중한 곳에 신분이 불확실한 나를 끌어들였다는 게 영……."

"죄지은 것도 없지 않습니까?"

"그러게. 내가 두려워할 일은 없지."

왕춘이 짐짓 고개를 저으며 말했다. 그러자 석요송이 조심스레 물었다.

"그분에 대한 소식은 좀 알아보셨습니까?"

"에이, 벌써 그런 욕심을 낼 수야 있나. 좀 더 풍운각에 익숙해진 후 차차 알아봐야지. 처음부터 그녀를 찾다가는 타문의 세작으로 의심받을 수 있네. 이 청도는 말이야. 아름다운 곳이지만 또한 무서운 곳이네. 곳곳에 배치된 자들의 기운을 느꼈지?"

"알고 있습니다. 섬 전체에 은밀한 감시자들이 퍼져 있다는 것을!"

“맞아, 그러니 조심해야지. 괜히 서둘다가 청도에서 쫓겨나면 나만 손해걸!”

“그렇군요.”

석요송이 고개를 끄덕였다. 그러면서도 왕춘에 대한 한 가닥 의구심을 떨쳐 버릴 수가 없었다. 젊은 때의 정인을 찾아 청도에 왔다고는 해도 하는 행동을 보면 다른 의도가 있는 것은 아닐까 의심이 들기도 하는 석요송이었다. 그러나 그가 어떤 의도로 청도에 왔든 지금 청도에서 석요송과 가장 절친한 사람은 그와 금불현 둘이었다.

“그런데 내가 들으니 조만간 도주가 출도를 할 것 같더구만.”

“출도요? 그 나이에?”

“그러게 말이야. 그것도 제법 먼 곳으로 가는 것 같던데? 소도주도 함께 갈 것 같고. 그렇다면 자네도 가야겠지?”

왕춘의 말에 석요송이 고개를 끄덕였다. 금령이 움직이면 그도 움직여야 한다.

‘장로들을 만날 곳이 청도가 아니었군.’

석요송이 문득 금온이 한 말을 떠올렸다. 그가 정식으로 인검이 되는 일과 금령이 도주의 후계자로 공인되는 곳은 이 청도가 아니었던 것이다.

第五章 은림밀영

한번 왕래를 시작한 왕춘은 수시로 계명원을 드나들었다. 그가 헤어진 옛 정인을 찾으러 온 것인지가 의심스러울 정도로 분주한 계명원행이었다. 그러나 덕분에 석요송은 금문이나 강호 무림의 소식을 어렵지 않게 접할 수 있었다.

왕춘이 전한 소식 중에 석요송의 관심을 끄는 것은 역시 도주와 소도주의 출도에 관한 것이었다. 왕춘이 전한 바로는 이번 출도의 목적지는 금산이라는 곳이었다. 처음 들어보는 지명이었지만 또한 금문의 이름을 생각하면 범상치 않은 지명이기도 했다.

"금산은 금문의 성지와도 같은 곳이에요. 처음 천년계림이 멸망하였을 때 우리의 선조들은 해동을 떠나 북으로 숨어들어 금산에 정착했지요. 그리고 그곳에서 다시 세력을 이뤄 오늘날의 금문에 이른 거예요. 금산은… 금문도들 모두에게는 아주 특별한 장소지요. 그런데……."

금산에 대해 설명하던 금불현이 문득 입을 닫고 잠시 생각에 잠겼다. 석요송은 묵묵히 금불현의 다음 말을 기다렸다.

"도주께서 장로님들의 회합을 금산에서 하기로 했다는 것은 여러 가지 의미가 있을 겁니다. 금산지회라고 금문의 중대사를 결정할 때 금산에 모이는 전통이 있긴 한데."

"소도주의 후계를 확정하려는 것이 주요 목적 아닌가?"

"처음에는 저도 그렇게 생각했어요. 그런데 만약 그랬다면 굳이 금산일 필요는 없거든요. 오히려 청도가 더 좋죠. 금산은 지금에 와서는 북종의 세력권이라고 할 수 있어요. 만약 장로들 중 소도주가 도주님의 자리를 이어받는 것을 반대하는 사람이 있다면 금산보다는 청도에서 그들의 동의를 얻어내는 것이 훨씬 수월하죠. 청도야말로 도주님의 힘이 가장 강하게 발휘되는 곳이니까요. 그런데도 금산지회를 열어 장로들을 모이게 한 것은……."

"어떤 의미일까?"

"어쩌면 드디어 출도강호를 선언하실 수도 있을 것 같아요."

"강호일보를 시작한다는 건가?"

석요송이 조금 놀란 눈으로 금불현을 바라봤다.

"어쩌면 그럴 것 같아요."

"왜지? 왜 지금이지? 그런 일은 소도주에게 완벽하게 금문을 넘겨준 이후에 실행해야 하는 것 아닐까?"

"글쎄요. 저도 도주님의 생각을 알 수는 없지요. 단지 생각해 보면 만약 이번 금산지회에서 강호출정을 선언한다면 금문의 모든 제파들이 그 일에 매진하게 될 거예요. 그럼 당연히 문도들의 관심은 금문의 차기 주인보다는 강호일패에 쏠리게 되겠지요.”

“관심을 돌려 소도주의 입지를 강화한다?”

“그리고 그 와중에 소도주가 뛰어난 능력을 발휘하면 자연히 소도주를 따르는 사람들이 늘어날 거예요.”

금불현의 말에 석요송이 고개를 끄덕였다.

“아우의 말을 듣고 보니 그럴 만하군. 일부러 혼란을 야기해 사람들의 관심을 다른 곳으로 돌리고 그 와중에 소도주를 완전한 금문의 주인으로 만든다…….”

“그러나 위험도 존재하죠. 혼란이란 것은 언제 어느 때 불상사가 발생해도 이상할 것 없는 상태니까요. 특히나 전장에 나가 있는 장수에게는…….”

“맞는군. 소도주를 반대하는 자들에게도 손을 쓸 기회가 되겠군.”

“그 반대도 가능하고요.”

“소도주도 반대파를 제거할 수 있다는 건가?”

“이 싸움은 그리 녹록지가 않아요. 결국에 피를 보게 될 거예요. 권력이란 결국 누군가의 피 위에 서게 되는 거잖아요.”

“음…….”

“형님이 하시기 싫어하는 일을 하셔야 할 수도 있을 거예요.”

“그렇군.”

석요송이 침통하게 고개를 끄덕였다.

"물론 그 일에 형님의 힘이 필요한 순간은 그리 많지 않을 수도 있어요. 그 일을 대신해 줄 사람들이 소도주 곁에 있으니까요."

"무슨 말이지?"

"아직 모르셨어요? 소도주 곁에는 살수들이 있어요. 금문에서는 그들을 은림밀영이라 부르죠."

"은림밀영?"

석요송이 되물었다.

"예, 언제부터인지는 모르지만 소도주의 곁을 지키고 있는 살수들이 있어요. 아마 소도주가 태어나는 그 순간부터 존재했을 거예요. 그러나 그들에 대해 알려진 바는 거의 없어요. 몇 명인지, 어떤 자들인지, 어떻게 소도주 곁에 머물게 되었는지 모두 비밀에 싸여 있죠. 하지만 사람들은 은림밀영이 결국 소도주를 금문의 주인으로 만들게 될 거라고 말하고 있어요."

"그렇군."

석요송이 고개를 끄덕였다. 어쩌면 월촌에서 금령이 자신을 시험하기 위해 움직였던 살수들이 바로 은림밀영일지도 몰랐다. 그러다 문득 의문이 들었다.

"그럼 호천단은 무슨 일을 하지?"

호천단은 금불현을 비롯한 금문의 동량들을 뽑아 소도주 금령을 호위하도록 만든 조직이었다. 은림밀영이 존재한다면 호천단의 역할은 작아질 수밖에 없었다. 금문의 기재들이란 사람들을 모아놓은 조직치고는 그 쓸모가 무척 작은 것이다.

"밀영들은 음지에서 호천단은 양지에서 뭐 그런 거죠. 그리고 실질적으로는… 아시잖아요? 우리가 어떤 처지인지."

"인질이다?"

"그렇죠."

"그러나 단순히 인질이라기에는 호천단에 든 사람들의 면면
이……."

"도주로서는 호천단이 진심으로 소도주를 따르기를 바라는
것이겠죠. 어쩌면 강호쟁패의 시절이 지나면 그리 될지도 모르
고요. 벌써 소도주를 흠모하는 사람들도 몇 있거든요."

"모두 몇이라고 했지?"

"지금은 서른 명인데… 소도주가 금문을 물려받게 된다면 수
백으로 늘어날 수도 있겠지요."

"아우는 호천단에서 무슨 일을 맡고 있나?"

"이제 막 시작인 걸요. 아직 제대로 상견례도 하지 않았어
요."

"그래?"

"아마 호천단 내에서도 경쟁이 치열할 거예요. 누구라도 소
도주의 눈에 들고 싶어 하겠죠. 결국, 소도주가 금문의 주인이
된다면 소도주의 가장 가까이에 있는 사람이 힘을 얻게 될 테니
까요."

금불현의 말에 석요송이 고개를 끄덕였다. 그러자 금불현이
다시 입을 열었다.

"한편으론 궁금하기도 해요."

"뭐가?"

"소도주께서 인검인 형님을 어느 위치에 두실지요. 호천단

쪽일지 아니면 밀영 쪽일지……."

"그건 이미 정해져 있어."

"네?"

"난 소도주의 사람이되 금문의 사람은 아니야. 그러니 내가 있을 곳은… 굳이 구분을 하자면 밀영 쪽이지."

"그렇다면… 아쉬운 일이네요."

금불현이 얼굴이 금세 어두워졌다.

"그래도 소도주 곁에 있으니 자주 볼 것 아닌가?"

"그런 말이 아니라… 밀영의 운명이란 것이……."

그제야 석요송은 금불현이 무슨 걱정을 하는지 깨달았다.

"내 걱정은 마. 적어도 이제 난 내 목숨을 타인의 손에 맡길 만큼 약하지 않으니……."

석요송이 나직하게 말했다.

"소도주께서 찾으세요. 은림각에서 보자세요."

십칠팔 세 정도로 보이는 소녀가 석요송의 거처로 와서 소도주의 말을 전했다.

"은림각에서?"

석요송이 물었다.

"네."

그러자 곁에 있던 금불현이 놀란 표정을 지으며 소녀에게 다시 물었다.

"정말 은림각이냐?"

"네. 은림각으로 오시래요."

"음……."

소녀의 대답에 금불현이 나직하게 침음성을 흘렸다.

"왜 그러지?"

석요송이 묻자 금불현이 고개를 저으며 대답했다.

"아무래도 형님의 예상이 맞는 것 같습니다."

"무슨 말이지?"

"소도주는 형님을 밀영 쪽에 가깝게 두려는 모양입니다. 은 림각은 밀영이 아니면 들어갈 수 없지요. 호천단의 무사들도 은 림각에는 들어갈 수 없어요."

"내가 이미 그리 될 거라 말했잖은가?"

"그야 그렇지만… 그래도 전 형님이 호천단의 일원이 되시길 바랐지요."

"사람마다 쓰일 곳이 따로 있는 법이지. 더군다나 호천단은 금문에서도 비범한 재능을 가진 사람들로 이뤄진 집단이 아닌 가? 나 같은 이방인에게는 어울리지 않는 곳이지."

"아무튼 조심하십시오."

"하하, 뭐 당장 죽으러 가는 것도 아닌데."

"그렇긴 하지만."

"걱정 말고 기다려. 내 다녀오지. 저녁이나 함께할까?"

"준비해 두지요."

금불현이 고개를 끄덕였다. 그러자 석요송이 자리에서 일어 나더니 소녀에게 말했다.

"앞장서거라."

"절 따라오세요."

소녀가 공손히 대답하고는 빠른 걸음으로 석요송을 안내하기 시작했다. 그러자 두 사람의 모습을 보고 있던 금불현이 나직하게 중얼거렸다.

"부디 소도주께서 석씨 가문에 다시 죄를 짓지 않기를 바랄 뿐이야."

끼이익!

하나의 문을 열자 이 장 앞에 다시 문이 나타난다. 그렇게 세 개의 문을 지나고 나서야 은림각 내부가 석요송의 눈앞에 드러났다.

'예상과 너무 다르군.'

은림각에 들어선 석요송이 잠시 걸음을 멈추고 눈앞에 펼쳐진 정원을 응시했다. 이름 모를 꽃들과 기이하게 자란 나무들, 정원 중심을 따라 작은 물길이 나 있어 금붕어들이 오가고 있었다.

외부와 철저히 차단된 은림각 내부가 이렇게 아름다울 거라고는 미처 생각지 못한 석요송이었다. 밀영에 관한 이야기도 들었겠다 은림각 안은 살수들이 곳곳을 지키는 위험하고 어두운 곳이리라 생각했었는데 석요송의 눈에 비친 은림각은 예상과는 전혀 달랐다.

"이쪽으로 오세요."

걸음을 멈추고 정원을 바라보고 있는 석요송의 발걸음을 소녀가 재촉했다. 그러자 석요송이 정신을 차리고는 소녀를 따라 정원을 가로지르기 시작했다.

소녀는 석요송을 정원 안쪽에 위치한 작은 누각으로 이끌었다. 누각은 보통의 누각과 달라서 그 위쪽 마루 부분의 사방이 창으로 막혀 있었다. 보통의 누각이라면 사방이 뚫려 있어야 할 부분이 막혀 있으니 한편으론 답답해 보이기도 하고 또 한편으로는 누각이 아니라 높은 곳에 지은 집처럼 느껴지기도 했다.

"소도주님, 석 대협을 모셔왔습니다."

누각 아래서 소녀가 공손하게 머리를 조아리며 말했다.

그러자 누각으로 오르는 계단이 있는 쪽 창이 열렸다.

털컹!

들창이어서 아래에서 위로 열린 창이 처마 밑 걸개에 걸렸다.

"어서 오시오."

누각 안쪽에서 금령의 목소리가 들렸다. 그녀의 모습은 제대로 보이지 않았다. 들창은 연 자는 검은 무복에 검을 등에 멘 자였는데 무표정한 얼굴이 아름다운 정원을 갖춘 은림각에 어울리지 않는 모습이었다.

"무슨 일로 찾으셨는지……?"

석요송이 슬쩍 옷자락이 비치는 금령을 향해 물었다.

"일단 이리로 오르시오."

금령의 말에 소녀가 석요송에게 계단으로 오르기를 권했다. 석요송이 망설이지 않고 계단을 걸어 누각 위로 올라갔다. 그런데 막 누각 위에 발을 들여 놓으려던 석요송이 흠칫 걸음을 멈췄다. 누각 위에서 그를 기다리고 있는 금령의 모습이 앞서 그를 놀라게 했던 은림각의 정원처럼 또 한 번 그를 놀라게 했던 것이다.

한 명의 여인이 앉아 있었다. 세상 어디서도 볼 수 없는 여인이다. 청포로 감은 듯 윤기 흐르는 머리는 어깨를 넘어 등까지 이어져 있었고, 투명하고 맑은 눈은 지그시 석요송을 응시하고 있었다. 오뚝한 콧날과 붉은 입술, 그리고 목에서 어깨까지 이어지는 부드러운 선은 우아하기 이를 데 없다.

여인은 자주 빛이 도는 치마와 남색 빛의 저고리를 입고 있었는데 그 모습이 하늘에서 내려온 선녀와 같았다. 금령이 오늘 석요송 앞에 여인으로 그 모습을 드러냈던 것이다.

"놀랐소?"

금령이 물었다. 여인의 복색을 하고 있다고 해도 그녀의 말투는 변하지 않았다. 여전히 패도의 기운이 물씬 넘치는 목소리다.

"조금……."

석요송이 부인하지 않고 고개를 끄덕였다.

"앉으시오."

금령의 말에 석요송이 그제야 그녀의 맞은편에 자리를 잡고 앉았다. 그러자 금령이 누각 아래 소녀를 보며 말했다.

"아랑! 차를 가져와라."

"네. 소도주님!"

소녀가 공손히 대답을 하고는 토끼처럼 빠르게 물러갔다. 그러자 금령이 다시 시선을 석요송에게 돌렸다.

"어찌 지냈소?"

"편히 쉬었습니다."

석요송의 대답에 금령의 표정이 살짝 변했다. 그리고는 마치 뭔가를 확인하려는 듯 다시 물었다.

"은림각의 정원이 어떻소?"

"아름답더군요."

석요송이 대답했다. 그러자 금령이 이번에는 정색을 한 표정으로 입을 열었다.

"말투가 변했구려. 왜 내게 존대를 하는 것이오?"

은림각에 들기 전 금령을 상대할 때 석요송은 금령에게 존대를 하지 않았다. 그런데 은림각에 들어서는 꼬박꼬박 금령에게 존대를 하고 있는 석요송이었다. 금령은 아마도 그걸 이상하게 생각했던 모양이었다.

"거래는 성립되었고, 전 소도주의 인검이 되었지요. 인검이 인검의 주인에게 존대를 하는 것은 당연한 일입니다. 오히려 그렇지 않다면 다른 사람들이 이상하게 생각하겠지요."

석요송의 대답에 금령이 고개를 끄덕였다.

"음, 그도 그렇구려. 그런데 난 왜 조금 서운한 걸까?"

혼잣말처럼 금령이 중얼거렸다. 석요송은 그런 금령의 물음에 아무런 대답도 하지 않았다. 그러자 금령이 가볍게 한숨을 쉬고는 다시 입을 열었다.

"만약 금문과 석문의 관계가 멀어지지 않았다면 우린 무척 가까운 사이가 되었을 거요. 안 그렇소?"

"물론 그랬겠지요."

"나이는 내가 조금 많은 것 같고. 후후 내가 누이가 되었겠군."

금령이 나직하게 웃음을 웃었다. 순간 석요송은 처음으로 금령에게서 사람의 냄새를 맡았다.

"이런 내 모습이 이상하오?"

금령이 다시 물었다.

"이상하지 않습니다. 솔직히 말하자면 아주 좋아 보이십니다. 오히려 은림각 밖의 모습이 어색할 정도로……."

그러자 금령이 빙그레 미소를 지으며 다시 물었다.

"날 동정하시오?"

"그렇지는 않습니다. 결국, 운명이란 자신의 몫이지요. 소도주님의 선택한 운명을 제가 동정할 필요는 없지요. 제가 인검으로 살아가야 하듯 말입니다."

"그럼 날 원망하오?"

"그것도 아닙니다. 이는 도주님과 저의 약속으로 시작된 일이지요. 소도주께서는……."

"그래도 다시 나와 거래를 하지 않았소?"

"단지 도주님과의 거래를 확인받았을 뿐이지요."

"어쨌든 좋소. 인검이라… 아마 청도는 물론 금문을 통틀어도 내가 인검을 얻을 것이라 생각한 사람은 없을 거요. 이번 금산지회에서 그대를 인검으로 내세우면 장로들의 표정이 볼 만한 거요. 하하!"

여인의 복장을 한 금령이 사내처럼 웃었다. 옷차림은 때에 따라 바꿀 수 있지만 어려서부터 익숙해진 행동거지는 쉽게 바꿀 수 없는 모양이었다.

"장로들 역시 이미 저에 대해 알고 있지 않겠습니까?"

“물론 알고 있을 거요. 그러나 사람이란 참으로 간사해서 자기 눈으로 보기 전에는 그 진면목을 알지 못하는 법이라오.”

“그렇군요.”

석요송이 고개를 끄덕였다.

“그래서 말인데 지금 이 은림각에도 자기 눈으로 보지 않아 그대의 존재를 신뢰하지 않는 사람들이 있소.”

금령이 말을 하며 시선을 돌려 앞서 누각의 들창을 열었던 사내를 바라봤다. 묵빛 옷의 사내는 마치 나무나 돌을 깎아 만든 것처럼 아무런 감정을 드러내지 않고 묵묵히 서 있었다. 석요송은 금세 이자가 금불현이 말한 은림밀영 중 한 사람이라는 것을 깨달았다.

“불현 아우가 말하기를 소도주님 주변에 밀영들이 있다고 하더군요.”

“맞소. 이 사람도 바로 그 밀영 중 하나요.”

금령이 순순히 시인했다. 그러자 석요송이 다시 말했다.

“월촌에서 저와 칼부림을 한 자들 역시 밀영들이 아닌지요?”

“맞소. 그들 역시 밀영들이었소.”

“하면 이미 밀영들의 시험은 끝난 것 아닌지요?”

그러자 금령이 고개를 저었다.

“나도 그리 생각했지만, 이곳에 남아 있던 밀영들은 그렇지가 않은가 보오.”

“솜씨가 다른가요?”

“글쎄, 대부분 비슷하지만, 이곳에 남아 있던 밀영 중 셋은 다르오.”

"그들이 날 시험하려 하는군요."

"맞소. 이들은… 그대와도 연관이 있소. 왜냐하면, 이들 역시 인검오관에 도전했던 사람들이기 때문이오."

"실패한 자들 중 살아남은 자들이 살수의 길을 걷고 있다는 말을 천기삼사께 듣기는 했지요."

"그렇소? 아무튼, 그들은 당신이 인검오관을 통과한 사실을 믿지 못하고 있소. 그래서… 당신이 그들에게 증명을 해줘야 할 것 같소."

금령의 말에 석요송이 잠시 생각에 잠겼다가 물었다.

"왜 제가 그들에게 날 증명해야 합니까?"

"그들이 당신을 따르게 하려면 어쩔 수 없소."

"내가 그들을 거둬야 합니까?"

석요송이 물었다. 그러자 금령이 무겁게 대답했다.

"은림밀영의 가장 윗자리는 항상 비어 있었소. 그건 바로… 인검의 자리이기 때문이오. 그러니 그들에게 당신을 증명해야 하는 것이오."

"그게 소도주님의 뜻입니까?"

"그렇소."

금령이 단호하게 대답했다. 그러자 순순히 대답했다.

"알겠습니다. 명이라면 따르지요."

"그들은 거두면 그대에게도 많은 도움이 될 거요."

"두고 보지요."

석요송이 대답을 하고는 시선을 돌려 묵빛 옷을 입은 사내를 바라봤다, 그리고는 차분하게 물었다.

"날 시험하려 했던 자들 중 일부가 상했소. 알고 있소?"

석요송의 질문에 묵빛 사내가 말없이 고개를 끄덕였다. 그러자 석요송이 다시 말했다.

"이번에도 역시 마찬가지요. 누군가는 피를 흘려야 할 수도 있소."

"각오하고 있는 바요."

처음 입을 연 묵빛 사내의 목소리가 은은하게 떨린다. 순간 석요송은 이들의 시험이 그들에겐 다른 의미가 있다는 것을 알아챘다. 그리고 그 의미가 뭔지는 크게 고민할 필요가 없었다.

'이들은 인검오관을 통과한 자의 실력이 궁금한 것이군. 자신들이 실패한 인검오관을 통과한 자에 대한 호기심과 질시가 있다.'

"그럼… 판을 벌여 봅시다."

금령이 사내처럼 말했다. 그리고 가볍게 고갯짓을 하자 묵빛 옷의 사내가 누각의 나머지 들창들을 활짝 열었다. 누각이 금세 멋들어진 정자로 변했다. 묵빛 사내는 그렇게 들창을 열어 놓고는 훌쩍 신형을 날려 정원 아래로 내려섰다.

"한 수 청하겠소!"

사내가 정중하게 석요송에게 포권을 해 보였다. 그러자 석요송이 고개를 끄덕이고는 앉은 채로 허공으로 도약하더니 이내 몸을 펴 사내의 맞은편에 내려섰다. 석요송의 움직임에 사내가 놀란 빛을 내비쳤다. 누구나 할 수 있는 신법이지만 또한 이렇게 자연스럽게 움직이는 사람은 드물다.

"혼자 하시겠소?"

석요송이 물었다. 그러자 사내가 살짝 입술을 베어 물었다.

"일단은!"

사내의 오기가 느껴진다. 석요송이 고개를 끄덕였다. 그리고는 두 다리를 어깨 너비로 벌리고 사내가 공격하기를 기다렸다. 금령은 재미있는 구경이라도 하듯 누각 위에서 턱을 괴고 두 사람의 비무를 지켜보고 있었다.

팟!

익숙한 몸놀림이다. 사내도 귀령보를 밟았다. 인검오관에 든 자의 무공은 모두 동일한 모양이다. 귀령보에 유뢰지 그리고 천광검까지… 그렇다면 역시 각자의 무공 성취가 승패를 결정할 터였다.

팟!

세 줄기 지력이 석요송의 사혈을 파고들었다. 석요송의 몸이 흔들렸다. 그러자 순식간에 석요송이 상대의 공세에서 벗어나 이장 옆으로 이동했다. 정원에 자란 기화이초는 단 하나도 상하지 않았다. 석요송이 발밑의 작은 바위를 차고 허공으로 오르더니 한 손을 사내를 향해 떨쳐냈다.

석요송의 손에서 투명한 기운이 일렁이더니 순식간에 사내를 향해 다섯 줄기의 유뢰지가 뻗어나갔다. 사내가 펼친 지법과는 그 빠름과 강함에서 전혀 다른 경지에 있는 지력이었다.

"핫!"

사내의 입에서 본능적으로 기합성이 터져 나왔다. 사내가 유

려한 움직임으로 석요송의 지력을 피해냈다. 그리고는 무모하
게 석요송을 향해 육박했다. 투기를 일으키고 있음이 분명했다.
　반면 석요송은 침착하게 사내의 움직임을 주시하고 있었다.
사내가 정원 곳곳에 놓인 바위들을 밟고 다가서는 모습은 승냥
이가 먹이를 낚아채러 달려드는 것과 비슷했다. 야생의 기운과
음습한 귀기 그리고 뜨거운 열정이 동시에 느껴진다.
　'살수도 무인도 아닌 그 경계를 살아가는 사람이군.'
　석요송이 사내의 몸짓에서 그의 성정을 파악하며 허공으로
떠올랐다.
　순간 석요송의 발 아래로 이번에는 열 개의 지력이 엉켜 지나
갔다.
　퍽!
　석요송을 지나친 지력들이 뒤쪽 바위에 부딪쳐 열 개의 구멍
을 만들었다.
　석요송이 번개처럼 허공에서 몸을 틀었다. 그리고 이번에는
그도 열 개의 손가락을 모두 떨쳐냈다. 그러자 하늘거리는 지력
들이 모습을 드러내는가 싶더니 사내의 몸 앞에서 벼락같은 파
공음을 일으켰다.
　"음!"
　사내의 입에서 다급한 음성이 흘러나왔다. 그의 몸이 기이
하게 틀어졌다. 몇 개의 지력의 사내를 스쳐 지나갔다. 그러나
사내는 석요송이 펼친 열 개의 유뢰지를 모두 피하지 못했다.
세 개의 지력이 사내의 다리와 옆구리 그리고 어깨를 파고들었
다.

"큭!"

사내의 입에서 나직한 신음성이 흘러나왔다. 그의 몸이 힘을 잃고 뒤로 물러났다. 그런 사내를 향해 석요송이 바람처럼 달려들었다. 단번에 승부를 보려는 듯 빠르고 거친 공세였다. 그런데 그때 문득 정원의 남쪽과 동쪽에서 동시에 두 개의 그림자가 모습을 드러냈다. 두 개의 그림자는 묵빛 사내를 향해 달려드는 석요송을 향해 비호처럼 다가섰다.

차앙!

한순간 맑은 소성이 터져 나오면서 석요송의 몸 주위로 기이한 빛의 띠가 만들어졌다. 검기였다. 그러자 석요송을 향해 달려들던 두 그림자가 다가설 때보다도 빠른 속도로 뒤로 물러났다.

"으음!"
"음!"

두 마디의 침음성이 일어났다. 뒤로 물러나 움직임을 멈춘 두 그림자가 사람의 형체를 갖추기 시작했다. 한 사람은 비쩍 마른 자였고, 다른 한 사람은 야생의 곰처럼 두툼한 몸집을 가진 자였는데 생김새는 다르지만 두 사람이 흘려내는 기운이 어딘지 모르게 비슷했다.

"이제야 함께 나서는 거요?"

석요송이 앞서 상대하던 묵빛 사내를 향해 물었다. 그러자 묵빛 사내가 얼굴에 그늘을 드리우며 입을 열었다.

"과연 인검오관을 통과한 사람은 다르구려. 그러나 지금까지의 비무는 그저 그대의 실력을 보기 위함이었소. 이제부터는 다를 거요. 이제부턴 그대가 우리 위에 설 자격이 있는지를 시험할 것이오. 그러려면 우리 모두를 납득시켜야 하오.”

“누가 그 자리에 서겠다고 했소?”

석요송의 물음에 대한 대답은 누각에서 들려왔다.

“그건 내가 원하오. 인검의 주인으로서 처음 내리는 명은 밀영들을 그대가 거두는 것이오. 내가 직접 일일이 밀영들을 움직이는 것은 영 귀찮아서 말이오.”

금령의 말에 석요송이 잠시 금령을 바라보다 고개를 끄덕였다. 그리고는 밀영들을 보며 말했다.

“좋소. 그럼 시험해 보시오. 내가 그대들 위에 설 자격이 있는 사람인지!”

석요송의 말에 묵빛 사내와 다른 밀영 두 사람이 서로 시선을 교환한 후 석요송을 두고 세 방위를 차단하며 둘러쌌다. 그러자 차가운 살기들이 그물처럼 석요송을 얽어 오기 시작했다. 석요송이 가볍게 검을 휘둘렀다.

우웅!

열십자로 휘둘러진 석요송의 검이 공기를 가르며 파공음을 일으키자 문득 그를 덮쳐 오던 살기들이 그물 찢어지듯 찢겨 나갔다. 그러자 세 명의 밀영이 잠시 당황한 빛을 보이다 이내 살기를 되살리며 석요송을 향해 뛰어들었다.

세 개의 검기가 석요송을 향해 닥쳐 들었다. 석요송에게 너무도 익숙한 검기들이다. 천광검의 세 초식 단(斷),섬(閃), 환(環)이 세 사내에 의해 동시에 펼쳐진 것이다.

천고의 절기인 천광검이 한 사람을 향해 펼쳐지자 뇌성벽력이 몰아치는 듯한 기운이 일었다. 그러나 석요송은 금세 이 폭풍과도 같은 천광검의 초식들이 실제로는 그 진실한 위력의 채오 할도 발휘하지 못하고 있다는 것을 알아챘다.

"당신들이 인검오관을 통과하지 못한 이유를 알겠군."

석요송의 검이 좌에서 우로 반월을 그리며 움직였다.

그러자 검을 따라 빛의 줄기들이 장쾌하게 생겨났다. 같은 검법의 같은 초식, 천광검 환의 초식이 석요송의 손에 의해 펼쳐졌다. 그러나 같은 초식이라 할지라도 석요송의 손에서 펼쳐진 천광검은 세 명의 밀영이 펼치는 것과는 사뭇 달랐다.

석요송이 만들어낸 검기가 밀영들의 검기를 한순간에 휘어감았다. 그리고 마치 장수가 적병들의 창을 한데 모아 뿌리치듯 세 밀영의 검기가 한쪽으로 기울더니 아름답던 정원의 한쪽에 무서운 속도로 박혀들었다.

쿠앙!

벼락같은 충돌음을 일으키며 기화이초들이 분분히 허공으로 떠올랐다. 동시에 세 명의 밀영이 각각 다섯 걸음씩 뒤로 물러났다. 그런데 다른 때 같으면 검을 거뒀을 석요송이 이번에는 검을 거두지 않고 머리 위로 치켜들었다. 그러자 그의 검끝에 푸른빛의 검기가 생겨났다. 세 밀영은 금세 석요송이 무엇을 하려는지 알아챘다. 그들도 천광검을 수련한 사람들이었다. 석요송은 지금 천광검의 세 초식 중 가장 무겁고, 가장 무서운 단의 초식을 펼치려 하고 있었다.

세 밀영의 눈에 은은한 두려움이 깃들었다. 이미 한 번의 격

돌에서 석요송이 자신들과는 다른 경지에 오른 사람이라는 것을 확인한 그들이었다. 이제 다시 석요송이 단의 초식을 펼치면 필시 그들 셋 중 하나는 치명적인 부상을 입든지, 아니면 목숨을 잃을 것이 분명했다.

묵빛 사내의 시선이 문득 금령에게로 향했다. 어쩌면 이 비무를 이쯤에서 멈추게 해달라는 의미일 수도 있었다. 그러나 금령은 여전히 호기심을 담은 눈으로 정원의 네 사람을 바라볼 뿐, 이 비무에 관여할 기미를 보이지 않았다. 그러자 묵빛 사내가 어쩔 수 없다는 듯 무겁게 얼굴빛을 고치며 검을 바로 잡았다.

제대로 대응하지 않으면 목숨이 위태롭다. 또한, 철저히 준비를 한다 해도 천광검을 완성한 자에게서 몸이 성할 수는 없다는 것은 밀영들이 더 잘 알고 있었다. 그들이 도달하지 못한 경지, 그 경지에 올라선 자에 대한 시기심은 사라지고 이젠 그에 대한 두려움이 그 자리를 대신하고 있었다.

석요송의 검이 천천히 움직이기 시작했다. 셋 중 누구에게로 그 검이 향할지는 아무도 알 수가 없었다. 그러므로 셋 모두 석요송의 공격을 대비할 수밖에 없는 상황, 팽팽한 긴장감이 장내를 휘감았다. 아름다운 정원에 뿌려질 피가 눈앞에 그려지는 상황이었다.

한순간 석요송의 검끝이 까딱였다. 그러자 그의 검에서 일어난 검기가 더욱 두드러 지더니 그 길이가 이 장여에 이르렀다. 그럼에도 불구하고 이 막대한 공력을 필요로 하는 천광검을 펼치는 석요송의 얼굴에는 아무런 변화가 없었다. 그 모습을 본

밀영들이 다시 몸을 떨었다. 그들이 천광검의 완전한 성취에 실패한 이유는 바로 공력 때문이 아니던가, 시전자의 정혈을 모두 뽑아 올리는 천광검 특유의 그 성질 때문에 그들은 죽을 고비를 넘긴 자들이었다.

그런데 눈앞의 이 젊은 고수는 그 천광검을 시전하면서도 전혀 동요가 없었다. 그건 곧 그가 그들의 예상보다도 훨씬 고강한 공력을 지니고 있다는 의미였다.

"준비하시오."

석요송이 경고하듯 말했다. 그러자 밀영들이 두 다리를 땅에 굳게 박으며 석요송의 검을 맞을 준비를 했다. 단지 비무일 뿐이라고 치부하기에는 너무도 강렬한 기운이 일어나고 있었고, 장내의 공기가 지나치게 살벌했다. 비무가 아니라 생사결이 펼쳐지는 전장의 한복판 같은 분위기였다.

그런데 그때였다. 막 석요송의 검이 허공에서 떨어지려는 찰나 문득 한 마디 목소리가 정원의 서쪽에서 들려왔다.

"그쯤 해라. 연장을 상하게 하는 농부는 없는 법이다."

순풍처럼 들려온 한 줄기 목소리에 강렬하던 석요송의 기운이 일순간에 사라졌다. 그의 검기도 사라지고 그의 검도 머리 위에서 내려왔다. 대신 그의 시선이 목소리의 주인을 찾아 움직였다. 그의 시선 끝에 세 명의 노인이 걸렸다. 천기삼사였다.

천기삼사가 나타나자 장내의 분위기가 묘하게 변했다. 석요송을 상대하던 세 명의 밀영은 안도의 한숨을 내쉬면서도 마치 호랑이를 본 토끼처럼 두려운 빛을 내며 허리를 숙였다.

천기삼사는 그런 밀영들에게는 눈길도 주지 않고 석요송에게로 다가왔다. 그리고는 희미한 미소를 지으며 입을 열었다.

"소식은 들었다. 돌아왔다는……."

"그래서 생사도를 나오신 겁니까?"

"겸사겸사."

천수가 고개를 끄덕였다.

"도주님은 만나보셨습니까?"

"응."

이번에는 인도가 대답했다. 그런데 석요송은 순간 기이한 분위기를 눈치챘다. 이들 천기삼사가 자신과 이야기를 나누면서도 줄곧 누각 위의 금령을 살피고 있다는 것이었다. 그가 알기로 금령과 천기삼사는 깊은 인연으로 맺어진 사이였는데 금령을 살피는 그들의 행동은 마치 금령에게 큰 죄를 지은 사람들 같았다.

금령의 표정도 기이했다. 그녀는 마치 보지 말아야 할 사람들을 본 것처럼 차가운 안광을 흘려내며 시선을 다른 쪽으로 돌리고 있었다.

'도대체 이들에게는 어떤 일이 있었던 것일까?

석요송은 내심 이 네 사람의 관계가 궁금하기는 했지만 그렇다고 네 사람 누구에게도 물을 수는 없었다.

"소도주, 오랜만입니다."

천기삼사가 그들답지 않게 공손히 금령을 향해 머리를 숙였다. 그러자 금령이 앉은 채로 입을 열었다.

“그렇군요. 그런데 이곳에 어쩐 일들이시죠?”

마치 오지 말아야 할 곳을 온 사람들을 대하듯 금령이 물었다. 그러자 천수가 얼굴이 살짝 어두워졌다.

“인검이 완성되어 도주님과의 약속이 끝나서…….”

“그 약속 때문에 지금껏 생사도에 머문 것은 아니지 않나요?”

“그, 그야 물론 그렇지만…….”

“이제 과거의 빚일랑 잊을 수 있게 되었다는 건가요? 내게 인검을 선물함으로써?”

“그런 것은 절대 아닙니다. 오해는 마십시오.”

“그럼 왜 출도를 하신 겁니까?”

다시 금령이 추궁했다. 그러자 지금껏 침묵을 지키고 있던 지덕이 입을 열었다.

“소도주, 우리가 출도를 한 것은 죽을 곳을 찾기 위해서입니다.”

순간 금령의 눈빛이 흔들렸다. 그녀가 천천히 자리에서 일어났다. 그리고는 위압적인 표정으로 물었다.

“죽을 곳을 찾는다 했습니까?”

“그렇습니다.”

“죽을병에라도 걸리셨습니까?”

가혹하기 이를 데 없는 질문이다. 그러나 천수를 비롯한 천기삼사는 묵묵히 금령의 타박을 받아냈다.

“병에 걸린 것은 아닙니다.”

“그럼 어디 생사투에라도 나가십니까?”

“물론 그런 것도 아닙니다.”

"하하, 그런데 왜 죽을 곳을 찾습니까?"

"소도주 우리가 생사도에 머문 지 이미 이십 년이 훌쩍 지났습니다. 지금 우리의 나이는 모두 백 살이 넘었고, 이젠 병이 없어도 죽을 자리를 찾을 나이지요. 해서 우린 도주의 허락을 얻어 장원으로 돌아갈까 합니다."

"성하장원으로 말인가요?"

"그렇습니다. 수구초심이라고… 죽을 때는 역시 태어난 곳으로 돌아가야지요."

"그래서 할아버님이 허락하시던가요?"

"허락하셨습니다."

지덕의 대답에 금령이 고개를 갸웃했다.

"이상한 일이군요."

"무엇이 잘못되었습니까?"

"그런 것은 아니에요. 하지만 할아버지가 삼사께서 성하장원으로 돌아가는 것을 허락했다는 것이 이해가 되지 않는군요. 할아버지께서는 지난 이십년 간 줄곧 성하장원의 성장을 막았지요. 그들이 나의 외가로서 금문 내에서 힘을 갖는 것을 원치 않으셨기 때문에 그리하신 것입니다."

"그야 저희도 잘 알고 있습니다. 저희가 생사도에 머물게 된 것도 일부는 그 이유 때문이지요."

지덕이 공손하게 대답했다.

"그런데 이제 와서 삼사께서 성하장원으로 돌아가는 것을 허락하셨다는 것은 성하장원이 세를 불리는 것을 허락했다는 말이 아닌가요?"

"그건 그렇지가 않습니다. 소도주께서도 알다시피 우린 이제 늙어 죽기를 기다리는 늙은이들입니다. 우리가 성하장원에 돌아간들 무슨 일을 할 수 있겠습니까?"

지덕의 말에 금령이 냉소를 흘리며 말했다.

"그야 모르는 일이지요. 할아버지께서는 백이십 세가 넘으셔서도 천하를 도모하고 계시잖습니까? 그러니 삼사께서도 충분히 성하장원을 위해 일을 하실 수 있을 겁니다."

금령의 말에 지덕이 고개를 저었다.

"도주와 우리를 어찌 비교할 수 있겠습니까?"

"왜요. 세 분이 힘을 모으면 능히 할아버님을 상대할 수 있지 않나요?"

금령의 말에 지덕이 급히 고개를 저었다.

"불가한 말이지요. 우리의 능력은 도주의 발끝도 따라갈 수 없습니다."

그러자 금령이 얼굴에 미소를 띠었다.

"그런가요? 그럼 정말 걱정할 필요가 없겠군요."

순간 지덕의 표정이 일그러졌다.

"소도주, 비록 그렇다 해도 성하장원은 적이 아닙니다. 소도주의 외가입니다. 향후……."

"되었어요. 지금까지도, 앞으로도 성하장원의 힘은 내게 필요치 않아요. 그러니 성하장원은 지금처럼 그렇게 명맥을 유지하는 것으로 만족하세요."

"소도주!"

"자신들의 영달을 위해 혈육을 팔아버린 문파의 힘 따위 내

겐 필요치 않습니다. 난 할 말을 다했으니 들어가겠어요. 세 분
은… 부디 편안한 말년 보내세요."
　금령의 말이 끝나는 순간 그녀의 신형이 훌쩍 뒤로 물러나더
니 어느새 누각과 연결되어 있는 건물 안쪽으로 사라졌다.

第六章 과거

“내일 다시 뵙자세요.”

한 번 모습을 감춘 금령은 다시는 얼굴을 비추지 않았다. 대신 금령을 모시는 소녀가 나와 석요송에게 금령의 말을 전했다.

“쩝, 우리가 와서 괜히 파장이 되었나 보군.”

인도가 겸연쩍은 표정으로 중얼거렸다.

“그래도 얼굴은 보지 않았나?”

천수가 위로하듯 말했다. 그러자 인도가 시선을 돌려 석요송과 비무를 펼치던 세 명의 밀영을 보며 말했다.

“잘들 있었느냐?”

“오랜만에 뵙습니다.”

밀영들이 다시 고개를 숙여 삼사에게 인사를 건넨다. 그런데 인사를 하는 그들의 표정이 묘했다. 스승을 대하는 공경심이 있는 것도 아니고, 그렇다고 그들에게 죽음의 수련을 시킨 비정한 자들에게 대한 적대감도 아니다. 아주 묘한 애증의 감정들의 그들의 얼굴에 드러나 있었다.

"무공들이 좀 는 것 같구나?"

인도가 다시 말했다. 그러자 처음부터 석요송을 상대하던 사내가 대답했다.

"그래봐야 인검의 십초지적도 되지 못하지요."

"설마 우릴 원망하는 것이냐?"

"어찌 그럴 리가 있겠습니까? 다 우리의 재주가 부족해서 그리된 것이지요."

"흐음, 그리 알고 있다니 대견쿠나. 그래도 다행인 줄 알아라. 다른 자들은 죽어 물속에 장사지냈느니……."

인도의 말에 사내는 더 이상 대답이 없다. 그러자 인도가 이번에는 석요송을 보며 물었다.

"이곳에서 지내느냐? 아니면……."

"밖에 숙소가 있습니다."

"그럼 그리 갈까?"

"그러시죠."

석요송이 고개를 끄덕이자 인도가 다시 밀영들을 보며 말했다.

"너희는 오늘 밤에 보자."

"찾아뵙지요."

밀영들이 다시 고개를 숙였다.

석요송은 천기삼사를 데리고 자신의 숙소로 돌아왔다. 언제나 석요송을 기다리고 있던 금불현은 숙소에 없었다. 오늘 호천단원들과의 모임이 약속되어 있다고 했던 말을 떠올리며 석요송이 천기삼사를 자신의 거처로 이끌었다.

"좋군. 청도는 언제나 좋아."

천수가 창밖으로 보이는 청도의 푸른 숲을 보며 말했다.

"그러게 말이야. 생각 같아서는 여기 눌러앉고 싶은 심정이야."

인도가 맞장구를 쳤다. 그러자 석요송이 세 사람을 보며 물었다.

"소도주와 어르신들의 관계는 무엇입니까?"

"굳이 알 필요 없는데……?"

"이제 인검이 되었으니 소도주 일은 모두 알아야지 않겠습니까?"

"음… 그렇기는 하지만……."

천수가 말꼬리를 흐렸다. 그러자 지덕이 말을 받았다.

"내 이야기를 해주지."

"지덕, 이 사람……."

인도가 지덕을 말렸다. 그러자 지덕이 고개를 저으며 말했다.

"모든 것을 세세히 말해줄 수는 없지. 하지만 대략적인 것은 말해줘도 되지 않겠는가?"

"그래도……."

"우리의 허물이 크지만 그렇다고 인검이 주인의 과거를 몰라서야 쓰나."

지덕의 말에 인도도 더 이상 고집을 부리지 못했다.

"제길, 알아서 하게. 어차피 하늘 아래 비밀은 없으니……."

인도가 동의하자 지덕이 한숨을 쉰 후 천천히 입을 열었다.

"소도주의 어머니가 어떤 사람인 줄 아느냐?"

"듣기로 대모설이라고… 성하장원 사람으로 알고 있습니다."

"그분과 네 아비의 관계도 아느냐?"

"대충 들었습니다."

"좋아. 그럼 이야기는 그즈음부터 시작하면 되겠군. 당시 성하장원은 뭔가 돌파구가 필요한 시점이었다. 성하장원은 성국의 후예들이 만든 문파다. 금문과 마찬가지로 성국의 부활을 꿈꾸고 있었지. 그러나 세월이 흐르면서 성하장원은 성국의 부활을 꿈꾸기에는 너무 초라하게 쇠락했다. 그대로 세월이 흐르면 그저 그런 무림 문파로 남을 수밖에 없었지. 해서 당시 성하장원의 원주께서는 금문과 손을 잡기로 했다."

지덕이 잠시 말을 쉬었다. 아마도 당시의 이야기를 꺼내려다 보니 마음이 좋지 않은 모양이었다. 지덕이 말을 멈추자 이번에는 천수가 입을 열었다.

"두 개의 문파가 힘을 모으는데 가장 좋은 방법은 정략혼이다. 당시 청도주에게는 오십 줄에 들어선 아들이 있었고, 성하장원의 원주께서는 이십대 초반의 따님이 계셨지. 얼핏 보면 어울리지 않는 쌍이지만 정략혼을 추진하는 입장에서는 나이 차가 크게 문제가 되지도 않았다. 더군다나 당시 청도주는 반드시 성하장원의 따님, 그러니까 소도주의 어머니를 며느리로 들여야 할 이유가 있었다."

천수의 눈빛이 그 순간에 번뜩였다. 다시 당시로 돌아간 듯한 느낌을 받는 모양이었다. 물론 여기까지는 석요송도 알고 있는 일이었다.

"소도주의 어머니 그러니까 모설… 그분은 극음의 체질을 타고 태어난 분이셨다. 반면 도주의 아들은 양기가 부족해 아이를 낳지 못하는 체질을 가진 사람이었지. 그런데 도주는 어느 날 기서에서 양기가 부족한 사내가 극음지체의 여인을 취하면 아이를 가질 수 있는 비법을 알게 되었다. 혈손이 중한 도주에게는 무척 반가운 일이었지만 극음지체의 여인을 찾는 것은 모래사장에서 바늘을 찾는 것처럼 어려운 일이었다. 그런데 그런 도주의 눈에 대모설 그분이 띈 것이지."

천수가 나직하게 한숨을 쉬며 말했다. 그러자 이번에는 인도가 말을 이었다.

"양쪽의 혼담은 즉시 이뤄졌다. 도주도 성하장원의 원주님도 모두가 원하는 정략혼이었다. 그런데 문제가 있었다. 바로 대모설 그분이 네 아버지를 흠모하고 있다는 것이었다. 그분은 그 정략혼을 절대로 받아들일 수 없다고 하셨지. 후우… 에이 난 차마 말을 못하겠어."

인도가 뒤로 물러났다. 그러자 지덕이 어쩔 수 없다는 듯 입을 열었다.

"비상한 방법이 필요했다. 모설 그분은 본래 성정이 강해서 아무리 원주라 해도 그 뜻을 꺾을 수도 없었다. 해서… 원주와 도주는 편법을 생각했다. 그리고 그 편법을 실행한 사람이 바로 우리 셋이다."

“어떤……?”

“우린 미혼약을 썼고, 도주의 아들, 금기룡 대협과 모설 그분을 합방시켰다.”

“어떻게 그런……!”

석요송이 분노의 빛을 보이며 소리쳤다.

“인륜에 어긋나는 일이라는 것을 우리도 알고 있다. 그러나 당시에는… 성하장원, 성국의 부활이 우리에겐 너무 절실했다.”

“아무리 그래도…….”

“그래. 그 일은 해서는 안 되는 일이었지. 더군다나 당시 합방은… 음… 아이를 잉태하기 위해 여러 가지 방법이 동원된 합방이었다. 모설 그분은 이지를 상실한 상태에서 그 일을 겪으신 거지. 다행인지 불행인지 그날 소도주가 잉태됐다.”

“천기를 거역했군요.”

“우리도 그리 생각했다. 해서 모설 그분이 소도주를 낳고 돌아가신 후 스스로 생사도에 들어가게 된 것이다. 우리 스스로를 용서할 수가 없었다. 소도주를 임신하고 있는 동안 모설 그분은 단 하루도 이 은림각에서 벗어나지 않았다. 누구도 만나지 않았고. 금기룡, 다시 말해 소도주의 아버지조차도 모설 그분을 만나지 못했다. 그러니 두 사람이 서로의 얼굴을 본 것은 합방하던 그날이 마지막 날이었던 거지.”

“무서운 일이군요.”

“무서운 일이라기보다는 비참한 일이었다. 그 일에 관여된 모든 사람들에게 비참한 일이었지. 도주조차도…….”

“그 일을 소도주가 모두 알고 있는 건가요?”

“그렇다.”

“비밀로 해야 했던 것 아닌가요?”

“물론 비밀로 했지. 그러나 말했지만, 하늘 아래 비밀은 없다. 더군다나 소도주는 천하제일의 기재다. 그 똑똑한 머리로 자신을 둘러싼 일들이 범상치 않다는 걸 모를 리 없었다.”

“그 일을 알게 된 후 우린 소도주를 만나 보지 못했다. 그전까지는 그래도 가끔, 아주 가끔 생사도에 우릴 보러 왔었지.”

인도가 덧붙였다. 그리고 잠시 시간이 흘렀다. 석요송은 좀 더 묻고 싶은 것이 있었지만 삼사의 표정을 보니 여기까지가 그들이 석요송에게 해줄 수 있는 이야기의 전부인 듯싶었기에 더 이상 과거의 일을 묻지 않았다. 대신 석요송이 다른 것을 물었다.

“소도주와 성하장원의 왕래는 없나요?”

“글쎄 그건 우리도 잘 모르겠다. 우리야 생사도에 갇혀 지냈으니 밖의 일은 알 수가 없지. 하지만 도주가 령을 성하장원과 왕래하게 하지는 않았을 것이다. 정략혼으로 령을 얻은 이후 도주는 오히려 성하장원을 철저하게 속박했으니까. 성하장원이 령의 외가임을 빌미로 금문의 일에 간여하는 것은 물론 자신들만의 힘으로 강호에서 세를 넓히는 것까지도 막았다고 들었다. 그래서 지금의 성하장원은 그저 명맥만 유지하고 있는 실정이지. 음… 그새 전대 원주도 돌아가셨고, 지금은 새로운 원주가 장원을 이끌고 있다고 하더구나.”

“그는 누구죠?”

“령의 외삼촌이지. 그러니까 대모설 아가씨의 오라비고.”

"그에게는 야망이 없나요?"

석요송의 물음에 천수의 눈빛이 살짝 흔들렸다.

"그에게 야망이 없느냐고? 하하, 어찌 야망이 없겠느냐? 성국의 정통을 잇는 사람인데… 그러나 그런들 어찌 도주의 눈 밖에 나는 행동을 할 수 있겠느냐? 도주의 눈 밖에 나는 순간 성하장원은 멸문하고 말 것이다."

천수의 말에 석요송이 고개를 끄덕였다. 그러면서 나직하게 말했다.

"지금은 몰라도 도주가 돌아가시면 행보가 달라질 수도 있겠군요."

"물론 그럴 수도 있지. 그러나… 소도주의 태도로 보아선 지금과 과히 달라질 것은 없는 것 같다. 소도주는 어머니를 정략혼으로 희생시킨 성하장원을 도주보다 더 증오하고 있을 테니까. 오늘 우릴 대하는 것을 보지 않았느냐?"

"정말 성하장원으로 가실 생각인가요?"

"그래야지."

천수가 고개를 끄덕였다.

"세 분은 성하장원에서 어떤 위치에 계십니까?"

"우리? 제법 좋은 자리에 있었지. 장원의 호법자리를 지키고 있었으니까. 그러나 그 신분이 지금까지 유지되고 있는지는 모르겠다. 새 원주의 생각도 모르겠고… 사실 그와 우리는… 음!"

"사이가 좋지 않았나요?"

"그런 것은 아니지만, 그는 우리에게 무척 타박을 많이 들었지. 우린 그가 강호의 일대 종사로 커주길 원했으니까. 그러나 우리의 욕심이었지. 그의 그릇은……."

천수가 고개를 저으며 말하자 지덕이 입을 열었다.

"어쩌면 그 작은 그릇이 오히려 오늘날 성하장원의 명맥을 유지하게 했는지도 모르네. 원주의 재주가 출중했다면 필시 금문의 억압을 참지 않았을 거야. 그리되었다면 도주와 부딪혔을 것이고… 장원은 문을 닫았을 거야."

지덕의 말에 천수와 인도가 고개를 끄덕였다.

"그 말은 자네 말이 맞아. 장자의 무용지용(無用之用)이란 이럴 때 쓰는 말이지."

인도가 맞장구를 쳤다.

"돌아가시면 어찌하실 생각이십니까?"

"글쎄… 그저 죽기를 기다릴밖에!"

천수가 대답했다.

"성하장원의 일에 다시 간여하실 건가요?"

석요송이 묻자 천수가 기이한 시선으로 석요송을 보며 물었다.

"넌 금문의 사람이 된 것이냐?"

"아닙니다. 소도주의 사람이 되었지요. 바라던 바가 아닌지요?"

"그래, 우린 네가 소도주의 인검이 되길 원했다. 그것으로 소도주에게 진 빚을 갚으리라 생각했으니까. 하지만 그렇기 때문에 너에게 우리의 행보를 이야기해 줄 수 없다."

"적이 될 수도 있습니까?"

"그건 소도주에게 달렸다. 소도주가 성하장원을 어찌 대하느냐에 따라서 달라질 것이다. 빚은 빚이고 이젠 그 빚조차 다 갚았으니 우린 성하장원의 사람이 되어야지 않겠느냐? 그곳이 우리의 뿌리다."

"알겠습니다."

석요송이 선선히 대답했다.

"네가 소도주를 잘 이끌어주길 바란다."

"전 소도주의 도구일 뿐입니다."

"아니다. 처음에는 우리도 그리 생각했는데 시간이 흐르고 보니 넌 소도주의 도구가 아니라 소도주의 부족한 점을 채워줄 스승일 수도 있다는 생각이 드는구나. 예전에는 그러하지 않았는데 령 그 아이는 나이가 들수록 독선적이고 패도적인 사람으로 변해갔다. 그런 사람의 인생이 순탄할 리 없지. 반면 넌 깊고 무겁다. 너의 그런 성정이 소도주의 지나친 패도를 잡아줄 수 있을 것이다. 마지막으로 네게 부탁하고 싶은 것도 바로 그것이다."

석요송의 천수의 말을 들으며 이들이 비록 소도주에게 무시를 당하고 있다고는 해도 진심으로 금령을 아끼는 사람들이라는 것을 깨달았다. 그러고 보면 성하장원이 금령과 대립할 일은 없을 듯도 싶었다.

"언제 떠나십니까?"

석요송이 물었다.

"글쎄… 언제 갈까?"

천수가 지덕에게 물었다. 그러자 지덕이 잠시 생각에 잠겼다가 대답했다.

"도주도 한 번은 더 만나야 하고… 소도주도 한 번은 더 봐야지."

"만나줄까?"

인도가 걱정스러운 표정으로 물었다.

"어쨌든 할 말은 하고 가야 하니까."

"그럼 한 삼사 일 있다가 떠나야겠군."

"그렇지."

지덕이 고개를 끄덕였다.

"어디에 머무시는지요?"

석요송이 다시 물었다. 그러자 천수가 대답했다.

"몰랐느냐? 우린 거처는 애초부터 동심원에 있었다."

"그런가요?"

"후후 도주가 우릴 곁에 두고 싶어 했었지. 아주 오래전부터……."

천수가 쏩쓸한 미소를 지으며 대답했다. 그런 천기삼사를 보며 석요송은 여전히 그가 이들과 청도주, 그리고 금령에 대해 모르는 것이 많다는 사실을 깨달았다.

천기삼사로 인해 갑작스레 끝난 금령과의 만남은 다음 날에 이어졌다. 석요송이 아침 일찍 은림각을 찾았을 때 금령은 어제처럼 정원에 나와 있었다. 그런데 차림새가 어제와는 또 달라져 있었다.

아무런 장식이 없는 청색 저고리와 치마를 입은 금령이 소매를 걷어붙이고 어제 비무로 인해 상한 정원의 초목들을 바로 세워주고 있었던 것이다. 그런 그녀에게서는 전혀 패도가 느껴지지 않았는데 어쩌면 그 모습이 금령의 진실한 모습일 거라 생각하며 석요송이 금령에게로 다가갔다.

"휴……!"

금령이 석요송이 오는 것을 알았는지 굽혔던 허리를 펴며 소매로 이마에 맺힌 땀을 닦았다. 아마도 한 올의 공력도 일으키지 않고 순전히 근력으로만 일을 하고 있던 듯싶었다.

"어서 오시오."

그러나 말투는 여전하다. 여전히 여인이 아니라 사내의 말투다. 그런 금령을 향해 석요송이 가볍게 고개를 숙여 보였다.

"제법 거친 비무여서 화초들이 생각보다 많이 상했더구려."

"아랫사람을 시키실 일이 아닌지요?"

석요송이 물었다.

"그렇지가 않소. 사실 이 정원은 오래전부터 내 손으로 일궈온 것이오."

금령의 말에 석요송이 의아한 표정을 지으며 금령을 바라봤다. 그러자 금령을 툭툭 손을 털며 말했다.

"나도 숨은 쉬고 살아야 할 것 아니오? 올라갑시다."

뜻 모를 말을 남기고 금령이 누각으로 향했다. 석요송이 금령을 따라 누각으로 올랐다. 그러자 어느새 누각 안쪽에서 시중을 드는 소녀가 찻상을 들고 나왔다.

"이 은림각이 왜 외부와 단절되어 있는 줄 아시오?"

소녀가 차를 따르는 동안 금령이 물었다.

"소도주의 안위 때문이 아닙니까?"

석요송이 되물었다.

"물론 그렇기도 하오. 그러나 단지 안위 때문이라면 할아버님이 계시는 동심원이 더 출입하기 어려워야지 않겠소? 그리고 난 살수에게 봉변을 당할 만큼 약하지 않소."

금령의 말에 석요송이 고개를 끄덕였다. 그녀의 말처럼 무공을 보자면 소도주를 위협할 인물을 강호에서 찾는 것은 어려웠다. 석요송의 표정을 살피며 금령이 다시 말을 이었다.

"내가 이 은림각에 외부인의 출입을 엄금한 것은 바로 이 정원을 가꾸기 위해서요."

금령의 말에 석요송이 의문을 품은 눈으로 금령을 바라봤다. 정원을 가꾸는 일과 외부인의 출입을 막는 것이 무슨 관계가 있단 말인가? 소도주가 가꾼 정원을 외부인이 들어와 훼손할 리는 만무했다. 그러자 금령이 석요송의 의문을 풀어줬다.

"정확히 말하자면 정원을 가꾸는 내 모습을 타인에게 보이고 싶지 않기 때문이오."

"특별한 이유가 있습니까?"

"그건 내가 여인이기 때문이오."

"무슨 상관입니까?"

"만약 내가 사내였다면 사람들은 정원을 가꾸는 내 모습을 보고 운치 있는 사람이라, 혹은 침착한 사람이라 말했을 거요. 그러나 여인인 내가 정원을 가꾸면 여인은 어쩔 수 없구나. 꽃을 좋아하고, 꾸미기를 좋아한다고 생각할 거요. 그리되면 자연히 나에 대한 두려움이 사라질 거요. 난 사람들이 날 여인으로 보는 것이 싫소. 그래서 외부인의 은림각 출입을 철저하게 막은

것이오. 은림각은 온전한 나만의 공간이고 싶었소. 이 속에서는
난 사람이고, 여인이고, 젊은이요.”

석요송은 그제야 금령의 말을 이해했다. 그리고 그녀가 지금
까지 생각했던 것과는 달리 패도만 지니고 있는 사람이 아니라
는 것을 깨달았다. 그녀는 전율적인 패도를 지닌 무인이기도 했
지만, 또 꽃이 아름다운 청춘의 여인이기도 했던 것이다. 그녀
는 그 삶을 아직 포기하지 않고 있었다.

“그대는 어찌 보이시오?”

“무엇이 말입니까?”

“이런 내가 갑자기 연약해 보이지 않소?”

금령의 질문에 석요송이 고개를 저었다.

“아닙니다. 외려 더욱 강해 보이시는군요.”

“그렇소? 이상하군. 여인의 모습을 보여주었는데 더 강해 보
이다니… 이유가 뭐요?”

금령이 호기심이 동한 얼굴로 물었다. 그러자 석요송이 침착
하게 대답했다.

“부드러운 것은 능히 강한 것을 제압한다고 했지요. 사실 처
음 소도주님의 모습을 보고 걱정을 했었지요. 너무 강하기만 한
것이 아닌가? 진퇴를 구분할 줄 모르는 것이 아닐까. 그리해서
는 금문을, 천하를 손에 넣을 수 없을 텐데라고 말입니다. 그런
데 오늘 모습을 보니 소도주께서는 부드러움도 가지고 계시는
군요.”

“흐흠… 그렇게도 해석을 하는구려. 꿈보다 해몽이 좋소. 자,
차를 듭시다.”

금령이 손을 들어 석요송에게 차를 권했다. 그러자 석요송이 무거운 움직임으로 찻잔을 들어 차를 한 모금 입에 머금었다. 날카로운 차의 기운이 입안으로 들어와 목을 타고 넘어갔다.

'강한 차야. 역시…….'

도주 금온이 품속에 넣고 다니면서 마시는 차 역시 이렇게 강한 맛을 냈었다.

"아마… 내게 유함이 있다면 그건 돌아가신 어머니에게 물려받은 성품일 거요."

불쑥 금령이 그녀의 모친 대모설을 입에 올렸다. 갑작스러운 말에 석요송이 금령을 바라봤다. 그러자 금령이 다시 입을 열었다.

"어머니가 그대의 부친을 사모했다는 것을 알고 있소?"

"인연이 있었다는 것은 알고 있지요."

"우린 참 묘한 인연 아니오?"

"선대의 인연은 선대의 인연일 뿐이지요."

"그렇긴 하지만… 금문은 언제나 석가에 빚을 지는 것 같소."

"그런 관계를 이번에 끝을 내려 함이 아닙니까?"

"하하, 과연 그렇구려. 그런데 만약 내 어머니와 그대의 부친이 혼인을 했다면 우린 이 세상에 태어나지 않았을 거란 생각이 드니 왠지 이런 인연이 다행스럽기도 하고 말이오. 하하하!"

금령의 웃음에 공허하게 느껴진다. 마치 태어난 것을 후회하는 사람 같기도 했다. 그러다가 문득 금령이 웃음을 멈추고 다른 사람이 된 것처럼 입을 열었다.

"밀영들은 앞으로 나서라."

그러자 갑자기 누각 아래 인기척이 나더니 십여 명의 묵빛 무복 사내가 모습을 드러냈다. 그들 중 삼 인은 어제 석요송과 비무를 한 자들이었다.

"내겐 모두 스무 명의 밀영이 있소. 그런데 타지에 나갔다가 변을 당한 자가 있어서 지금은 열다섯이 남았소. 그 중 다섯은 외지에 나가 있고, 지금 이 은림각에는 이들 열 명의 밀영이 있소. 가끔 인연이 닿으면 또 다른 밀영이 만들어질 거요. 그렇게 밀영은 유지되고 난 지난 세월 이들의 힘으로 나 자신을 지켰소. 내가 어릴 때 수많은 죽음의 덫들이 날 찾아왔소. 그때마다 밀영들이 자신들의 목숨으로 날 지켰소. 이들의 충성심이 어디에서 비롯된 것인지 모르겠지만 어쨌든 난 이들의 죽음 위에서 살아온 사람이오. 그러니 이들은 나의 전부라 할 수도 있을 거요."

금령의 말에 석요송이 묵묵히 고개를 끄덕이며 누각 아래 밀영들을 바라봤다. 그런 석요송의 귀에 다시 금령의 말이 들려왔다.

"나의 분신과 같은 존재들, 그 밀영들을 이제 내게서 떼어내려 하오."

순간 석요송이 놀란 눈으로 금령을 바라봤다. 밀영의 존재는 그녀의 말처럼 금령에게 절대적인 가치를 지니고 있었다. 대신 죽어줄 수 있는 사람, 그런 사람을 누군들 버릴 수 있단 말인가.

"이들을… 그대에게 주겠소."

다시 석요송의 눈이 커졌다.

"대신 그대가 날 위해 죽어줄 수 있는 존재가 되어주시오."

무서운 말이다. 밀영을 줄 테니 그 밀영의 역할을 석요송에게 하라는 것이다. 이건 밀영을 버리는 것이 아니라 또 다른 밀영을 얻겠다는 말이리라. 그러나 석요송은 거절하지 않았다.

"명이시라면."

석요송이 대답했다.

"고맙소."

금령이 덤덤하게 대답했다. 그리고는 다시 입을 열었다.

"앞으로 난 호천단과 일을 하게 될 것이오. 밀영이 맡았던 많은 일을 호천단이 맡게 될 것이오."

금령의 말에 석요송이 다시 고개를 끄덕였다. 금문의 후계자로 공인을 받게 되면 밀영을 움직여 대소사를 처리하는 것은 어려워질 터였다. 그녀에게는 밝은 곳에서 쓰일 사람들이 필요해질 것이고 자연스럽게 그녀의 모든 것은 그들을 중심으로 돌아갈 것이다. 밀영은 좀 더 어두운 곳으로 향하게 될 터였다.

"그대는 밀영의 우두머리이자, 호천단의 일원이 될 것이오. 밀영이 세상과 연결되는 하나의 고리는 그대가 될 것이고. 밀영은 그대의 손과 발이 되어 나의 일을 하게 될 것이오. 일영!"

문득 금령이 누각 아래에 서 있는 밀영 중 한 명을 불렀다.

"옛!"

묵빛 무복의 사내, 어제 석요송과 비무를 벌였던 사내가 대답했다.

"내 말 모두 들었지?"

“옛!”

“불만 있나?”

“없습니다. 명을 따를 뿐입니다.”

“좋아. 그럼 오늘부로 밀영은 인검의 그림자가 된다.”

“존명!”

일영이라 불린 자가 고개를 숙이며 대답한다.

“좋아. 잠시 물러가 있도록! 난 인검과 좀 더 할 이야기가 있다.”

금령이 손짓을 하자 밀영들이 허깨비처럼 그 자리에서 사라졌다. 그런 밀영들을 보고 있다가 문득 금령이 말했다.

“밀영들이 그대의 눈과 귀가 되어 금문의 모든 일을 알려줄 것이오. 그러나 또한 밀영을 너무 믿지 마시오.”

“……?”

“사실 밀영 중 누구도 내 손으로 직접 거둔 사람이 없소. 그대 역시 마찬가지지. 모두 할아버님이 거두어들인 사람들이오. 그러니 기실 그들이 충성하는 대상이 나인지 조부님인지는 확실치 않소. 그래서 조부님이 돌아가시고 난 이후에도 그들이 여전히 지금처럼 내게 충성을 다할지는 나도 잘 모르겠소. 조부님께도 은검이라 불리는 자들이 있기는 하지만…….”

“그게 밀영을 제게 맡기시는 이유입니까?”

“아니라고는 말할 수 없소. 난, 내 손으로 키운 내 사람들이 필요하오. 좀 더 밝은 곳에서 일할 수 있는 사람들 말이오. 호천단의 절반은 내가 택한 사람들이오. 난 그들을 내 수족으로 만들 생각이오.”

금령의 말을 들으며 석요송은 금령이 생각보다 더 치밀한 여인이란 것을 깨달았다. 사람들을 압도하는 패기 속에는 이렇게 치밀하게 일을 꾸려 나가는 면밀함이 숨어 있었던 것이다.

'생각보다 더 대단한 여인일지도 모르겠군.'

석요송이 내심 금령에 대해 감탄을 하고 있는데 다시 금령의 목소리가 들려왔다.

"금산에 갈 거요."

뜬금없는 말에 석요송이 고개를 들어 금령을 바라봤다.

"출도를 한다는 건 알고 있을 것이고… 인검으로서의 그대와 금문의 후계자로서의 나의 위치를 장로들에게 확인받으려는 장소가 바로 금산이오."

"그렇군요."

"금산은 우리 금문에겐 아주 특별한 장소요. 계림에서 밀려난 금문의 선조들이 왕씨의 추격을 피해 정착한 곳이 바로 금산이오. 그곳에서 성씨를 바꾸고 터전을 일궜소. 그리고 때가 이르러 금문이 탄생했소. 지금 금문 내에서 금씨 성을 쓰지 않는 사람들이 많은 데 사실 그들 중 상당수도 본래는 계림의 핏줄이오. 세상의 이목을 피해 성씨를 바꾼 것이 세월이 흐르면서 자연스레 타성을 쓰게 된 것이라오."

금령의 말에 석요송이 고개를 끄덕였다. 지난날 금문의 사람들이 겪었을 고초가 눈앞에 그려졌다. 물론 그들 중에는 석문의 사람들도 섞여 있었으리라.

"금문은 금산을 뿌리로 태어났소. 그래서 항상 금문 최고의 원로들인 장로들, 금문십육사의 회합은 금산에서 이루어지

오. 그래서 사람들은 이 모임을 금산지회라 부르오. 우리 두
사람은 바로 그 금산에서 우리의 존재를 확인받아야 하는 거
요."

"알겠습니다."

"금산까지는 이천 리 길이 넘소. 북방, 오월에도 눈이 녹지 않
는 곳에 금산이 있소. 조부께서 이 청도에 들어온 것은 젊은 날
속세를 떠나 은거하기 위함이었기에 금산과 수천 리 떨어진 이
곳에서 터를 잡으셨지만, 지금은 그게 우리 정종의 약점이 되고
있소. 문의 본산인 금산을 북종이 관할하고 있기 때문이오. 북
종의 힘이 날로 강성해지는 것은 바로 금문의 본처인 금산을 관
리하고 있는 이유 때문이기도 하오. 스스로 자신들을 금문의 중
심으로 여기는 거지. 우린 그런 금산으로 갈 것이고, 금문의 주
인 자리를 노리는 자들은 그런 우리를 노릴 거요."

"살수들이 움직일 거란 말입니까?"

"어쩌면… 더군다나 금산행을 하는 각 장로는 금산 경내 백
리 안에서는 스무 명 이상의 사람을 대동하지 못하게 되어 있
소. 장로가 그러할 정도인데 다른 사람은 오죽하겠소? 나에게
주어진 사람의 숫자는 겨우 열이오."

"위험하군요."

"그렇소. 그러나 오히려 그 백 리 안보다 그 바깥이 더 위험할
수도 있소. 금산 경내에서의 움직임은 누구나 위험하니 날 노리
는 자들 역시 청도를 떠나는 순간부터 기회를 잡으려 할 거요.
호천단이 날 지키겠지만 아직은 그 기반이 약하니 결국 이번 금
산행까지는 밀영들이 내 목숨을 지켜야 할 거요."

“알겠습니다.”

석요송의 대답을 들은 금령이 자리에서 일어났다.

“이젠 밀영들을 만나보시구려. 난 그만 들어가겠소.”

“그리하지요.”

석요송의 대답을 들은 금령은 누각과 이어진 구름다리를 타고 자신의 처소로 사라졌다.

금령이 사라진 누각 위에는 석요송 홀로 남게 되었다. 석요송은 한동안 누각에서 은림각의 정원을 바라보고 있었다, 누구도 그를 방해하지 않았고, 그 또한 누구도 부르지 않았다. 그렇게 얼마나 지났을까. 문득 석요송이 입을 열었다.

“좋은 시간은 항상 짧은 법이지. 이제 그만 얼굴을 봅시다!”

석요송의 말이 끝나자마자 누각 주변에서 검은 그림자들이 모습을 드러냈다. 그리고는 누가 먼저랄 것 없이 일제히 누각으로 날아올랐다. 열 명의 밀영이 다시 모습을 드러낸 것이다.

열 명의 밀영 앞에는 앞서 일영이라 불렸던 사내가 묵묵히 석요송을 바라보고 서 있었다.

“계속 서 있을 것이오?”

문득 석요송이 물었다. 그러자 일영이 대답했다.

“인검의 명을 따를 뿐입니다.”

어제와는 확연히 달라진 태도다. 마치 금령을 대하는 듯한 밀영들의 행동이었다.

"그럼 앉으시오."

석요송의 말에 밀영들이 일제히 가부좌를 틀고 앉았다. 단단해 보이는 그들의 행동에서 석요송은 이들의 수련이 자신 못지 않게 가혹했음을 알 수 있었다.

"날 인정하오?"

석요송이 일영에게 물었다.

"애초에 밀영들의 수장은 인검으로 정해져 있었습니다. 단지 인검의 탄생이 불확실했을 뿐이지요."

"그런 거였군."

석요송이 천천히 고개를 끄덕였다. 그러다가 문득 일영에게 다시 물었다.

"밀영 중 인검오관에 도전했던 사람은 누구누구요?"

"저와 어제 상대하셨던 이영과 삼영이 인검에 도전했었습니다."

"그렇구려. 그런데 이름들은 없소?"

"밀영이 되면서 이름을 버린 지 오래입니다."

"음… 가혹한 일이군."

"그리 나쁘지는 않습니다."

"그렇소? 그런데 나와 소도주가 하는 이야기들을 모두 들었소?"

"그렇습니다."

"서운하지 않소?"

"무엇이 말입니까?"

"소도주가 그대들을 나에게 맡기고 호천단을 가까이 하겠다는 말말이오.”

석요송의 물음에 일영이 고개를 저었다.

“그 일 또한 이미 예정되어 있던 일입니다.”

“그렇구려. 밀영은 어디에 머물고 있소?”

“은림각 내에 밀영의 처소가 있습니다. 그렇잖아도 인검께 시간을 내어 보여 드릴 참이었습니다. 인검께서 머무실 곳이 준비되어 있습니다.”

“난 은림각 밖에 머물 것이오.”

“물론 그도 알고 있습니다. 인검께서 우리 밀영들의 수장이 되시는 것뿐 아니라 호천단에도 적을 두실 거란 것 역시 소도주께 들었습니다. 하지만 그래도 밀영의 수장이시니 밀영의 처소에 거처는 있으셔야지요.”

“그렇구려. 좋소. 가 봅시다.”

석요송이 자리에서 일어났다. 그러자 밀영들이 한 사람처럼 움직이며 누각을 벗어났다. 그리고 오직 일영만이 남아 석요송을 자신들의 거처로 안내했다.

‘절묘하군.’

석요송이 밀영들의 거처를 둘러보며 내심 감탄했다. 밀영들의 거처는 기이하게도 삼 장 이상 솟은 은림각의 담에 존재했다. 은림각 밖에서 보자면 그저 담장일 뿐인 곳이 그 안쪽으로는 이 장 정도의 두께를 두고 은림각 안쪽으로 두텁게 들어와 있어 그 안에 사람이 머물 수 있는 공간이 만들어져 있었던 것이다.

"밀영의 일 중 가장 우선은 소도주를 보호하는 것이었습니다. 해서 이런 거처가 필요했던 것이지요. 은림각을 둘러싼 담장은 모두 은밀한 통로와 기관으로 연결되어 있습니다. 외인이 접근하면 그 즉시 밀영이 움직이지요."

일영이 검은 통로가 뚫려 있는 담장 안쪽을 가리키며 말했다.

"지금까지 이곳을 침입하려던 자가 있었소?"

석요송이 묻자 일영이 당연하다는 듯 고개를 끄덕였다.

"물론입니다. 최근 들어서조차 살수들이 오고 있지요."

"최근까지도?"

"그렇습니다. 지금까지 그러니까 밀영이 존재한 이후 이 담장을 넘다 죽은 자의 숫자가 모두 여든한 명입니다."

"여든하나!"

석요송이 다시 놀란 표정을 지었다.

"모두 극도의 수련을 거친 살수들이었고, 개중에는 강호에 명성이 자자한 살수들도 있었지요. 물론 그들이 이곳에서 죽었다는 것은 철저한 비밀이지만 말입니다."

"그걸 왜 비밀로 하고 있소?"

"소도주께서는 자신이 암살의 대상이 되었다는 것을 외부에 알리기 싫어하십니다. 그 자체가 소도주님의 권위를 떨어뜨릴 거라 생각하십니다."

"무슨 말인지 알겠소. 내 거처를 봅시다."

"이쪽입니다."

일영이 석요송을 이끌어 담장 속 깊은 곳에 만들어진 공간으로 데려갔다. 앞과 뒤가 막힌 듯하면서도 은림각의 안쪽과 바깥쪽을 모두 살필 수 있는 곳, 그러면서도 사람들의 시선으로부터 완벽하게 은폐된 곳이었다.

"여깁니다."

"생각보다 넓구려."

"평소 머무시는 곳이 아니라 다른 준비는 해두지 않았습니다."

"아니오. 이 정도로도 훌륭하오."

단출한 살림이었다. 서탁과 침대가 각기 하나씩 있었고, 그 외에는 아무것도 준비되어 있지 않은 방이었다. 석요송은 오히려 그 단출함이 음에 들었다.

"밀영들을 부르고 싶으시면 이걸 두드리면 됩니다."

일영이 방 한쪽에 서 있는 작은 쇳덩어리를 가리켰다.

"모두와 연결되어 있소?"

"그렇습니다. 그러나 외부에는 들리지 않습니다."

"알겠소."

석요송이 고개를 끄덕였다. 그러자 일영이 다시 입을 열었다.

"그리고 한 곳 더 보실 곳이 있습니다."

"어디요?"

"일단 보시지요."

일영이 석요송의 거처에서 벗어나 담 속으로 난 동굴 같은 통로를 따라 걸었다. 석요송은 그런 일영을 뒤를 묵묵히 따라갔다. 그러자 석요송의 거처에서 십여 장 떨어진 곳에 위치한 제법 커다란 공간이 석요송을 기다리고 있었다.

그 공간에 들어서는 순간 석요송이 놀란 빛을 보였다. 마치 대처의 서점처럼 다섯 개의 서간에 빼곡히 꽂힌 서책들이 눈에 들어왔던 것이다.

'설마 밀영들이 학문을 익히는 곳은 아닐 테고……?'

석요송의 의문을 담은 눈으로 일영을 바라봤다. 그러자 일영이 석요송의 마음을 짐작했다는 듯 입을 열었다.

"밀영의 역사가 이미 이십여 년입니다. 그간 밀영들은 금문은 물론 강호무림 곳곳의 인물과 문파들을 조사했습니다. 그 때문에 희생된 밀영도 한둘이 아니지요. 지금 이곳을 떠나 있는 다섯 명의 밀영도 역시 그러한 일을 행하고 있습니다. 이곳은 바로 그런 밀영들의 희생으로 만들어진 곳입니다."

"금문과 강호무림의 정보들을 모아 놓은 곳이란 말이구려."

"그렇습니다. 소도주는 금문의 주인이 되실 것이고 또한 강호 천하를 손에 넣으실 분입니다. 그러므로 밀영 역시 그에 대한 준비를 늘 하고 있는 것이지요."

"무슨 말인지 알겠소."

"인검께서 소도주를 보필하기 위해선 이곳에 있는 정보들이 반드시 필요하실 겁니다."

일영의 말에 석요송이 문득 물었다.

"혹, 출도하는 날을 알고 있소?"

"그건 정확히 모르겠습니다. 도주께서 결정하시는 일이라……."

"그렇구려. 아무튼, 언제 출발하지 모르지만 그때까지는 이곳에서 머물러야겠소.”
“좋은 생각이십니다.”
일영이 기꺼운 표정을 지었다. 그런 일영을 뒤로 하고 석요송
이 천천히 서간들 사이로 걸어 들어갔다.

第七章 호천단

　석요송은 여전히 은림각 밖에 머물렀다. 물론 하루 중 반나절은 은림각 내의 밀영들 처소에서 보냈지만, 그 외의 시간은 은림각 밖 거처에서 시간을 보내고 있었다.

　왕춘도 여전히 자주 계명원으로 발걸음을 했다. 왕춘이 오는 날이면 석요송은 금문과 강호의 소식들을 전해 듣곤 했다. 그렇게 하루하루가 지나고 석요송은 금문에 익숙해져 갔다.

　금령은 하루에 한 번씩은 꼭 석요송의 얼굴을 마주했다. 금령은 마치 자신의 모든 일을 석요송에게 맡기겠다는 사람처럼 그녀가 생각하고 있는 금문, 그녀가 꿈꾸는 강호, 그리고 그녀가 만들어가고 있는 세력들에 관해 이야기하곤 했다. 그리고 그녀가 만들어갈 금문의 중심에는 호천단이 있었다.

　"호천단을 소집할 것이오."

금령이 마주 앉아 차를 마시고 있는 석요송에게 말했다.

"때가 되었지요."

"호천단주는 범교라는 사람이 맡게 될 거요."

금령의 말에 석요송이 묵묵히 고개를 끄덕였다. 그러자 금령이 석요송의 표정을 살피며 물었다.

"혹, 서운하시오?"

"무슨……?"

"호천단의 단주를 다른 사람이 맡아서 말이오."

"그럴 리가요. 애초에 다른 일을 할 곳인데……."

"그럼에도 그대는 금불현 그 친구와 함께 호천단의 부단주에도 이름을 올릴 것이오."

또다시 석요송이 묵묵히 고개를 끄덕였다.

"물론 그렇다고 밀영이 호천단주의 뜻에 따라 움직인다는 의미는 아니오. 호천단과 밀영은 서로의 일에 관여치 않을 것이오. 그럼에도 내가 그대에게 호천단 부단주의 자리를 주는 이유를 알겠소?"

"호천단은 밀영과 다르지요. 밀영은 어려서부터 소도주님의 그림자로 커온 사람들이지만 호천단은 그 배경이 제각기 다른 사람들이니 그 안에서 무슨 일이 일어날지 모르지요."

석요송의 대답에 금령이 고개를 끄덕였다.

"맞소. 호천단은 내게 아주 큰 힘이 될 수도 있지만, 자칫 내 턱밑에 들이대는 칼이 될 수도 있소. 그러니 그대가 호천단을 살펴주어야겠소."

"믿지 못하는 힘을 쓰실 수 있겠습니까?"

"하하하, 그리 말한다면 세상에 쓸 사람이 누가 있겠소? 애초에 인간이 불신의 존재인 것을!"

금령의 말에 석요송이 가만히 고개를 끄덕였다.

호천단의 소집은 그 이튿날 이뤄졌다. 계명원의 중심에 세워진 비룡루라는 곳에서 이뤄진 호천단의 회합은 시작부터 그 열기가 뜨거웠다. 새로운 세대는 새로운 시대를 꿈꾸고, 그 시대가 자신에게 가져다줄 달콤한 과육의 맛을 꿈꾼다. 그리하여 인간은 서서히 그 세상의 권력과 재물이라는 과육에 취해가고 결국 자신을 잃어버리게 되는 것이 아니던가.

호천단에 든 자들의 눈에는 하나같이 야망이 빛이 일렁였다. 천하를 자신의 손에 넣겠다는 패기만만한 야망의 기운이 석요송을 못 올 곳에 온 것처럼 불편하게 했다.

호천단원들은 걱정과 달리 금령에게 절대 충성을 맹세했다. 그들의 눈빛을 보건대 적어도 충성을 맹세하는 순간에는 거짓이 없어 보였다. 어쩌면 그건 그들 자신의 야망을 충족시켜 줄 가장 좋은 도구가 금령임을 본능적으로 느끼고 있었기 때문인지도 몰랐다.

모인 인원은 금령을 제외하면 모두 서른, 한 명 한 명의 기도가 강호에서 흔히 볼 수 없는 경지에 이른 자들이었음에도 나이가 오십을 넘는 이는 없어 보였다.

"모두 모였소?"

금령은 여전히 여인이되 여인이 아닌 모습이었다. 목소리에는 패기가 넘쳐흘렀고, 은림각 안에서와는 달리 무복을 입은 모습은 신비한 미공자에 가까웠다.

"그렇습니다. 소도주!"

금령의 물음에 사십대 중반으로 보이는 사내가 대답했다. 한 자루 검을 허리에 찬 사내는 단단해 보이는 구릿빛 얼굴을 하고 있었는데 한눈에 보아도 장내의 고수 중 누구보다도 강호경험이 많아 보였다.

사내의 대답에 금령이 천천히 장내를 돌아보았다. 각양각색의 사람들, 입은 옷도 달랐고, 생김새도 달랐으며 얼핏 보면 출생한 나라조차도 달라 보였다. 금문이라는 한울타리에서 모인 사람들치고는 너무 다양한 모습의 사람들이었다.

'금문이 당대에 들어 계림만이 아닌 여러 계통의 사람들을 문파에 받아들이며 크게 변모했다더니 과연 그런 모양이군. 도주의 능력은 참으로 대단해. 어떻게 이질적인 자들을 한울타리에 모이게 했을까?'

석요송이 내심 청도주 금온에 대해 감탄하고 있는 사이 금령이 입을 열었다.

"모두 잘 오셨소. 난 금령이라 하오."

금령의 말에 장내의 사람들이 제각기 다른 표정을 지었다. 어떤 사람은 금령을 본 것에 대해 감격해 하는 듯 보였고, 또 어떤 자는 금령의 패도적인 기운에 거부감을 느끼는 듯도 보였다. 한편에서는 여인 금령이 패도의 기운을 흘려내는 것이 자신의 나약함을 숨기려는 것이라 생각했는지 비웃음을 흘리는 자들도 있었다. 역시 호천단은 금령을 위해 모인 사람들이기는 해도 자의와 타의가 뒤섞여 모인 집단임이 드러나고 있었다. 개중에는 금불현처럼 인질로서 호천단에 합류한 사람도 있었던 것이다.

그 모든 사람의 반응을 금령은 날카로운 눈으로 살피고 있었다. 그러더니 다시 입을 열었다.

"호천단은… 천하를 손에 넣을 거요."

금령의 다음 말에 사람들이 흠칫한 표정을 지었다. 비록 그들 중 대부분이 군림천하를 꿈꾸고 있었지만 이렇게 노골적으로 금령이 천하에 대한 야망을 드러낼 거라고는 생각지 못했던 것이다. 그런 사람들의 반응에 아랑곳하지 않고 금령이 계속 말을 이었다.

"오늘 이곳에 모인 사람들은 제각기 그 사연이 다를 것이오. 나와 인연이 깊어 온 사람도 있고, 가문의 강권에 못 이겨 온 사람도 있을 것이오. 그리고 또… 나와 도주님의 겁박으로 인질처럼 끌려온 사람도 있을 거요."

금령의 말에 몇몇 사람들이 낮은 기침을 하며 불편한 기색을 보였다.

"그러나 지금 이 순간부터 그런 것들은 모두 잊기 바라오. 그대들이 나와 어떤 인연으로 이곳에 왔던 결국 이제 호천단이라는 배에 함께 오른 사람들이오. 배는 세상을 향해 나갈 거고, 결국에는 세상을 지배할 거요. 물론 날 못 믿는 사람도 있을 거요. 그러나 나와 함께 일 년만 이 배를 타고 여행해 봅시다. 만약 그때에도 내가 못 미더우면 아무런 조건 없이 배에서 내리게 해드리겠소. 그러니 적어도 일 년은 날 따라 주시오. 내가 그대들에게 먼저 날 증명할 것이고, 이후에는 그대들이 나에게 자신을 증명해야 할 거요. 그렇게 서로가 서로를 믿게 되면 그때 우린 천하를 손에 넣게 될 것이오.”

금령의 말에 사람들이 묘한 표정을 지었다. 협박이 아님이 분명한데 누군가는 협박처럼 들은 듯도 했다. 그러나 대체로 금령의 말에 다시 가슴속에 꿈틀대는 야망을 불꽃은 드러내는 듯한 모습들이었다.

“오늘 이곳에 모인 사람이 모두 서른, 호천단은 앞으로 많은 사람들을 받아들이게 될 것이오. 그러나 난 오늘 이곳에 모인 사람들을 잊지 않을 것이오. 호천단이 수천 명의 사람을 받아들인다 해도 향후 그 누구도 오늘 이곳에 모인 사람들 위에 서지 못할 것이오. 그러니 그대들은 나에게 아주 특별한 사람들인 거요. 거친 전장을 함께 누빌 것이고, 영화를 함께 할 것이오. 물론… 마지막 항구에 도착했을 때 몇 명이 살아 있을지는 나도 모르겠소만…….”

금령이 의자 깊이 등을 기대며 조금 거만스러운 시선으로 사람들을 둘러봤다. 치열한 삶을 기다리는 자들의 눈에는 여전히 야망이 번들거린다. 죽음의 위협조차도 야망 앞에서는 그리 큰 문제가 아닌 듯 보였다.

“내 뜻은 모두 전했소. 혹 지금 호천단을 떠날 사람이 있소?”

금령의 질문에 누구도 입을 열지 않았다.

“좋소. 그럼 이제 한 사람을 소개하리다. 앞으로 호천단을 이끌 사람이오. 범 대협!”

“예, 소도주!”

금령의 부름에 앞서 금령과 말을 나누었던 사십대 중년의 사내가 대답했다.

"이 사람의 이름은 모두 들어보았을 것이오. 이 사람이 바로 청도의 후기지수 중 제일가는 고수인 해룡 범교 대협이오. 앞으로 범 대협이 호천단의 단주가 되어 그대들을 이끌 것이오."

금령의 말이 끝나자 범교가 사람들을 향해 포권을 해 보였다.

"범교요. 미천한 실력임에도 호천단의 단주 자리를 맡게 되었소. 앞으로 많은 도움을 부탁드리오."

범교는 무거운 사람이었다. 그 행동 하나, 말 한마디에도 진중한 무게가 느껴져 호천단의 사람들 누구도 범교가 단주가 되는 것에 반발하는 모습이 없었다.

"범 단주를 도울 두 명의 부단주도 소개하겠소. 금불현 소협과 석 대협은 앞으로 나서시오."

금령의 말에 금불현과 석요송이 자리에서 일어나 한 걸음 앞으로 나섰다.

"금 소협은 모두 알다시피 금문의 제일의 현자이신 현종 금무해 어른의 손자시오. 가풍에 어긋남 없이 천하에 모르는 것이 없는 지자이니 호천단에 많은 도움이 될 것이오. 그리고, 석 대협은… 나의 인검이오!"

순간 사람들의 눈빛이 변했다. 이들 역시 인검에 대한 소문을 들어 알고 있었다. 그러나 실제 인검이 존재하는지, 혹은 그 인검이 누구인지는 모르고 있다가 오늘 불쑥 그 인검이란 자가 나타나자 호기심과 호승심이 동시에 일어나는 모양이었다.

"석 대협은 비록 호천단의 부단주이기는 하나 인검으로서의 할 일이 많아 호천단의 일에 깊이 관여하지는 않을 것이오. 그러나 호천단에 중요한 일이 있으면 석 대협 역시 호천단에 힘을 보텔 테니 그리들 알아두시오."

　금령의 말이 끝나자 사람들이 잠시 자신들끼리 웅성거렸다. 아마도 대부분은 석요송에 대한 말들을 하고 있음이 분명했다. 그러나 석요송은 사람들의 반응에 아랑곳 않고 태산처럼 자신의 자리를 지키고 있을 뿐이었다.

　잠시 후 소란이 가라앉자 금령이 다시 입을 열었다.

　"내가 할 말은 모두 끝났소. 앞으로 호천단의 일은 범 단주가 온전히 맡을 테니 지금부터는 범 단주에게 단을 어찌 이끌어갈지 듣기 바라오. 난 그만 들어가겠소."

　금령이 자리에서 일어났다. 그러자 장내의 사람들이 일제히 자리에서 일어나 비룡루를 벗어나는 금령을 향해 정중하게 고개를 숙였다.

　금령이 자리를 뜨자 장내에는 새로운 기운들이 돌기 시작했다. 금령의 패기에 밀려 고개를 숙이고 있던 자들조차도 이제는 날카로운 안광을 발하며 단주 범교의 말을 기다렸다.

　범교는 그런 사람들의 시선을 한 몸에 받으며 하나의 목함을 들고 금령이 앉았던 비룡루 중앙의 의자에 앉았다. 그리고는 특유의 무거운 목소리로 입을 열었다.

　"다시 한 번 인사드리리다. 앞으로 호천단을 이끌게 된 범교요."

　범교가 재차 자신을 소개했다. 그러나 장내의 누구도 범교의 말에 대꾸를 하는 사람이 없었다. 그러자 범교가 슬쩍 사람들을 한 번 둘러보고는 한 손을 목함에 얹으며 말했다.

　"불민한 이 사람이 호천단을 맡게 되었지만 아직은 여러 가지로 부족하오. 그러나 호천단에 대한 소도주님의 기대 또한 저버릴 수 없으니 모두 힘을 합쳐 소도주님을 잘 보필하도록 합시다."

　탁!

　말을 하면서 범교가 목함을 열었다. 그러자 그 안에서 은빛으로 번쩍거리는 작은 패들이 모습을 나타냈다.

　"이 패들은 호천단의 단원임을 증명하는 은패요. 이 패를 가지고 있으면 청도는 물론 금문삼십육진 어디에서든 필요한 도움을 받을 수 있을 것이오. 각자의 이름이 새겨져 있으니 자신의 것을 챙기도록 하시오."

　범교의 말이 끝나자 금불현이 얼른 나와 목함을 집어 들더니 장내에 있는 호천단의 사람들에게 각기 이름이 새겨진 은패를 나누어 주었다. 그러자 은패를 받아든 누군가가 입을 열어 질문을 던졌다.

　"은패에 새겨진 숫자는 무엇입니까?"

　그러자 범교가 담담한 목소리로 대답했다.

　"하나의 조직이 힘을 발휘하려면 위계가 서야 하는 법, 그 안에 새겨진 숫자는 나와 소도주께서 나름대로 호천단에 든 형제들의 무공과 능력을 평가해 그 서열을 정한 것이오."

　"음……."

　"으음. 헛!"

　범교의 말이 끝나기 무섭게 호천단원들 사이에서 다양한 목소리가 흘러나왔다. 아마도 자신의 이름 위에 새겨진 숫자에 궁정을 하는 사람보다는 불쾌해하는 사람이 훨씬 많은 듯 보였다. 그런 사람들의 심리를 알고 있다는 듯 범교가 다시 입을 열었다.

"자신에게 주어진 숫자에 불만을 가진 사람이 있을 거요. 그러나 너무 불만들을 갖지 마시오. 오늘 주어진 숫자는 언제든 바뀔 수 있소. 공을 세운 자는 그에 합당한 서열을 얻게 될 것이오. 오늘 정해진 서열은 앞으로 그대들의 능력에 따라 변하게 될 것이고 언젠가는 이 자리, 호천단 단주의 자리조차도 바뀌게 될 것이오."

범교의 말에 불만을 품었던 자들이 표정이 점차 풀려갔다. 그러다가 문득 한 사내가 물었다.

"서열이 낮은 자는 앞 서열의 사람에게 무조건 복종해야 합니까?"

그러자 범교가 고개를 저었다.

"그렇지 않소. 특별한 일이 없을 때 서열은 우리 사이에서 아무런 의미도 지니지 않소. 정해진 서열은 오직 우리가 강호에 나가 어떤 일을 수행할 때에만 쓰이게 될 것이오. 일을 수행함에 있어서만큼은 앞 서열의 사람이 일의 향방과 가부를 정하게 될 것이오. 그러니 여러분도 평시에는 서열이 앞선다 하여 낮은 서열의 사람을 함부로 대하지 않도록 하시오."

"알겠습니다. 대주!"

"알겠소이다."

몇몇이 범교의 말에 답을 했다. 그러자 다시 한 사람이 물었다.

“그런데 곧 출도를 한다는 데 사실입니까?”

“그렇소, 이제 곧 소도주께서 청도를 나서실 것이오.”

“어디로 갑니까?”

“금산으로 갈 것이오.”

“아, 금산!”

“음……”

금산이라는 말에 곳곳에서 나직한 탄성이 흘러나왔다. 그러자 그런 사람들을 보며 범교가 다시 입을 열었다.

“소도주께서 금산행을 한다는 것이 무슨 의미인지 모두 아실 것이오. 그리고… 금문의 정세에 어두운 자라 할지라도 이 길이 제법 위험한 길이라는 것 또한 잘 알고 있을 것이오. 더군다나 이번 금산행은 우리 호천단에서 그 호위를 맡게 될 것이오.”

범교의 말에 갑자기 사람들의 표정이 굳었다. 금령의 금산행이 적지 않은 위험을 내포하고 있다는 걸 모두 알고 있고, 그 금령을 호위하는 일이 어쩌면 목숨을 내놓아야 하는 길임을 알고 있는 듯 보였다.

“호천단 모두가 갑니까?”

누군가 다시 물었다. 그러자 범교가 고개를 저었다.

“아니오. 열 명 정도만 함께 갈 생각이오. 어차피 금산에 입산할 수 있는 인원이 한정되어 있으니 말이오. 나머지는 각기 다른 임무를 맡아 출도를 하거나 혹은 청도에서 일을 맡게 될 것이오.”

“그러면 금산에는 누가 갑니까?”

“그 말을 지금 하려 하고 있었소. 여러분이 비록 호천단에 들기는 했으나 모두 각 가문에서 촉망받는 후기지수들이오. 그러니 함부로 사지로 여러분을 끌고 갈 수가 없다고 소도주께서 말씀하셨소. 해서 일단은 먼저 금산행을 원하는 사람이 있나 그 의견을 먼저 들어보라 하셨소. 묻겠소. 금산행을 원하는 사람이 있소?"

범교의 질문에 호천단의 사람들이 저마다 생각에 잠겼다. 금산행은 위험한 길이기는 하지만 일단 금산에서 금령이 다음 대금문의 주인으로 인정받게 된다면 금산행을 함께 한 자들의 지위는 순식간에 높아질 터였다. 호천단 내에서 서열이 낮은 사람들은 서열을 상승시킬 수 있는 절호의 기회였다. 목숨을 건 도박이기는 했지만, 또한 그 과실은 달콤할 터였다.

"한번 가보고 싶군요."

가장 먼저 입을 연 사람은 금불현이었다.

"부단주는 이곳에서도 할 일이 많을 터인데?"

범교가 은근히 금불현을 말렸다. 그러자 금불현이 고개를 저으며 말했다.

"아닙니다. 그래도 호천단의 첫 출정인데 아니 갈 수 있나요? 더군다나 금산지회는 언제나 기이하고 특별한 일들이 많이 벌어지니 그 또한 놓칠 수 없는 구경 아닙니까?"

"유람을 가는 것이 아니네."

"그걸 모를 리가 있겠습니까? 하지만 지옥에 간다 한들 웃으며 가면 또한 즐겁지 않겠습니까? 하하!"

금불현이 짐짓 호탕한 웃음을 터뜨렸다. 그러자 금불현의 호방함이 전연이 된 듯 여기저기서 동행하겠다는 자들이 나타났다.

"금보전이라 합니다. 함께 가겠습니다."

"저도 가겠습니다."

한두 사람이 손을 들며 금산행에 동참할 의사를 밝히자 이내 열 명의 숫자가 금세 채워졌다. 그런데 특이한 것은 그중 둘이 여인이라는 사실이었다. 호천단에 여인은 단 네 명뿐이었는데 그 중 서열 칠 위의 금교유와 서열 이십 위의 미사혼이 금산행을 자처했다. 그런데 범교는 두 여고수의 참여를 순순히 승낙했다. 아마도 그녀들은 금문 내에서도 그 능력을 인정받고 있는 모습이었다. 그렇게 열 명의 지원자가 모두 채워지자 범교가 입을 열었다.

"좋소. 생각보다 빨리 일을 매듭지을 수 있어 기쁘오. 그럼 이번 금산행은 나와 두 부단주, 그리고 나머지 일곱 분이 참여하는 것은 결정하겠소. 다른 분들에게는 달리 시간을 내어 할 일을 전달하도록 하리다. 그리고… 호천단의 숙소는 계명원 내 남쪽 건물로 정해졌소. 이미 그곳에 머물고 있는 분들은 상관없고, 다른 곳에 머물고 계신 분들은 숙소를 옮겨주시기 바라오. 그럼 숙소에서 내일 다시 봅시다."

범교가 간단하게 모임을 파하고 자리에서 일어났다. 그러자 호천단의 고수들이 일제히 자리에서 일어나 뿔뿔이 자신이 갈 곳을 향해 흩어졌다.

"어떤 사람들이지?"

문득 석요송이 서탁에 앉아 사람들의 이름이 적힌 비단 두루

마리를 보고 있는 금불현에게 물었다. 그러자 금불현이 대답했
다.

"모두 야심이 만만찮은 사람들이에요. 서열 사 위의 금보전
은 정종의 다섯 장로분 중 한 분인 금지선 장로님의 손자고, 서
열 칠 위의 금교유 여협은 금문 최고의 여고수라는 심류와 여협
의 제자지요."

금불현이 들고 있는 비단 두루마리에는 이번 금산행에서 소
도주 금령을 호위할 호천단 고수들의 이름이 적혀 있었다. 석요
송은 그들의 내력을 묻고 있었다.

"다른 사람들은?"

"보자… 서열 십 위 노도명, 그리고 십오 위 모말 이 두 사람
은 그동안 도주의 그늘에 있던 사람인군요."

"도주의 그늘에 있었다고?"

"도주께서는 강호행을 하다가 재주가 뛰어난 사람을 만나면
청도로 데려와 무공을 가리키셨지요. 그런 사람들이 근 일백에
이릅니다. 그들은 오직 도주의 명을 따를 뿐 다른 사람은 안중
에 없지요. 기실 그들이 도주의 가장 강력한 힘이기도 하고요.
도주께서 돌아가시면 물론 소도주의 사람들이 되겠지요. 그들
은 보통 은검이라 불리지요."

"은검이라. 또 다른 힘이 있다는 말이군."

"그렇지요. 도주께서 이 두 사람을 호천단에 들게 한 것은 아
마 자연스럽게 은검들이 소도주의 사람이 되게 하려는 방책일
겁니다."

"역시 주도면밀한 양반이야. 그래, 나머지는?"

“흐흠… 미사혼… 미사혼이라. 이 여인은 저도 잘 모르겠습니다.”

“그래. 출신이 어딘지는 밝혔을 것 아닌가?”

“그저 소도주가 데려온 여인이라고만 되어 있군요.”

“그럼 경계할 필요는 없겠군.”

“그렇지요. 애초부터 소도주의 사람이었다면…….”

금불현이 고개를 끄덕였다. 그러자 석요송이 다시 물었다.

“나머지 두 사람은?”

“바로 그들이 문제입니다.”

“왜?”

“이들은… 각기 호천단 서열이 이십구 위와 삼십 위의 사람이지요. 서열로 보자면 호천단에서 가장 약한 자들이지만 실제는 그렇지가 않아요.”

“어째서?”

“이들은 어떤 후원자도 없이 홀로 금문에서 명성을 얻은 자들입니다. 금문삼십육진 중 열 개 이상의 진을 전전했고, 가는 곳마다 난관을 헤치고 공을 세워 그 지위가 높아졌지요. 그러나 금문이란 곳은 역시 출신 가문이 중요한 곳이라 그들은 능력만큼 대우를 받지 못했어요. 그런데 그들이 호천단에 들었네요. 아마도… 이들은 소도주가 직접 설득했을 거예요. 물론 그들도 선선히 승낙했을 것이고요. 그들에게 호천단은 미래를 꿈꿀 수 있는 곳이지요.”

“그런데 뭐가 문제라는 거지?”

“이들은 다른 사람들과 달라요. 외방의 진들을 전전할 때도

다른 사람들과 잘 섞이지 못한 걸로 알려졌어요. 더군다나 능력
에 비해 낮은 서열을 받았으니 그 호승심 역시 대단할 거예요."

"통제가 안 될 수도 있다는 말인가?"

"어쩌면 그럴 수도 있지요. 하지만 뭐 너무 걱정할 일은 아니
에요. 소도주께서 가시니 그들도 소도주의 말이라면 따를 거예
요."

"어떤 사람들인지 궁금하군."

"겪어 보면 만만치 않은 사람들이라는 걸 알게 되실 거예요."

*   *   *

청도의 항구에 배가 떴다. 청도는 금문의 중심이라 하루 중에
도 여러 척 배가 오가는 곳이었지만 오늘 청도 항구에 뜬 배는
다른 배들과는 사뭇 달랐다.

배 곳곳에 용 문양이 새겨져 있었고, 다른 배에 비해 갑판을
가리는 난간이 높고 두터웠다. 언뜻 보면 전장에 나가는 전선과
도 같았다. 그런데 배가 뜨자 청도 사람들이 바빠졌다. 곳곳에
말을 달려 청도 내부를 오가는 사람들이 있었고, 또 일부는 부
지런히 배 위로 물건들을 실어 나르고 있었다.

"요하를 거슬러 오를 겁니다."

은림각 뒤쪽의 산기슭에 오른 석요송을 향해 일영이 말했다.

"저 배가 요하를 거슬러 오를 수 있소?"

"배의 이름이 학선(鶴船)입니다."

"학선? 기이한 이름이군."

석요송이 고개를 갸웃했다. 배의 모양으로 보아 학선이라는 이름은 어울리지 않았다. 호선이나 용선이면 모를까. 그러자 일영이 다시 입을 열었다.

"보기에는 무거워 보이지만 기실 그 어떤 배보다도 가볍습니다. 쓰인 목재들이 단단하면서도 가볍다고 하더군요. 학선을 만든 사람이 옛 현종의 고수셨던 금굉이라는 분이었는데 나무를 다루는 방법에 도통한 사람이었다고 하더군요. 그래서 세상에서 가장 두텁지만, 또 세상에서 가장 가벼운 배를 만들었다고 합니다."

"신기한 일이구려. 세상에서 가장 두텁지만, 또한 가장 가볍다라……."

"가볍기에 속도 역시 무척 빠릅니다. 더군다나 돛이 다른 배에 비해 넓고 커서 바람을 받으면 더욱 빨라지지요. 그 넓은 돛을 펼친 모습이 학을 닮았다고 해서 학선이라 불리는 것입니다."

일영의 설명이 석요송이 고개를 끄덕였다. 그러자 일영이 다시 말을 이었다.

"일단 배를 타고 요하 하구까지 간 후 강을 거슬러 올라 한주 인근까지 갈 것입니다. 그곳에서 배를 내려 육로로 금산을 향해 이동하게 됩니다. 금산은 흑수 중하류에 있으니 한두 달 여정은 될 겁니다. 뭐, 서두르면 한 달 이내에도 주파하겠지만 서두를 이유는 없는 길이지요."

"밀영은 몇이나 갈 것이오?"

"그건 인검께서 결정하실 일인지라……."

"그렇구려. 그러나 일영의 의견을 묻지 않을 수 없소. 몇이나 가면 될 것 같소?"

"평소에도 소도주님의 출도 시에는 다섯 명의 밀영이 수행했습니다. 더군다나 이번에는 그 호위의 전권이 호천단에 있으니… 그리고 이미 앞서 강호에 나가 있는 밀영들도 금산행로 주변으로 불러 모았습니다."

"알겠소. 그럼 다섯으로 준비해 주시오."

"알겠습니다."

일영이 고개를 숙였다.

"이틀 뒤 출발이니 만반의 준비를 해주시구려. 특히 이미 강호에 나가 있는 밀영들은 행로에 앞선 길 주변의 소식들을 면밀히 살피도록 일러두시오."

"그리하겠습니다."

일영이 다시 머리를 조아렸다.

두 밤이 지나고 아침이 오자 항구가 청도의 금문 문도들로 혼잡해지기 시작했다. 청도에 사는 오백여 명의 금문도 중 삼사백이 항구로 몰려나온 듯 보였다. 그도 그럴 것이 오늘은 청도주 금온과 소도주 금령이 출도를 하는 날이었다. 청도의 역사상 두 사람이 함께 출도를 하는 것은 이번이 처음 있는 일이었다.

더군다나 청도주 금온은 한동안 바깥출입을 거의 하지 않았으므로 혹자는 그가 중병에 걸렸다는 소리를 하고 있는 상황이었다. 이런 때 청도주 금온이 출도를 한다니 청도의 사람들은 자신들의 눈으로 금온의 건강을 살피고 싶은 마음이 간절했다.

적어도 청도에서 금온은 그들이 의지할 수 있는 유일한 절대적 존재이기 때문이었다.

"오신다!"

누군가의 목소리 흘러나왔다. 사람들이 청도의 중심에서 항구로 이어지는 길로 일제히 시선을 돌렸다. 그러자 사람들의 눈에 느릿하게 항구를 향해 움직이고 있는 십여 필의 말이 들어왔다. 그리고 그 중 가장 선두에는 노구의 청도주 금온이, 그리고 그 바로 뒤에는 은색 가면으로 얼굴 반을 가린 소도주 금령이 따르고 있었다.

금온과 금령이 나타나자 길옆을 메우고 있던 사람들이 일제히 허리를 굽히며 세 걸음씩 뒤로 물러났다. 아마도 청도주 금온에 대한 공경의 표시인 듯 보였다.

그런 금문 문도들의 환대를 받으며 배 앞에 이른 금온이 천천히 말에서 내렸다. 그를 수행하는 자들이 재빨리 그 주위를 에워쌌다. 청도임에도 불구하고 마치 살수가 곧이라도 금온을 향해 검을 뻗어낼 것처럼 호위하는 자들의 경계가 삼엄하다.

"도주 편히 다녀오십시오!"

멀리서 누군가의 목소리가 들렸다. 그러자 이곳저곳에서 금온의 안녕을 기원하는 목소리가 일어났다. 그 모습을 미리 배에 올라 보고 있던 석요송이 나직하게 중얼거렸다.

"이곳에서 만큼은 도주가 인자한 부모와 같군."

그러자 곁에 서 있던 금불현이 말했다.

"그렇지요. 적어도 청도에서 도주님은 사람들의 어버이이자 신과 같은 분이지요."

“후우…….”

석요송이 깊게 한숨을 내쉬었다.

“왜 그러세요?”

“아니, 그냥 마음이 좀 무겁군.”

“무슨 걸리는 문제라도?”

“도주의 저런 모습을 보니 그가 토하곡에 와서 한 일이 믿어지지가 않아서 말이야. 역시 사람이란 양면을 가지고 있는 건가?”

석요송의 말에 금불현이 고개를 끄덕였다.

“그렇지요. 아무리 악인이라도 자기 자식들에게는 의지할 따뜻한 부모니까요. 도주의 냉엄함은 어쩌면 자신의 사람들에게 대한, 금문이라는 울타리 안의 사람들에 대한 지나친 애정에 의해 생겨난 것일 수도 있지요.”

“그럴지도 모르겠군. 본래 도주는 세상에 야망이 없었던 사람이라고 했으니까.”

“그래서 이 청도에 은거하게 된 것이었지요.”

“결국, 운명이란 거지.”

“후후, 그렇지요.”

금불현이 짐짓 음흉한 웃음을 흘렸다. 그러는 사이 금온과 금령이 모두 배에 올랐다. 그러자 도주 금온만큼이나 늙은 노인이 고개를 돌려 배를 몰 선부들에게 소리쳤다.

“닻을 올려라. 출항한다.”

외모와 달리 강렬한 노인의 말에 선부들이 바다에 드리웠던 닻을 끌어올리기 시작했다.

"누군지 아세요?"

문득 금불현이 석요송에게 물었다.

"저 노인장?"

"예."

"알지."

"엇? 어떻게요?"

"그는 도주를 가장 곁에서 모시는 사람인데 그를 아는 것이 이상한 건가?"

"그는 지난 오 년 간 도주를 모시지 않았어요."

"그게 무슨 말이지? 차유 저 양반이 도주를 모시지 않았다고?"

"네. 차 노사께서는 본래 정종 오장로 중 한 자리를 차지할 수도 있는 분이셨죠. 그런데 저분께서는 그 영광스러운 장로의 자리를 포기하고 오 년 전 은거하셨어요."

"은거? 이 청도에서 은거를 해봐야 어딜 가겠어?"

"이곳을 떠나셨었지요."

"그래? 어쩐지 처음 청도에 왔을 때 얼굴이 보이지 않는다 했지. 그런데 은거를 했으면 그만이지 왜 또 강호에 나온 거지?"

"아마도 도주께서 불러내셨겠죠. 그만큼 이번 금산지회가 중요하다는 의미기도 하고요."

"은거한 사람 불러내는 재주는 탁월하신 양반이지."

석요송이 고개를 끄덕였다. 그러는 사이 배가 서서히 항구를 벗어나 뱃머리를 바다로 돌리고 있었다. 청도의 사람들이 떠나는 배를 향해 계속해서 손을 흔들고 있었는데 그들은 더 이상

배가 보이지 않을 때까지 그 자리를 지켰다.

섬이 아스라이 한 점으로 변했을 때 배 위의 사람들도 움직이기 시작했다. 일부는 선실로 들어가고 일부는 각자 자신이 할 일을 찾아 갑판을 오가기 시작했다.

"오랜만이구나."

여전히 금불현과 갑판에 서 있던 석요송에게 늙은 목소리가 들렸다. 고개를 돌려보니 차유가 석요송을 바라보고 있었다.

"그렇군요. 정말 오랜만이군요."

"후후, 그렇지. 한 십 년?"

"그즈음 되었지요."

"인검이 되었다고?"

차유가 물었다. 그러자 석요송이 고개를 저었다.

"아직은 아니지요. 금산에서 어떤 결론이 날지 모르니……."

"그렇긴 하다만 인검오관을 통과한 너라면 그들도 네가 인검이 되는 것을 막지는 못할 게다."

차유가 석요송에게 말했다. 그러자 석요송이 화제를 돌리며 물었다.

"청도를 떠나 계셨다고요?"

"그랬지."

차유가 고개를 끄덕였다. 그러자 석요송이 웃음을 흘리며 말했다.

"후후, 욕심이 많으시군요."

"무슨 소리냐?"

"도주님과 함께 토하곡을 찾아오셔서 조부님의 고요를 흩트리신 분이 본인께서는 은거를 하겠다고 하시니 말입니다."

석요송의 말에 차유가 겸연쩍은 표정을 지었다.

"여전히 불만인 거냐?"

"여전히 금문에 매여 있으니까요."

"그렇구나. 네게는… 미안하구나. 하지만 나로선 어쩔 수 없는 일이었다. 또한, 오늘날 이렇게 은거를 깨고 다시 강호로 나올 수밖에 없는 처지이니 너무 비난하지는 말거라."

"어르신이 필요하신 일인 줄은 몰랐군요."

"뭐… 늙은이라도 다 쓸데가 있으니까. 그나저나 이 친구는 누군가?"

차유가 금불현을 보며 물었다. 그러자 금불현이 차유를 향해 정중하게 포권을 해보였다.

"인사드립니다. 현림의 불현입니다."

"현림! 무해 아우의……?"

"그렇습니다. 조부님께 말씀 많이 들었습니다."

"그런데 불현이라고 했지?"

"예, 어르신!"

금불현이 고개를 숙이며 대답했다. 그러자 차유가 깊은 눈으로 금불현을 응시하다가 뜻 모를 말을 흘렸다.

"무해 아우는 여전히 농이 지나치군."

"그게 무슨 말씀이신지……?"

금불현이 의혹 어린 표정으로 물었다. 그러자 차유가 빙긋 미소를 지으며 대답했다.

"설마 몰라서 묻는 것은 아니겠지? 내가 무해 아우와 절친하다는 것을 알고 있다면 너와 무해 아우가 하는 장난을 모를 리가 있겠느냐?"

"그, 그게……."

금불현이 당혹스러운 표정으로 말을 더듬었다. 그러자 차유가 다시 웃음을 터뜨리며 말했다.

"하하! 걱정 마라. 비밀은 지켜줄 테니. 그럼 나중에 다시들 보자."

차유가 주름진 손을 들어 한 번 흔들고는 휘적휘적 배 안쪽의 선실로 걸어 들어갔다. 차유가 사라지자 석요송이 금불현을 보며 물었다.

"아우, 무슨 일이지?"

"그, 그것이……."

금불현이 곤혹스러운 표정으로 말을 흐렸다. 그러자 석요송이 고개를 끄덕이며 말했다.

"말하기 곤란한 것이라면 말하지 말게. 사람마다 사정이 있는 법이니. 그나저나 난 들어가서 소도주를 좀 만나야겠군. 같이 가려나?"

그러자 금불현이 얼른 고개를 저었다.

"아, 아닙니다. 전 바닷바람을 좀 더 쐬겠습니다."

"그래? 알았네. 그럼 나중에 보세."

석요송이 고개를 끄덕이고는 차유가 사라진 선실 쪽으로 걸음을 옮겼다. 석요송마저 선실로 들어가자 금불현이 내심 큰 한숨을 내쉬며 중얼거렸다.

“휴, 미처 생각지 못했어. 차 노사께서 설마 조부님과 그렇게
까지 가까운 사이인 줄은… 에휴, 아무튼 앞으로 차 노사께 꽉
잡혀 살게 되었군.”

금령은 무복을 입고 가부좌를 튼 채 지그시 눈을 감고 있었
다. 대해로 나오자 배가 파도를 타기 시작했으므로 적지 않게
흔들렸지만, 금령의 자세는 흔들릴 줄을 몰랐다.
석요송은 그런 금령 앞에 역시 가부좌를 틀고 앉았다. 그러자
감겼던 금령의 눈이 열렸다.
“밀영들이 보이지 않는구려.”
금령이 물었다.
“다른 배로 출도하여 함주에서 기다릴 것입니다.”
“왜 그런 결정을 하셨소?”
“배 위에서야 위험할 일이 있겠습니까?”
“해적이라도 만나면?”
“해적이 불쌍할 따름이지요.”
석요송의 대답에 금령이 빙그레 미소를 지었다.
“솔직한 말 한마디 듣겠소?”
“그러지요.”
“사실 그대 한 명이 내 곁에 있는 것이 밀영 모두가 곁을 지키
는 것보다 더 든든하오. 그러니 밀영들이야 어디서 날 기다리든
크게 관심이 없소.”
금령의 말에 석요송이 고개를 저었다.
“옛말에 한 손이 열 손을 당하지 못한다는 말이 있지요. 저 역

시 그저 밀영의 한 사람일 뿐이라 생각하십시오. 그리고 제가
앞서 밀영들을 다른 배로 출도시킨 것은 한주 인근의 정세를 살
피기 위함입니다."

"생각보다 세심하구려."

"조심할 따름입니다."

"좋소. 호천단은 어찌 보시오?"

"좋지도 나쁘지도 않더군요."

"무슨 말이오?"

"야망이 있으니 소도주께서 힘을 얻게 되면 든든한 조력자들
이 되겠지요. 그러나 역시 야망이 있으니 소도주께서 힘을 잃으
면 그 즉시 적이 될 것입니다."

석요송의 말에 금령이 천천히 고개를 끄덕였다.

"정확히 보셨소. 대저 천하대사란 의리나 도리보다는 이익에
따라 움직이게 마련이니 그들에게 이득을 줄 수 없는 주인이라
면 어찌 충성을 바라겠소. 금산에서 그들의 마음을 얻어야겠
지."

"그런데……."

"말해보시오."

석요송이 잠시 말을 망설이자 금령이 재촉했다.

"조창과 금원보 그 두 사람과는 어찌 인연을 맺으신 것인
지……?"

"참, 그들은 어찌 보셨소?"

"인랑(人狼)을 보는 것 같았습니다."

"늑대라. 잘 보셨소. 그들은 늑대와 같은 자들이오."

“위험한 자들이 아닙니까?”

석요송의 물음에 금령이 고개를 저었다.

“그렇지가 않소. 그대는 늑대에 대해 잘 모르나 보구려. 늑대가 사납기는 하지만 사실은 무척 대단한 짐승이라오. 그 우두머리에 대한 복종심이 남다를 뿐 아니라 사냥을 할 때의 움직임도 사람에 못지않소. 더군다나 평생 그 짝을 바꾸지 않으니 어찌 사람보다 못하다고 하겠소.”

“그렇군요.”

“그들은 내게 늑대와 같은 사람들이오. 날 위해 평생을 함께해줄 거요. 사실 호천단에서 내가 가장 믿는 사람들이 바로 그 두 사람이라오.”

“어떤 인연이십니까?”

“그건 그들에게 직접 물어보시오.”

“답을 해줄까요?”

“답을 얻는다면 그들과 친구가 될 수 있을 거요. 그건 그대에게도 아주 좋은 인연이 될 거요.”

금령이 빙그레 미소를 지으며 말했다.

第八章 뭍에 오르다

　배는 근 십여 일을 이동했다. 배로 강을 거슬러 오르는 일은 쉬운 일이 아니다. 더군다나 일행이 탄 배는 제법 큰 배라서 수심이 얕은 강을 오르기 위해선 특별히 조심해야 했다.

　사람들은 신분을 가릴 것 없이 노꾼이 되었다. 가끔 남풍이 불어 배를 밀어주긴 했지만, 강을 오를 때에는 노의 힘을 빌어야 했다.

　"이건 완전히 노꾼인데요?"

　석요송의 뒤에서 힘겹게 노를 젓던 금불현이 투덜거리며 말했다.

　"어쩔 수 없는 일이지. 그래도 이제 곧 도착하니 조금만 참아."

　석요송이 대답했다.

“그렇긴 하지요. 그래도 좀 쉬어야 하지 않을까요? 벌써 한 시진째니…….”

금불현의 말에 석요송이 고개를 끄덕였다.

“그러지.”

석요송이 동의하자 금불현이 멀찍이 떨어져 있던 호천단의 사람들에게 눈짓을 했다. 그러자 호천단의 무사 두 명이 다가와 석요송과 금불현의 노를 받아들고 노를 젓기 시작했다.

“휴우, 뱃일이 힘들다고 하더니 정말 여간 힘든 것이 아니네요.”

금불현의 말에 석요송이 고개를 끄덕였다. 그러자 금불현이 다시 고개를 돌려 그들과 반대쪽에서 노를 젓고 있는 두 사람을 가리켰다.

“저 두 사람은 정말 대단하군요.”

금불현의 시선이 향한 곳에는 호천단에서 마지막 서열에 올라 있는 조창과 금원보가 있었다. 그들은 석요송, 금불현과 함께 노를 젓기 시작했는데 여전히 다른 사람에게 노를 넘기지 않고 있었다. 마치 노를 젓다가 죽을 사람들처럼 묵묵히 노를 젓고 있는 두 사람이었다.

“심기가 보통 강한 사람들이 아냐.”

“그렇죠?”

금불현이 고개를 끄덕였다.

“이야기는 좀 나눠 봤어?”

“별로요. 다른 사람들과는 그래도 이제 친숙해졌는데 저 두 사람은 어렵더군요. 조금 벽이 있는 것 같기도 하고…….”

"소도주께서는 완전히 믿고 계시더군."

"그런가요?"

"호천단원들 중에서 온전히 자신의 사람이라 생각하는 사람
은 저들 두 사람밖에 없는 듯하더군."

"그렇군요. 하긴 지금으로선 믿을 수 있는 사람이 없겠지요."

금불현이 고개를 끄덕였다.

"그나저나 점점 배가 가기 힘들어지는군."

"그러게요. 그나마 한주 인근까지 갈 수만 있다면 다행일 듯
싶어요."

"그렇지?"

석요송이 고개를 끄덕였다. 그때 문득 조창과 금원보 두 사람
이 노를 놓고 일어났다. 그러자 대기하고 있던 다른 금문도들이
재빨리 두 사람의 노를 받아들었다.

"드디어 노를 놓았군요."

"어지간한 사람들이야."

석요송이 고개를 젓는데 문득 금불현이 두 사람을 불렀다.

"두 사람 나 좀 봅시다."

금불현은 호천단의 부단주다. 물론 석요송 역시 부단주의 위
치에 있었으나 석요송이 호천단에 관여하는 일은 거의 없었으
므로 호천단원들은 금불현을 호천단의 실질적인 이인자로 여기
고 있었다. 금불현이 부르자 조창과 금원보가 잠시 어색한 표정
을 짓다가 이내 석요송이 있는 곳으로 다가왔다.

"무슨 일입니까?"

두 사람 중 조창은 이십대 후반, 금원보는 삼십대 초반으로

석요송이나 금불현보다 나이가 많았지만 부단주라는 지위 때문인지 나이 어린 금불현에게 존대를 했다.

"뭐, 특별한 일이 있는 것은 아니오. 다만 두 사람 모두 호천단의 사람인데 지금껏 제대로 인사도 나누지 못했던 것 같아서 말이오. 힘들게 노질을 했으니 한잔하시겠소?"

금불현의 말에 조창이 조금 냉랭하게 물었다.

"배에서 술을 마셔도 됩니까? 유람을 나온 것도 아니고……."

"한 잔 정도야 무슨 문제가 되겠소? 더군다나 힘든 노질이 끝났으니 도주님이 보아도 이해하실 거요. 갑시다. 내 곡주가 있는 곳을 알고 있으니."

금불현이 마치 명령을 하듯 말하고는 선실 쪽으로 들어갔다. 그러자 조창과 금원보가 당황스러운 표정을 짓다가 어쩔 수 없다는 듯 금불현을 따라 걸음을 옮겼다.

"아우는 사람을 끌어들이는 데 재주가 좋군."

석요송이 앞서 가는 세 사람을 보며 빙그레 미소를 짓다가 이내 세 사람을 따라 움직였다.

비좁은 선실, 금불현이 홀로 사용하는 선실에 네 사람의 장정이 마주 앉았다. 네 개의 투박한 잔에는 탁주가 부어져 있었는데 누구도 먼저 잔을 들지 않았다.

"마십시다."

금불현이 두 사람에게 술을 권했다. 그래도 여전히 두 사람이 술을 마시지 않자 석요송이 먼저 잔을 들어 입으로 가져갔다.

석요송은 단번에 술잔을 비웠다. 평소 술을 즐기지 않는 석요송이었지만 오늘만큼은 말술을 마시는 사람처럼 시원하게 잔을 비우는 석요송이었다.

석요송이 잔을 비우자 조창과 금원보도 술잔을 비워냈다. 보아하니 평소 술을 피하는 사람들은 아닌 모양이었다.

"왜 우리를 보자 하신 건지 이유를 물어도 되겠습니까?"

술잔을 비운 조창이 금불현에게 물었다. 그러자 금불현이 비운 술잔을 내려놓으며 말했다.

"같은 호천단의 사람으로 술 한 잔 대접하는 것이 이상한 일이오?"

"그렇지는 않지만… 무슨 하실 말씀이라도?"

조창은 결코 금불현이 이유 없이 자신들을 불렀다고 생각하지 않는 모양이었다. 그러자 금불현이 고개를 끄덕였다.

"뭐 숨길 일도 아니오. 난 두 사람이 궁금했소."

"무슨 말씀이신지? 우리의 이력이야 이미 호천단에 들며 다 밝혔고, 또 알량하지만 금문 내에서도 우리 두 사람의 이름은 제법 알려져 있다고 생각합니다만……."

조창의 말은 틀리지 않았다. 두 사람은 호천단에 들어오며 과거의 이력이 모두 조사되었고, 또한 금문 내에서도 금문 입문 시 금부에 적을 두지 않았던 평무사 출신으로서 오늘의 위치에 오른 덕에 두 사람의 명성은 제법 높은 편이었다.

"두 대협의 과거를 알고자 함은 아니오. 뭐 대략 알고 있기도 하고 말이오."

"하면 무엇이 궁금한 것입니까?"

“두 사람이 어쩌다 소도주와 인연을 맺었는지 그게 궁금하오.”

금불현이 망설이지 않고 물었다. 그러자 조창의 표정이 살짝 변했다. 그리고는 경계하는 빛을 드러내며 말했다.

“호천단은 소도주를 위해 존재하는 집단입니다.”

“그야 당연한 것 아니오?”

“그런데 소도주의 일을 캐려 한단 말입니까?”

조창의 눈에 적의가 드러났다. 소도주 금령에 대한 충성심이 고스란히 나타나는 상황이었다. 조창의 추궁에 금불현이 빙긋 미소를 지었다. 그러면서 나직하게 말했다.

“이는 소도주께서도 알고 계신 일이오.”

“무슨 말인지 모르겠군요.”

조창이 냉랭하게 말했다. 그러자 지금껏 침묵을 지키고 있던 석요송이 말했다.

“소도주께서 이리 말씀하시더구려. 두 대협과 소도주의 인연은 직접 두 사람에게 들으라고. 만약 두 사람에게서 소도주님과의 인연을 듣게 된다면 아주 좋은 친구를 얻는 것이라고 하셨소.”

석요송의 말에 조창과 금원보의 표정에서 적의가 사라졌다. 그리고는 고개를 끄덕이며 말했다.

“소도주께서 그리 말씀하셨다면 아마도 두 부단주께서는 소도주께 무척 신뢰를 받는 분들이신가 보군요.”

조창의 말에 금불현이 웃음을 터뜨렸다.

“하하하, 난 아니고 이분은 그렇소.”

금불현이 석요송을 가리키며 말했다. 그러자 조창과 금원보가 석요송을 유심히 살피며 어렵게 입을 열었다.

"부단주께서 인검으로 내정되신 분이란 소문은 들었습니다."

"그렇소."

석요송이 망설이지 않고 대답했다. 그러자 조창이 다시 물었다.

"부단주께서 어떻게 인검이 되시게 되었는지 말씀해 주실 수 있겠습니까?"

조창의 물음에 석요송이 대답을 하지 않고 조창을 응시했다. 그리고는 나직하게 물었다.

"그게 왜 알고 싶소?"

"알고 싶은 것이 아닙니다. 단지 부단주께서 인검이 되신 과정을 세세히 우리에게 말씀하시기 어려운 것처럼 저희 두 사람 역시 어떻게 소도주의 사람이 되어 호천단에 들어오게 되었는지 구구하게 설명해 드리기가 어렵다는 뜻에서 드린 말씀입니다. 그런 이야기라는 것은 이렇게 자리를 마련해 놓고 듣는 것이 아니지요. 시간이 지나다 보면 자연스레 알게 되는 것 아니겠습니까?"

완곡한 거절이다. 그러나 그 순간 석요송은 이 조창이라는 인물을 새롭게 바라보고 있었다. 그저 거절해도 될 일을 세심하게 상대를 이해시키고 있는 조창이다. 이런 모습은 그가 겉으로 보이는 거친 야생 늑대 같은 모습과는 전혀 다른 성품을 지니고 있음을 말해주는 것이었다.

"알겠소. 우리도 굳이 그 일을 알려고 고집할 생각은 없소.

오늘은 그저 술 한 잔 나누는 것으로 만족하리다. 그렇게 하지?"

석요송이 금불현을 보며 말했다. 그러자 금불현이 순순히 고개를 끄덕였다.

"알겠습니다, 형님. 아마도 제가 조금 성급했나 봅니다. 혹 술이나 한 잔씩들 더 하시겠소?"

금불현이 조창과 금원보에게 묻자 조창이 고개를 저었다.

"이제 좀 쉬어야겠습니다. 오랫동안 노를 저었더니 피곤하군요."

"알겠소. 그럼 그럽시다."

금불현이 고개를 끄덕이자 조창과 금원보가 가볍게 고개를 숙여 보이고는 자리에서 일어나 금불현의 선실을 벗어났다.

"소도주가 그들을 선택한 이유를 알겠군."

조창과 금원보가 물러나자 석요송이 말했다.

"그렇지요?"

"음, 무척 심기가 깊은 사람들이야. 그저 거친 것만이 아니었어. 도대체 어떻게 소도주의 사람이 되었을까?"

석요송이 고개를 갸웃했다.

"점점 더 궁금해지는군요. 무공은 어떨지……?"

"곧 알게 되겠지."

"그렇군요. 이제 하선을 하면 소도주를 시험하고자 하는 자들이 움직이겠지요."

금불현이 고개를 끄덕였다.

*　　*　　*

"하선을 준비하라. 배를 댈 것이다!"

차유의 늙은 목소리가 배 위에 울려 퍼졌다. 요하 상류에서 내려오는 물이 빨라지고 있었고, 배는 더 이상 위로 올라가기 힘든 상태였다. 다행히 강 옆에 작은 강변 마을이 있어 배를 대는 데에는 어려움이 없었다. 그렇기는 하지만 또한 이 마을에 이렇게 큰 배가 들어온 일이 없었던지 마을 사람들이 배가 들어오자 하나둘 선착장으로 나와 배 구경을 하고 있었다.

쿵!

묵직한 떨림과 함께 배가 정지했다. 그러자 선부들이 재빨리 닻을 내리고 밧줄을 선착장의 큰 말뚝에 묶어 배를 고정시켰다. 다른 자들은 어느새 배와 선착장을 연결하는 튼튼한 사다리를 내리고 있었고, 일부는 육로를 통해 여행할 때 소용될 짐들을 꾸리고 있었다. 그때 마을 안쪽에서부터 십여 필의 말이 달려나왔다.

"태상장로님을 뵈옵니다."

말을 타고 달려나온 사내들이 일제히 말에서 날아내려 배 위에 있는 금온에게 허리를 굽혔다.

"원 대주로군."

금온이 수염을 쓰다듬으며 말했다. 그러자 사내들 중 나이가 지긋해 보이는 초로의 노인이 다시 고개를 숙였다.

"원행에 평안하셨는지요?"

"하하하, 그저 배를 타고 움직이는데 고생이야 없었지만, 나이가 들어서 그런지 배 타는 것도 쉽지가 않군."

"숙영지를 마련해 두었습니다. 모시겠습니다."

"좋아. 이젠 땅에 등을 대고 잘 수 있겠구만. 모두 가지!"

금온의 말에 배 위의 사람들이 금온을 호위해 배에서 내렸다. 그러자 원 대주라 불린 자가 재빨리 말에 올라 금온의 앞길을 열기 시작했다.

"누구지?"

석요송의 금불현에게 물었다.

"외방육진 중 삼십일진의 대주 원구상 노사예요."

"도주님과는 제법 친밀해 보이는군."

"그렇지요. 뭐, 삼십일진은 원 노사에게 맡긴 분이 도주님이니까요."

"그렇군."

그때 문득 선실에서 금령이 모습을 나타냈다. 그러자 그녀의 주위로 호천단의 무사들이 모여들었다.

"모두 준비가 되었소?"

금령이 호천단주 범교에게 물었다. 그러자 범교가 정중하게 고개를 숙였다.

"그렇습니다."

"좋소. 그럼 가 봅시다."

금령의 말에 떨어지자 호천단 서열 십 위의 무사 노도명이 앞장서서 길을 열기 시작했다.

삼십일진의 준비는 훌륭했다. 수십 필이 말이 준비되어 있었고, 쉴 곳도 멀지 않은 곳에 마련되어 있었다. 단지 기이한 것은 그들이 준비한 쉴 곳이라는 것이 민가의 가옥이 아니라 초원 위에 세워진 천막이라는 점이었다.

그러나 초원에 세워진 천막이라도 기실은 저자의 집과 다름이 없었다. 단단한 나무들을 뼈대로 해서 세워진 모전천막은 어떤 가옥보다도 튼튼하고 안락했다.

"이곳입니다."

삽심일진에서 나온 무사 한 명이 금령 일행을 다섯 채의 천막이 세워진 곳으로 인도했다. 아마도 금령과 그 수하들을 위해 준비한 천막들인 듯싶었다.

"좋군. 단주와 부단주는 나를 좀 봅시다."

금령이 말을 하고는 자신을 위해 준비된 천막으로 사라졌다. 그러자 범교가 호천대의 고수들을 보며 말했다.

"두 명씩 교대로 번을 서시오. 순서는 알아서들 정하시구려. 두 사람은 들어갑시다."

범교의 말에 석요송과 금불현이 범교를 따라 금령의 천막으로 들어갔다.

"길을 달리하신단 말입니까?"

범교가 조금 놀란 표정으로 물었다. 그러자 금령이 고개를 끄덕였다.

"그렇소."

"하지만 그리되어서는……."

"위험하단 말이오?"

"그렇습니다. 굳이 도주님과 따로 길을 가실 필요는 없지 않겠습니까?"

"금산에 입산할 때마저도 할아버님의 뒤를 따라야 한단 말이오?"

"물론 그런 것은 아니지만……."

"이미 할아버님과 이야기가 되어 있는 일이오. 동쪽으로 이동해 송화강을 따라 올라갈 것이오."

"굳이 그리 돌아가시는 이유라도 있으십니까? 십여 일은 더 걸리는 길인데……."

"지낭을 취해야겠소."

순간 범교와 금불현의 눈이 커졌다.

"진정 그리하실 생각이십니까?"

금불현이 다급히 물었다.

"그렇소."

"하지만 그건… 너무 위험한 일입니다."

"알고 있소."

금령이 대답했다. 그러자 범교가 재빨리 되물었다.

"굳이 지금 지낭을 취하려 하실 필요가 있겠습니까? 이번 금산지회에서 도주님의 후계자로 결정되면 자연히 지낭은 소도주님을 찾아오게 될 것입니다."

범교의 말에 금령이 고개를 저었다.

"그건 너무 안일한 생각이오. 설사 이번 금산지회에서 무사히 내가 금문의 후계자로 공인된다고 해도 과연 금문의 주인 자리를 노리는 자들이 순순히 물러나겠소? 그들은 그 순간부터 차후의 일을 준비할 거요. 그리고 그 준비 중에 지낭을 취하는 것이 제일착의 일이 될 것이오. 그러니 그 전에 내가 먼저 지낭을 취하는 것이 좋소."

"그러나……."

범교가 말꼬리를 흐렸다.

"그는 힘으로 취할 수 없는 자입니다."

금불현이 무거운 어조로 말했다. 그러자 금령이 고개를 갸웃하며 중얼거렸다.

"정말 그럴 것 같소?"

"그는 지금껏 그 누구의 힘에도 굴복하지 않은 자입니다."

"그건 부단주가 잘못 알고 있는 거요."

"무슨 말씀이신지?"

"그가 그 어떤 힘에도 굴복하지 않은 것이 아니라 그를 굴복시킬 만큼 강한 자가 없었던 거요."

금령의 말에 금불현과 범교가 흠칫한 표정을 지었다. 금령이 그들이 걱정하는 대로 힘으로 지낭이란 자를 취하려 하고 있음을 알아챘기 때문이었다. 그런데 그때 금령 등 삼인을 당황시키는 질문이 석요송에게서 흘러나왔다.

"취할 수 없으면 베실 겁니까?"

석요송의 이 말은 너무도 노골적이어서 금령조차도 당황스러운 표정을 지었다.

"지금 그를 벤다고 했소?"

범교가 확인하듯 물었다. 그러자 석요송이 고개를 끄덕였다.

"그렇습니다."

"지낭을 베는 일은… 그런 일은 없을 거요. 그렇지 않습니까? 소도주님!"

범교가 금령을 보며 물었다. 그의 얼굴에 간절함이 묻어났다. 그러나 금령은 범교의 물음을 답을 하는 대신에 잠시 침묵을 지켰다가 석요송에게 물었다.

"그대는 그를 베어야 한다고 생각하오?"

"제 생각은 중요치 않지요. 오직 소도주님의 생각이 중요할 뿐입니다."

"그럼에도 그대의 생각을 묻는다면?"

"제 생각대로라면 금산행조차도 하지 않았을 겁니다."

석요송의 대답에 금령이 어이없다는 듯 고개를 저었다. 그리고는 실소를 흘리며 말했다.

"야망을 가진 자의 마음으로 보자면 어떻소?"

"베어야겠지요."

"형님!"

"부단주!"

금불현과 범교가 동시에 석요송을 불렀다. 그들의 얼굴에 당황의 빛이 역력했다.

"이유를 들읍시다."

"지낭 단중자가 이끄는 삼십삼진은 금문 내에서도 독특한 위치에 있는 것으로 알고 있습니다. 그의 지모가 하늘에 닿아 능히 천하를 도모할 수 있음에도 불구하고 송화강 기슭에 은거해 사는 것도 그렇고, 숱한 고수와 야심가들이 회유하고 협박했음에도 그를 자신의 사람으로 끌어들이지 못한 점도 그러하지요.

금문 내 삼종의 절대세 속에서 그런 위치를 차지하는 것은 결코 쉬운 일이 아닙니다. 그건 곧 그에게 힘이 있다는 말이고, 그 힘이 삼종으로부터 자유로울 정도로 강하다는 의미인데 그런 자를 힘으로 굴복시키려다 실패하면 반드시 후환이 되고 말 것입니다. 대사를 도모하면서 후환을 남겨두는 것만큼 어리석은 일은 없지요.”

석요송이 담담하게 말했다.

“이게 바로 그 이유요.”

금령이 범교와 금불현을 보며 말했다. 그러자 범교와 금불현도 고개를 끄덕이며 지낭이란 자를 얻지 못할 경우 그를 베어야 한다는 것을 수긍했다. 그러면서도 그렇게 위험한 일을 왜 굳이 금산행을 앞두고 하려는 것인지 이해가 가지 않는다는 듯 범교가 물었다.

“아무리 그자가 필요하다 해도 그렇게 위험한 벌집을 왜 건드리려 하시는지, 역시 금산지회 이후에 만나심이 좋지 않겠습니까?”

그러자 금령이 고개를 저으며 말했다.

“말했지만 그때는 늦게 될 것이오. 이미 그를 향해 움직이는 사람이 있소.”

“누가 말입니까?”

“금관유… 그가 움직이고 있소.”

“불산 금관유 말입니까?”

범교가 놀란 표정으로 물었다.

“그렇소.”

"음… 불산 금관유라면……."

범교가 어두운 얼굴로 중얼거렸다.

"금관유가 그를 얻고 금산에 나타나면 장로들의 마음이 흔들릴 것입니다. 역시 그를 만나야겠군요."

금불현이 심각한 표정으로 말했다. 그러자 석요송이 물었다.

"그를 얻지 못해 벤다면 그에 대한 명분이 있어야 할 것입니다."

석요송의 말에 금령이 빙긋 미소를 지었다.

"사람들이 만들어내는 명분이란 것 중 진실이 얼마나 되겠소. 명분은 만드는 것이지 본래부터 존재하는 것은 아니라오."

금령의 말에 석요송이 어두운 빛을 보였다. 야심가로서 금령의 본 모습을 본 것 같은 생각이 들었기 때문이었다.

길이 두 갈래로 갈라졌다. 길이 나뉘는 지점에 청도주 금온을 포함한 금문의 고수들이 모여 섰다.

"령을 잘 부탁하마."

석요송은 일행과 조금 떨어진 곳에서 금온을 만나고 있었다.

"걱정할 분이 아니지요."

석요송이 대답했다.

"이번 행로가 마음에 들지 않는 모양이구나."

"애꿎은 사람 목숨 하나 사라질 상황이니까요."

"후후후, 누가 석문 출신 아니랄까 봐. 인검오관의 살관을 통과하고도 여전히 그 성품은 변하지 않는구나."

"대신 검은 맵게 쓰지요."

"후후, 그것만으로도 족하다. 그보다… 이걸 가져가거라."

금온이 석요송에게 한 자루 소도를 내주었다. 은빛으로 빛나는 소도는 아주 오래전에 만들어진 물건으로 보였다.

"무엇입니까?"

"그 아이가 끝까지 령의 사람이 되기를 거절하면 목숨을 거두기 전에 이 소도를 보여주어라. 그러면 어쩌면 마음을 돌릴 수도 있다."

순간 석요송은 지낭 단중자와 금온 사이에 사람들이 모르는 특별한 인연이 있다는 것을 깨달았다. 그러나 사람들에게 숨겨왔던 인연이라면 묻는다고 해서 대답을 해줄 금온이 아니다.

"알겠습니다. 그의 목을 베기 전에 전하지요."

"그래. 여러 사람 살릴 수도 있는 칼이다. 그럼 부탁하마."

금온이 고개를 끄덕였다. 그때 조금 떨어진 곳에서 범교의 목소리가 들려왔다.

"출발한다."

"가 봐야겠습니다."

석요송이 금온에게 말했다. 그러자 금온이 고개를 끄덕였다.

"그래. 널 믿는다."

금온의 말에 석요송이 쓴웃음을 짓고는 서둘러 금령 일행을 향해 움직였다. 그 모습을 보고 있던 금온이 나직하게 중얼거렸다.

"그 아이는 날 원망할까? 아니면 고마워할까?"

일행은 단출했다. 열 명의 호천단과 금령이 일행의 전부였다.

금령은 마을에서 구한 마차에 올라 있었고, 나머지 사람들은 마차를 호위하며 말을 타고 이동했다.

끝없이 펼쳐진 초원과 가끔 드러나는 북방의 키 높은 숲이 여행자들의 마음을 푸근하게 했다. 일행은 여정 내내 노숙을 했다. 그들이 청도주 금온과 헤어져 삼십삼진이 있는 송화강 인근으로 이동하고 있다는 사실은 비밀이 유지될수록 좋았다. 물론 여행 중 기거할 마을도 거의 없었다. 이 북방의 땅에 살고 있는 사람들은 대부분 유목을 하거나 수렵을 하며 산야를 떠도는 사람들이었기에 사람들이 모여 사는 마을이 극히 적었던 것이다.

그렇게 초원과 숲을 가로질러 여행한 끝에 일행은 이레째 되는 날 송화강의 강줄기와 마주했다.

"이제 강줄기를 따라 하루만 더 이동하면 삼십삼진입니다."

범교가 마차 밖에서 닫힌 문을 향해 말했다. 그러자 금령의 목소리가 들려왔다.

"오늘은 이곳에서 쉬어 갑시다."

"알겠습니다. 모두 야영 준비를 하시오."

범교의 말에 호천단원들이 일제히 말에서 내려 급히 천막을 치고 야영을 준비하기 시작했다. 그러는 사이 금령이 석요송을 불렀다.

"어떻소?"

"이틀 거리에 있다는 전갈입니다."

"지낭은 특별한 움직임이 없다하오?"

"아직은 그대로인 듯합니다. 삼십삼진 역시 특별한 움직임은 없다 합니다."

"어떻게 생각하오?"

금령이 물었다.

"무엇이 말인지요?"

"그가 나에게 올 것 같소?"

"죽음은 언제나 가장 무거운 패지요."

"금관유가 날 방해하면?"

"명하시면 제 검은 언제든 지낭의 목을 벨 뿐입니다."

"금관유가 그를 보호해도 지낭의 목을 취할 자신이 있소?"

"인검 아닙니까? 그러나 부디 그런 일이 일어나지 않기를 바랄 뿐이지요."

"후후, 역시 한 가지가 아쉬워."

금령이 나직하게 중얼거렸다.

"절 두고 하시는 말씀이십니까?"

"맞소."

"무엇이 부족한지 말씀해 주시면 채우도록 노력하겠습니다."

"아니 채울 수 없는 거요. 천성의 문제지. 살기가 부족한 것을 어찌 노력으로 채우겠소."

"도주님과 같은 말을 하시는군요."

석요송의 말에 금령이 눈빛을 반짝이며 물었다.

"할아버님도 그리 말씀하셨소?"

"그러셨지요. 살기가 부족하다고. 그래서 이렇게 대답했습니다."

"뭐라고 말이오?"

"제 검은 다르다고 말씀드렸습니다."

"하하, 됐소. 그것으로 족하지. 그럼 쉬시오."

금령의 호탕하게 웃었다. 그런 금령의 웃음을 보며 석요송이 금령 앞에서 물러났다. 그러자 금불현이 재빨리 석요송에게 다가왔다.

"무슨 말씀을 나누셨어요?"

"음… 삼십삼진의 소식을 물으시더군."

"밀영들로부터 소식이 온 건가요?"

"소식은 하루에 한 번씩은 오지."

석요송의 말에 금불현이 깜짝 놀란 표정을 지었다.

"아니 도대체 언제 소식이 전해지는 거죠? 저는 늘 형님 곁에 머무는데 그들이 소식을 전하는 것을 눈치채지 못했어요."

"그건 그들과 나만의 약속이지."

석요송의 대답에 금불현 조금 뾰로통한 표정으로 말했다.

"제게도 비밀인 건가요?"

"밀영간의 연락은 오직 밀영만이 알 수 있어. 지금은 소도주도 모른다."

"소도주도 모른다고요?"

금불현이 놀란 눈으로 석요송을 보며 물었다.

"그래, 그리 명하셨지."

"소도주께서 형님은 많이 신뢰하시는군요."

"그럴 수밖에. 난 인검이니까."

"후… 그렇군요. 역시 믿을 수밖에 없군요."

금불현이 조금 우울한 표정으로 말했다.

하루를 유숙한 일행은 다음 날 이른 아침 다시 길을 떠났다. 강변을 따라 걸었으므로 길을 잃거나 위험에 빠질 일은 없었다. 그렇게 하루 종일 이동을 한 후 다시 하루를 강변에서 유숙했다. 그리고 그 다음 날 다시 새벽같이 길을 떠난 일행은 정오 무렵 강을 앞에 두고 세 개의 산으로 둘러싸인 삼십삼진을 눈에 두게 되었다.

"어서 오십시오. 소도주님! 기다리고 있었습니다."

일행이 삼십삼진의 사오리 가량 거리에 접근했을 때 문득 그들의 앞에 일단의 무리가 나타났다. 그리고는 마차 안에 타고 있는 금령의 귀에도 명확히 들릴 만큼 커다란 목소리로 인사를 했다.

"누군가?"

마차 안에서 금령의 목소리가 흘러나왔다. 그러자 무리를 이끌고 인사를 한 자가 입을 열었다.

"삼십삼진의 부대주 염촉이라 하옵니다."

금문의 다음 대 주인이 될 것이 유력한 금령 앞에서도 전혀 주눅이 들지 않는 사내다.

"부대주라… 내가 오는 것은 어찌 알았지?"

"대주께서 오늘내일 즈음 소도주께서 오실 거라 하셨습니다."

"지낭이?"

"그렇습니다."

"역시 대단하군. 내가 올 것을 앉아서 짐작하다니. 그런데 내가 올 것을 알았다면 응당 그가 나와서 날 맞아야 할 터인데 어찌 부대주가 왔는가?"

금령이 차가운 어조로 말했다. 그러자 염촉이 당황한 표정으로 입을 열었다.

"저로서는 대주의 명을 따를 뿐 그분의 심사를 짐작할 길이 없습니다. 다만… 지금껏 어떤 손님이 삼십삼진을 방문하더라도 대주께서 직접 영접을 나가신 적은 없습니다. 아마도 그래서……."

"그래? 그건 나 역시 마찬가지야. 내 지금껏 금문삼십육진의 거의 모든 곳을 다녀보았지만, 대주가 영접을 하지 않는 경우는 삼혈을 제외하곤 처음이군. 과연 듣던 대로 지낭의 호기가 대단해. 스스로 삼십삼진이 삼혈에 버금간다고 생각하는 모양이군."

"어찌 그럴 리가 있겠습니까? 단지 대주께서는……."

"그만! 그대에게 변명을 듣고 싶진 않다. 가서 지낭에게 전하라. 난 오늘 이 자리에서 숙영할 것이다. 내일 아침 일찍 내게 오라 해. 그리하여 그가 직접 날 삼심삼진으로 안내하라고 전하라."

"그, 그것이……."

염촉이 식은땀을 흘리며 당황한 듯 말을 흐렸다.

"그대는 내 말을 전하면 그뿐이야. 그가 오고 안 오고는 그의 선택인 게지. 돌아가라."

"알겠습니다. 소도주님!"

"아, 한 가지 말을 더 전해. 만약 내일 아침에 날 마중 오지 않는다면 내가 직접 찾아가겠다고. 그때는 사지 중 하나를 내놓아야 한다고 말이야."

"소도주님……!"

"그댄 말만 전하라고 했어. 그만 가봐."

마차 문도 열지 않고 흘러나오는 도도한 금령의 말에 염촉이 처음에는 당황하다가 나중에는 약간의 불편함을 드러내 보이더니 이내 신형을 돌려 수하들을 이끌고 떠나갔다. 그러자 범교가 급히 마차 옆으로 다가서며 입을 열었다.

"어찌하실 요량이신지……?"

"뭘 어찌하오. 말한 그대로지."

"그럼 정말 지낭을……?"

"오지 않으면 한 팔을 잃을 거요. 하지만 그에게는 크게 손해 나는 일도 아니지. 팔은 그에게 중요치 않아. 그의 머리가 그에게는 구 할의 가치를 지니고 있으니."

금령의 말에 범교의 표정이 급격하게 어두워졌다.

"그리되면 그가 다른 자와 손을 잡을 가능성이 커집니다."

"글쎄, 그러기 전에 그가 죽을 거라니까."

금령이 답답하다는 듯 말했다. 금령의 말에 범교가 어쩔 수 없다는 듯 고개를 저으며 호천단 무사들을 향해 소리쳤다.

"오늘은 이곳에서 숙영할 것이오. 모두 준비하시오."

그날 하루가 다시 지났다. 석요송의 손에 하나의 전서가 쥐어졌다. 분명 전서구도 날아오지 않았는데 언제 석요송에게 전서가 전해졌는지 금불현이 무척 신기해했다.

석요송이 그런 금불현의 호기심을 뒤로하고 금령의 천막으로 걸어갔다. 금불현이 서둘러 석요송의 뒤를 따랐다.

"전갈이 왔습니다."

금령의 막사로 들어서며 말했다.

"무슨 내용이오?"

호랑이 털이 덮인 의자에 앉아 있던 금령이 물었다.

"금관유가 예상보다 일찍 도착할 것 같답니다."

"언제라 하오?"

"정오 무렵이랍니다."

"그가 오지 않을 수도 있겠군."

금령이 조금 나직한 목소리로 말했다.

"금관유가 그를 먼저 만나는 것은 좋은 일이 아닙니다."

"만약 그가 금관유를 만나고 이후 한 시진 내에 날 보러 오지 않으면 그에게 다녀오시오."

"어찌할까요? 벨까요?"

"먼저 이것을 그의 막사에 두고 오시오."

턱!

금령이 세 대의 화살과 몇 개의 암기를 탁자 위에 올렸다.

"이것이 무엇입니까?"

"이건 그가 만든 살전(殺箭)과 암기들이오. 오직 삼십삼진의 무사들만이 사용하는 병기요. 한 번 사용하고 나서는 반드시 회수하지."

순간 석요송의 눈빛이 번쩍였다.

"정말 그를 베실 생각이군요."

오직 삼십삼진에서만 쓰는 화살과 암기를 가져다 둔다는 것은 곧 지낭 단중자가 금령을 암습하려 했다는 누명을 씌우겠다는 말과 같았다. 이런 경우 진실은 중요하지 않다. 살아남는 자의 명분이 진실이 될 터였다.

"그가… 금관유를 선택한다면 참으로 불행한 일이 될 것이오."

금령이 무섭도록 침착하게 말했다.

'그런데 이것들은 언제 준비를 해둔 것일까?'

석요송이 탁자 위에 놓인 물건들을 보며 내심 생각했다. 이미 이곳으로 오기 전에 준비되었던 것이라면 이번 행로는 이미 오래전부터 준비된 것이고, 이곳에 온 후 어젯밤 구해놓은 것이라면 인검인 자신이 모르는 또 다른 사람들이 금령을 돕고 있다는 의미가 될 터였다.

"나가서 기다리지요."

석요송이 탁자 위의 병기들을 쓸어 담아 품속에 넣으며 말했다. 그러자 금령이 무겁게 고개를 끄덕였다.

지낭 단중자는 해가 중천에 떴을 때에도 모습을 드러내지 않았다. 대신 또 한 장의 전서가 석요송의 손에 들어왔다. 전서에는 지낭 단중자가 삼십삼진으로 찾아온 불산의 금관유를 먼저 만났다는 내용이 적혀 있었다.

"한 시진 안에 그의 운명이 결정되겠군."

석요송이 중얼거렸다.

“무슨 말이에요?”

금불현이 물었다. 그러자 석요송이 고개를 들어 삼십삼진을 바라보며 말했다.

“그가 오지 않으면 내가 간다는 말이지.”

第九章 칼의 기억

　한풍이 불었다. 모닥불을 피웠지만 아무래도 강변 기슭이라 공기에 물기가 묻어나는 것은 어쩔 수 없었다. 석요송은 검은 무복을 입고 숙영지를 떠나 천천히 강변을 거슬러 오르기 시작했다.

　사람 키보다 높게 자란 수풀 덕분에서 석요송의 모습은 사람들의 눈에 띄지 않았다. 갈대와 버드나무가지들이 흐드러지게 강변을 가득 채우고 있었다.

　석요송은 산보를 나온 사람처럼 가끔 갈대 틈으로 비집고 들어온 강물에 손을 적시기도 하고 강물에 비친 산과 들의 모습을 바라보기도 했다. 길을 서두르지 않는 이유는 하나였다. 그가 지낭을 만날 시간은 해가 진 이후여야 했다. 늦은 걸음으로 가도 결국 삼십삼진 앞에서 잠시 기다려야 할 만큼 시간은 충분했다.

　지낭 단중자는 끝내 금령을 찾아오지 않았다. 어쩌면 금관유와 이미 손을 잡았을 수도 있었다. 그러나 단중자를 만난 이후 금관유의 행보를 보면 그 또한 확실치 않았다. 금관유는 단중자를 만난 후 삼십삼진의 북쪽 십여 리 후방에서 숙영하고 있다고 했다.

　"삼십삼진에 들거나 떠나지 않은 것을 보면 아직은 그의 마음을 얻지 못한 것일 수도 있고……."

　석요송이 중얼거렸다. 만약 금관유가 단중자를 얻었다면 그는 삼십삼진에 머물거나 혹은 떠났어야 했다. 삼십삼진 인근에서 숙영을 한다는 것은 역시 아직은 금관유가 단중자의 마음을 얻지 못했다는 의미일 터였다.

　"그렇다면 여전히 그에게도 혹은 소도주에게도 기회가 있다는 말이군. 단중자… 그는 자신의 생명이 위험하다는 것을 알고 있을까?"

　석요송이 고개를 갸웃하며 중얼거렸다. 하지만 지낭 단중자의 마음을 그가 알 수 있는 방법은 없었다. 그를 만나보기 전에는…….

　송화강에 어둠이 내렸다. 흑수로 흘러드는 물줄기가 도도하게 달빛을 반사하기 시작했다. 그러자 석요송의 움직임이 낮보다도 두 배쯤 빨라졌다.

　삼십삼진은 요지다. 강 쪽을 제외하고는 세 방위가 모두 높고 거친 산으로 둘러싸여 있었다. 능히 한 명의 병사로 백 명의 적을 막아낼 수 있는 천험의 요지, 길은 두 개의 산이 마주 보고 있는 골짜기를 따라 구불거리며 난 소로와 강을 통해 배를 타고 접근하는 길, 이렇게 단 두 개였다. 아니 어쩌면 남쪽에서 접근하는 석요송에게는 보이지 않는 북쪽의 다른 길이 있을 수도 있었다.

한참 삼십삼진으로 이어지는 길을 살피던 석요송이 한순간 훌쩍 몸을 날렸다. 그런데 그가 선택한 곳은 눈에 보이는 사람의 길이 아니었다. 석요송은 남서쪽을 막고 있는 거친 산 쪽으로 이동하더니 이내 한 마리 산짐승처럼 절벽을 타고 오르기 시작했다.

"어떤 수련이든 언젠가는 반드시 쓸 때가 있는 법이지."

절벽을 오르며 석요송의 중얼거렸다. 인검오관을 수련을 할 때 묵벽을 오른 날이 얼마던가. 덕분에 오늘 절벽을 오르는 일은 그에겐 아이 팔목 꺾는 일만큼 수월했다.

스슥!

석요송이 순식간에 절벽의 정상부근에 도달했다. 그리고는 가만히 절벽에 몸을 붙이고 위쪽의 사정을 살폈다.

그러자 절벽 위에서 나직한 사람의 목소리가 들려왔다.

"어찌 생각해?"

"뭐가?"

"자네가 대주라면 누굴 택하겠느냐는 말일세?"

"글쎄… 나라면 아무래도 불산 쪽을 택할 것 같네."

"역시 그렇지? 청도는… 이미 지는 해라고 봐야겠지?"

"지금이 가장 뜨겁게 타오르는 시기이니 곧 쇠락하게 될 거

야. 태상장로님의 연세가 얼만가? 그분이 아무리 소도주를 후계
자로 삼으려 해도 역시 소도주는 너무 어리고 또……."

"여인이지."

"맞아. 우리 금문은 형제들은 대부분이 거친 황야에서 살아
가는 사내들인데 여인에게 무릎을 꿇을 사람들이 아니라는 말
이지."

"맞아. 비록 소도주가 계림 정종의 순수혈통을 이은 분이라
도 역시 여인은 여인이지."

"대주께서도 결국 불산 쪽을 택할 거야."

"꼭 불산의 금 대협이 아니더라도 소도주는 아닐 것 같아."

"누구도 지지하지 않고 이번 금산지회의 결과를 기다리는 것
도 좋은 방법 중 하나지."

"음, 그것도 그래. 굳이 금산의 그 난장판에 끼어드시는 것은
번거로운 일이지."

사내들의 말을 들으며 석요송이 몸을 기울였다. 직후 그의 손
과 발이 동시의 절벽 위쪽에 걸쳐졌다. 석요송이 천천히 머리를
들어 올렸다. 그러자 검은 무복을 입은 두 사내가 절벽의 난간
에 서 있는 것이 보였다. 아마도 번을 서고 있는 듯했는데 수백
길 절벽을 타고 오를 사람은 없다고 생각했는지 제법 여유가 있
는 표정들이었다.

"그런데 말이야. 난 사실 대주께서 그 어떤 사람의 제안도 받
아들이지 않으실 수도 있다고 생각해."

다시 사내들의 목소리가 들려왔다.

"음, 그것도 가능성이 있지. 지금껏 누구도 대주님의 마음을

얻지 못했으니까. 어쩌면 평생 이곳에 머무실 수도 있겠지.”

“그러게 말이야. 그런데 만약 그렇다면 그건 좀 서운하군.”

“하하하, 자네 대주님을 따라 천하를 호령하고 싶은 마음이 있나 보군.”

“장부가 칼을 배웠으니 능히 천하를 베어야지 않겠는가?”

웅!

석요송의 귀에 허공을 가르는 검풍 소리가 들려왔다. 그 바람 소리를 타고 석요송이 절벽 위 숲 속으로 사라졌다.

창에 어린 사람의 그림자가 흔들렸다. 아마도 그림자를 만든 촛불이 흔들렸기 때문일 것이다. 한 채의 모옥이었다. 주변에 노송이 십여 그루가 심어져 있었고, 몇몇 이름 모를 나무와 꽃들이 초옥 주변을 에워싸며 울타리를 대신하고 있었다.

경계를 서는 사람도 없었다. 사위는 고요해서 밤새라도 내려 앉을 듯했다.

슥!

한순간 거짓말처럼 한 덩이의 그림자가 초옥 앞에 내려섰다. 제법 큰 덩치였지만 초옥 주변의 고요를 깨지는 않았다. 석요송 이었다.

석요송은 창가에 비친 사람을 한동안 바라보고 서 있었다. 서 탁을 앞에 놓고 앉아 있는 듯 고개가 서탁 쪽으로 기울어져 있 었다. 그렇게 대략 일각 여를 기다린 석요송이 나직하게 한숨을 쉬었다.

“잠이 없는 사람이군.”

석요송의 목소리가 예상외로 크다. 그러자 방 안의 인물이 석요송의 목소리를 들었는지 고개가 창 쪽으로 움직였다.

"누구냐?"

수하인 듯 생각했는지 방 안에서 낮고 엄한 목소리가 흘러나왔다. 그러나 석요송은 아무런 대답도 하지 않았다.

그러자 방 안 인물이 잠시 침묵을 지키다가 다시 입을 열었다.

"어디서 오신 분이오? 불산이오? 청도요?"

수하가 아닌 이상 이 밤중에 자신을 찾아올 사람은 불산 금관유와 소도주 금령뿐이라 생각한 모양이었다.

"청도에서 왔소이다."

석요송이 나직하게 대답했다. 몰래 찾아든 밤손님치고는 대담하기 이를 데 없는 행동이다. 석요송의 대답에 사내가 나직하게 한숨을 쉬며 입을 열었다.

"무슨 일로 날 찾았소?"

"대주가 오지 않으니 소도주께서 사람을 보낼 수밖에 더 있겠소?"

"그렇구려. 그래, 소도주께서 뭐라 하시더이까?"

사내가 물었다. 그러자 석요송이 대답을 하는 대신 품속에서 철전과 암기들을 꺼내 들더니 번개처럼 방안을 향해 던졌다.

파파팟!

날카로운 파공음을 일으키며 석요송의 손을 떠난 철전과 암기들이 창호지를 뚫고 방 안으로 파고들었다. 순간 사내의 그림자가 흔들거리더니 이내 앉은 자세에서 허공으로 도약해 번개처럼 제비를 돌아 석요송이 던져낸 암기들을 피해냈다. 동시의 창이 열렸다.

"소도주가 내 목을 가져오라더냐?"

한 마디 노성과 함께 쉬이 나이를 짐작할 수 없는 인물이 초 옥 앞뜰에 내려섰다.

"그랬다면 그대가 지금 살아 있겠소?"

석요송이 천연덕스럽게 물었다.

"놈!"

사내가 노성을 토하며 석요송을 향해 검을 찔러냈다. 쩌릿한 기운과 함께 사내의 검에서 검기가 일어났다. 전광석화처럼 닥 쳐드는 사내의 검기를 석요송이 허공으로 떠올라 몸을 비틀며 피해냈다. 그러자 사내가 마치 검기를 따라오듯 날아오며 허공 에 떠 있는 석요송을 향해 재차 검을 휘둘렀다.

석요송이 다시 한 번 신형을 흔들었다. 그러자 사내의 검이 다시 허공을 갈랐다. 그 사이 석요송의 몸이 사내로부터 삼사 장 멀어지는가 싶더니 갑자기 무서운 속도로 검을 휘둘렀다.

팟!

석요송의 검이 휘둘러졌다 싶은 순간 이미 한 줄기 검기가 사 내의 가슴 어림의 옷자락을 베어냈다.

"헛!"

사내가 헛바람을 내며 훌쩍 뒤로 물러났다. 그러자 석요송이 담담한 목소리로 말했다.

"그대를 베는 것은 어렵지 않소. 그러나 소도주께서 오늘은 단지 몇 가지 물건을 전하라 하셨기에 이만 돌아가겠소. 그 전에 한 가지 충고를 하겠소. 만약 내일 아침에도 여전히 소도주를 마중하지 않는다면 그대의 목은 내일 밤을 볼 수 없을 거요. 나로서야 그대에게 별반 원한이 없으니 내 검에 그대의 피를 묻히게 하지 마시오. 나도 사람을 베는 것은 즐거운 일이 아니오."

"소도주가 전하라는 물건이 무엇이냐?"

"이미 전하지 않았소?"

"무슨 소리냐?"

"그대 방에 꽂혀 있는 화살과 암기가 바로 소도주가 그대에게 전한 물건이오. 그 의미가 무엇인지는 충분히 알 수 있을 거요. 그대는 금문 내에서 가장 계책이 뛰어나다는 지낭이니까. 그럼 부디 내일 아침에 보길 바라겠소."

석요송이 당부를 하고는 훌쩍 신형을 날렸다. 그러자 그의 몸이 마치 귀신처럼 사내의 시야에서 사라졌다. 사내는 석요송을 쫓지 않았다. 단지 어두운 표정으로 신형을 돌리더니 여전히 촛불이 밝혀진 방으로 들어갔다. 그리고 잠시 후 사내의 탄식이 흘러나왔다.

"아, 이건 내가 만든 철전과 암기다. 소도주는 정말 날 죽이려 하는구나. 이 철전과 암기는 필시 소도주에게 여러 개 남아 있을 것이고, 오늘 기습을 받은 것은 내가 아니라 소도주가 될 것이다. 내 목을 벨 명분은 충분하지. 그러나… 내 목을 내놓을지언정 소도주의 종복이 될 수는 없다. 금관유… 그를 불러야 하나?"

*　　*　　*

다시 새벽이 오고 이내 해가 떴다. 그러나 지낭 단중자는 금령을 찾아오지 않았다. 석요송은 덤덤한 표정으로 금령의 앞에 앉아 있었다.

"이해하기 어렵군."

문득 금령이 입을 열었다.

"그렇군요."

석요송이 고개를 끄덕였다.

"필시 오지 않으면 오늘 죽을 것을 알 터인데… 죽음이 두렵지 않다는 건가?"

"아니면 다른 대책을 세웠겠지요."

"무슨 대책 말이오?"

"금관유가 있지 않습니까?"

"그렇군. 금관유… 그를 불렀을 것 같소?"

"아마도 그럴 것입니다."

"어항에 고기가 둘이나 들었군."

"맹수지요. 만약 금관유가 방해를 한다면 지낭의 목을 베는 것은 어려울 수 있습니다. 금관유는 필시 이 일을 금산까지 가져가려 할 겁니다. 지낭이 소도주님을 암살하려 한 증거가 조작되었다는 것을 밝히고 오히려 소도주님을 궁지에 몰려 하겠지요."

"그럴 기회가 그에게는 없을 거요."

"진정 지낭을 베려 하십니까?"

"그럴 거요."

"하면 금관유는……?"

"이 기회에 그 또한 벨 수 있다면 일거양득! 갑시다. 우리 둘이 하나씩 베면 보기도 좋을 거요."

금령이 자리를 털고 일어났다. 그리고는 한쪽 얼굴을 은가면으로 가렸다. 석요송이 그런 금령을 바라보다 먼저 신형을 돌려 천막을 나섰다.

뚜걱뚜걱!

십여 필의 말이 삼십삼진을 향해 다가갔다. 그 앞에는 영웅건으로 머리를 묶고 은가면을 쓴 금령이, 그 뒤쪽에는 석요송과 호천단의 고수들이 따르고 있었는데 금령과 석요송을 제외하고는 긴장한 모습들이 역력했다. 그도 그럴 것이 호천단원들 역시 그들이 지금 무엇을 하러 가는지 잘 알고 있기 때문이었다.

"멈추시오."

삼십삼진 앞에 도달하자 굴강한 모습을 한 사내들이 진으로 들어가는 길을 막아섰다.

"길을 여시오."

일행 앞으로 범교가 나서며 호통을 쳤다.

"어디서 오는 자들이냐?"

사내가 물었다.

"진정 이분이 누군지 모른단 말이냐? 청도의 소도주님이시다. 얼른 길을 열어라!"

범교의 호통에 사내가 움찔하면서도 용기를 내 버티며 말했다.

"설사 도주님이 오신다 해도 대주의 명이 없이는 진 안으로 들일 수 없소. 금문의 문도라면 삼십삼진이 어떤 곳인지 잘 알고 있을 것이오. 잠시 기다리시오. 안으로 들어가 대주께 아뢰어 그 명을 받아오겠소."

사내가 은가면으로 얼굴을 가린 금령을 바라보며 말했다. 그러자 범교가 다시 무슨 말인가를 하려는데 금령이 입을 열었다.

"그럴 필요 없다. 번거롭게 어찌 대주에게까지 다녀오려느냐? 내가 대주의 대답을 이미 알고 있는데……."

"그, 그게 무슨 말씀이시온지……?"

괴기스럽기까지 한 금령의 기도에서 두려움을 느꼈는지 사내가 억눌린 말투로 물었다. 그러자 금령이 석요송을 보며 말했다.

"지낭이 지금 이 일을 알면 어떠할 것 같소?"

"소도주께 무례를 범한 자를 벌할 것입니다."

석요송이 대답했다.

"그럼 벌을 주시오. 바쁜 지낭의 일을 내가 덜어줌도 좋겠지."

"알겠습니다."

슥!

대답이 끝나기도 전에 석요송이 움직였다. 그림자로 화한 그의 신형이 순식간에 길을 막은 사내 앞에 다가섰다. 그리고 한 줄기 섬광이 번뜩였다.

"악!"

사내가 비명을 터뜨렸다. 그리고는 주춤주춤 뒤로 물러나며 자신의 어깨를 잡았다. 어깨를 잡은 그의 손이 금세 붉게 물들었다. 그런데 칼을 들었던 팔이 그의 어깨에서 보이지 않았다. 단 일 수에 잘려나간 그의 팔은 오 장여 밖에서 나뒹굴고 있었다.

"같은 문도임을 생각해 사정을 봐준 것이오. 강호에서 소도주의 행보를 막은 자들은 지금껏 모두 목이 잘렸소. 아마… 지낭도 이 일을 알면 오늘 당신의 운이 무척 좋았다고 말할 거요. 길을 여시오. 그리고 소도주를 지낭에게 안내하시오!"

무겁고 강렬한 음성이 석요송의 입에서 흘러나왔다. 그러자 삼십삼진의 무사들이 물결 갈리듯 좌우로 물러났다. 석요송의 기세에 앞뒤 생각 없이 길을 연 것이다. 그들은 아마도 소도주 금령 일행이 이렇게 독하게 손을 쓸 것이라고는 상상도 하지 않았던 듯싶었다.

"지낭은 어디 있느냐?"

금령이 팔이 잘린 사내에게 물었다.

"처, 처소에 계십니다."

사내가 두려움에 떨며 말했다.

"그댄 상처를 치료해야 하니 다른 사람이 길을 안내하거라."

금령이 명을 내리자 팔을 잘린 사내가 무사들 중 한 명에게 고개를 끄덕였다. 그러자 오십대 초반의 사내가 재빨리 앞으로 나오더니 금령에게 고개를 숙이며 말했다.

"제가 모시겠습니다."

사내의 말에 금령이 고개를 끄덕였다. 그러자 사내가 서둘러 진 안쪽으로 걸음을 옮기기 시작했다.

"검을 뽑았다?"

"그러하옵니다."

사십대로 보이는 날카로운 인상의 사내가 묻자 검은 무복을
입은 사내가 긴장한 표정으로 대답했다.

"죽었느냐?"

"다행히 목숨을 건진 듯합니다. 다만 한 팔을 잘린 듯합니
다."

순간 질문을 했던 사내의 눈빛이 번뜩였다. 숨길 수 없는 적
의가 얼굴에 나타났다.

"감히 내 땅에서 내 사람을 베어!"

그러자 그로부터 십여 장 떨어진 곳에 서 있던 호랑이 상의
중년 사내가 입을 열었다.

"청도의 소도주가 손속이 독하다는 것은 이미 널리 알려진
사실이 아니오?"

"그렇다고 해도 같은 금문의 문도로서 어찌… 내 반드시 그
대가를 받아 내겠소."

"음… 소도주가 큰 실수를 한 것 같구려. 지낭께서 이리 격분
하실 줄 알면서 어찌 그런 무도한 일을 저지른 것인지……."

위로 삼아 한 말 같지만, 은근히 사내의 분기를 돋우는 말투
다.

"도와주시겠소?"

"기꺼이 도와드리리다."

"불산에서 힘을 보태 주신다면 오늘 이곳에서 소도주는 금문

의 차기 주인이 될 수 없음이 드러날 것이오."

"저로서야 바라던 바이지요. 한데 어찌 그녀를 상대하실지. 들자하니 소도주의 무공은 절대지경에 이르렀다고 하던 데……."

"난 무공으로 적을 상대하지 않소. 내 머리로 상대하지."

"무슨 방법이 있소? 내가 어찌 도울지……?"

"오늘 내가 왜 지낭으로 불리는지 그 이유를 아시게 될 거요. 금 대협께선 훗날 오늘의 일이 정당한 일이었음을 증언해 주시기 바라오."

"그야 당연한 일이 아니겠소."

사내가 빙그레 미소를 지었다. 그런데 그때 한 명의 사내가 다시 장내로 뛰어들며 소리쳤다.

"소도주가 왔습니다."

순간 지낭 단중자가 좌우를 보며 소리쳤다.

"준비하라!"

단중자의 명이 떨어지자 뒤쪽의 초옥에서 은밀한 움직임이 일어났다. 그러나 어떤 일이 벌어지고 있는지는 아무도 확인할 수 없었다. 잠시 후 길잡이를 앞세워 금령이 지낭 단중자의 초옥으로 들어섰다.

두 사람은 한동안 서로 노려보며 서 있었다. 지낭 단중자의 얼굴에는 숨길 수 없는 적의가 번들거리고 있었다. 반면 금령은 오연하게 턱을 들고 종복을 대하듯 단중자를 응시했다. 그렇게 한동안 이어진 침묵을 깬 것은 단중자였다.

"소도주께서 이 누추한 곳까지는 어쩐 일로……?"

"그대가 오지 않으니 내가 올 수밖에 없지 않나?"

금령의 말에 단중자가 아미를 모으며 말했다.

"소도주는 말과 행동이 모두 거치시군요. 듣던 대로……."

"뭐, 그렇다고들 하더군."

금령이 순순히 고개를 끄덕였다. 그러자 단중자가 다시 입을
열었다.

"수하의 팔을 베셨다고요?"

"길을 열지 않더군. 그래도 그대의 체면을 보아 목 대신 팔을
베었으니 나도 그대의 사정을 좀 봐준 것이지."

"깊이 감사드립니다. 그 답례로 오늘 소도주님의 목숨은 살
려 드리지요."

"그래? 고맙군."

금령이 분노의 빛도 없이 덤덤히 대답했다. 금령의 반응에 지
낭 단중자가 살짝 볼을 씰룩였다. 그를 잘 아는 사람이라면 단
중자의 이런 반응은 그가 생각했던 대로 일을 풀려가지 않을 때
나타나는 반응이란 것을 알고 있을 것이다. 그때 문득 우측에
있던 중년 사내가 앞으로 나서며 입을 열었다.

"소도주! 오랜만에 뵙습니다."

"불산에서 어쩐 일이시오?"

금령이 퉁명스레 물었다.

"마침 금산에 가던 길에 오랜 지우인 단 대주를 만나볼까 해
서 들렀습니다만 아무래도 제가 제대로 때를 맞춘 듯싶군요."

"내 생각도 그렇소. 마침 나도 내 행보에 증인이 되어줄 사람

이 필요했소.”

“그런가요? 그렇다면 오늘 이 금관유가 정말 중요한 역할을 맡게 되었군요.”

현종의 장로 금무해가 소도주 금령을 위협할 삼인의 인물 중 하나로 꼽은 금관유였다. 그는 평소 말이 많지 않고 과묵하기로 유명했는데 오늘은 웬일인지 쉽게 입을 열고 있었다.

“참 다행이오. 불산 금관유 대협의 말이라면 금산에 모인 장로들도 오늘 이곳에서 있었던 일에 대해 오해를 갖지 않을 것이오.”

“제 이름의 무게를 그리 중하게 쳐 주시니 고맙습니다. 그런데 한 가지 여쭙고 싶은 것이 있습니다.”

“말씀하시오.”

“무슨 일로 이렇게 거친 행보로 삼십삼진에 들어오신 것인지요? 또한, 왜 단 대주를 이렇게 몰아붙이시는 것입니까?”

정중히 묻고는 있었지만 추궁하는 기색이 역력하다. 그러자 금령이 뒤를 돌아보며 고개를 끄덕였다. 금령의 신호에 따라 호천단주 범교가 앞으로 나오더니 들고 있던 검은색 자루를 땅에 털어댔다.

쩡그렁!

범교가 털어댄 자루에서 화살과 암기들이 쏟아져 나왔다.

“이게 다 무엇입니까?”

불산 금관유가 눈을 가늘게 뜨며 물었다. 그러자 금령이 냉랭하게 대답했다.

“어젯밤 누군가가 날 기습했소. 한밤중에 기습을 하는 통에 자칫하다 목숨을 잃을 뻔하지 않았겠소? 다행히 나의 충실한 수하들이 온몸을 던져 살수들의 공격을 막아냈기에 내 몸이 성할 수 있었소. 이 물건들은 바로 그 살수들이 날 공격한 물건들이오. 단 대주는 이 물건들을 알아보시겠소?"

금령이 금관유에게서 시선을 돌려 단중자를 보며 물었다. 그러자 단중자가 싸늘한 웃음을 흘리며 말했다.

"소도주께서는 생각보다 순진하시군요."

"무슨 소리요?"

"이렇게 조작된 증거로 날 벨 명분이 생길 것이라고 생각하셨습니까? 아니면 이 증거들을 불산 금 대주께서 믿을 거라 생각하셨습니까?"

"금 대주가 이 증거들을 믿고 안 믿고는 중요한 것이 아니오. 중요한 것은 이 물건들은 오직 삼십삼진에서만 쓰는 물건들이며 이 물건들을 오늘 내가 불산 금 대주가 보는 앞에서 지낭 당신에게 내놓았다는 사실이 중요한 거요. 금 대주는 금산에서 오직 이 사실을 확인만 해주면 되는 것이오. 이 사실이 내가 그대를 벨 명분이 될지 안 될지는 결국 장로들의 몫인 거요."

금령의 말에 지낭 단중자가 눈을 가늘게 뜨며 말했다.

"그렇군요. 앞서 한 말은 취소하지요. 소도주께서는 이번에 아주 제대로 계략을 세우셨군요."

"계략이라니 서운하구려. 이 모든 것은 그저 내게 일어난 일을 그대로 말한 것뿐이오."

"알겠습니다. 좋습니다. 제가 살수를 움직여 이 병기들로 소도주를 공격했다고 하지요. 그런데 과연 소도주께서는 오늘 이

자리에서 저를 벌하실 수 있으시겠습니까?"

"못할 것 같소?"

금령이 묻자 지낭 단중자가 한줄기 미소를 지었다.

"소도주, 과거 숱한 금문의 강자들이 절 찾아왔습니다. 그러나 그중 그 누구도 절 얻지 못했지요. 그 사람들이 와서 좋은 말만 하고 갔겠습니까? 아닙니다. 당연히 도검을 앞세운 자들도 있었습니다. 그러나 그들은 모두 실패했지요. 그런데 소도주께서 앞서 날 찾아왔던 사람들을 능가하실 수 있으십니까?"

단중자가 비웃듯 말하자 금령이 가볍게 한숨을 쉬며 석요송에게 말했다.

"이거 우리가 실수를 한 것 같소."

"무엇이 말인지요?"

"난 단중자가 뛰어난 모사로 내 일에 큰 도움이 될 것이라 생각해 찾아왔는데 인제 보니 사람조차 제대로 볼 줄 모르는 위인이 아니오? 이런 자를 얻으려고 이 먼 곳까지 왔으니… 쯔쯔……."

금령의 말에 단중자의 얼굴이 붉게 물들었다. 분노와 수치가 가감 없이 드러났다.

"소도주께서는 오늘 이곳에서 잠드실 겁니다."

단중자가 차갑게 말했다. 그러자 금령이 다시 석요송을 보며 말했다.

"보라고. 도대체가 앞뒤 분간을 못 하는 위인이 아닌가? 자신의 목숨이 칼날 위에 서 있다는 것조차 모르는 위인이오."

순간 단중자가 외쳤다.

“나서라!”

단중자의 외침이 끝나기 전에 사방에서 삼십삼진의 무사들이 뛰쳐나왔다. 그러자 단중자가 바람처럼 뒤로 물러났다. 순식간에 장내를 가득 채운 삼십삼진의 무사들이 기이한 형태로 석요송 일행을 포위했다.

“진입니다.”

금불현이 한 눈에 단중자의 수하들이 진법을 펼치는 것을 알아보고 소리쳤다.

“머리 쓰는 자가 할 일은 하나지!”

금령이 비웃었다. 그러자 멀리서 단중자의 목소리가 들려왔다.

“소도주, 이제 곧 소도주는 죽음의 절진 마혼진에 갇히게 될 것입니다. 죽음을 피할 수 없을 겁니다. 또한, 소도주의 죽음에 대한 애틋한 사연은 금 대주가 금산에 전하게 될 것입니다. 소도주, 욕심이 과하셨습니다. 아니 그 독선이 문제였지요. 내 손으로 소도주를 죽이고 싶지는 않았습니다만 이젠 어쩔 수 없군요. 이렇게 또 도주와 원한을 맺을 줄은 몰랐군요. 악연은 한 번으로 족한 것인데. 하지만 소도주는 나 지낭 단중자의 자존심을 건드렸습니다. 난 자존심 때문에 도주께도 검을 들이민 사람입니다.”

단중자가 말을 하는 동안 서서히 석요송과 금령 주변에 검은 색 운무가 끼기 시작했다. 그리고 일행을 포위한 삼십삼진 무사들의 신형도 운무 속으로 사라지기 시작했다. 순간 운무에 휩싸인 금령이 차가운 목소리를 뱉어냈다.

"단중자! 그대는 이제 곧 알게 될 것이다. 그대의 한 근 머리로는 도저히 감당이 안 되는 사람이 세상에 있다는 것을! 진을 깨시오."

금령의 말이 끝나자마자 운무 속에서 번개 치듯 섬광들이 번뜩이기 시작했다.

쿠쿠쿵!

마혼진이라 불린 진은 점점 더 검은 구름을 만들어냈다. 이제 그 안에 갇힌 석요송 일행의 모습은 단 한 명도 보이지 않았다. 대신 뇌성벽력 같은 충돌음만이 땅을 진동시키며 들려왔다.

"괜찮겠소?"

충돌음이 일어날 때마다 흔들리는 진을 보며 금관유가 단중자에게 물었다. 그러자 단중자가 고개를 끄덕이며 대답했다.

"과연 소도주의 무공이 대단하긴 하구려. 지금껏 이렇게 마혼진을 뒤흔든 사람은 없었소이다. 마혼진은 단지 환상을 일으키는 것뿐만 아니라 그 안에 갇힌 사람의 진기를 뽑아내고, 혼백을 흩뜨리기에 사람이라면 도저히 빠져나올 수 없는 기진이오. 그러니 비록 반항이 심하기는 해도 결국 소도주는 혹마진 안에서 죽음을 맞이하게 될 것이오."

"그렇다면 다행이오만… 그런데 함께 금산에 가시겠소?"

"상대가 소도주요. 그녀를 죽였으니 당연히 내 손으로 날 묶고 금산까지 갈 것이오. 이후 내 목숨은 금 대주께 맡겼다고 할 수 있을 거요."

“그건 걱정 마시구려. 이미 십육사 어르신 중 상당수가 내게 마음을 주고 있으니 충분히 그대의 생명을 구원할 수 있을 거요.”

“좋소이다. 그리된다면 내 금 대협께 금문은 물론 천하를 선물하리다.”

“하하하! 듣기만 해도 든든하오. 이렇게 천하가 우리 두 사람의 손에 들어오는가 보오!”

금관유가 호탕한 웃음을 터뜨렸다. 그런데 그때였다.

꽈릉!

갑자기 천번지복하는 소리가 일어나더니 마혼진의 검은 구름을 뚫고 한줄기 청광색 빛줄기가 하늘로 솟구쳤다.

쩌저적!

하늘로 솟은 검기가 이내 원형의 마혼진을 반으로 가르기 시작했다.

“악!”

“커억!”

마혼진 안에서 비명 소리가 터져 나왔다.

“이, 이런!”

단중자의 입에서 당혹스러운 음성이 흘러나왔다. 어느새 마혼진이 만들어 내던 검은 운무들이 사라지고 있었다. 그리고 그 안에서 석요송과 호천단의 고수들이 호랑이처럼 뛰쳐나왔다.

석요송의 눈에 당황한 금관유와 단중자가 보였다. 석요송은 망설이지 않고 두 사람을 향해 달려들었다.

슈욱!

석요송의 손이 가볍게 앞으로 내밀어졌다. 그러자 그의 손에서 다섯 줄기의 지력이 뻗어나갔다.

따당!

금관유와 단중자가 동시에 검을 뽑아 석요송의 지력을 막아냈다. 덕분에 두 사람이 좌우로 물러나며 간격을 만들었다. 그 사이로 석요송이 뛰어들어 태산처럼 우뚝 섰다. 그리고는 호천단 고수들에게 둘러싸여 걸어 나오고 있는 금령을 향해 물었다.

"베도 되겠습니까?"

"그들에게 물어보시오."

금령의 대답에 석요송이 지낭 단중자를 보며 물었다.

"목숨을 내놓겠소?"

석요송의 질문에 단중자의 얼굴이 무겁게 가라앉았다. 이미 지난 밤 석요송의 무공을 경험한 단중자다. 도검으로는 도저히 석요송을 막을 수 없음을 모르지 않는 단중자였다. 그럼에도 불구하고 그가 금령에게 고개를 숙이지 않은 이유는 단 하나, 절진 마혼진을 믿었기 때문이었다. 그런데 그 마혼진이 깨졌다. 그리고 이 괴물 같은 고수가 자신의 목을 달라 하고 있었다.

단중자의 시선이 자연스럽게 금관유에게로 향했다. 무공 대결라면 지금 믿을 것은 금관유밖에 없다. 금관유가 누군가. 이십여 년 전 계림혈사에서 살아남은 이십사룡의 일인이 아니던가. 이십사룡 중 나이는 가장 어려도 무공은 가장 뛰어나고, 심기는 깊은 바다와 같다고 알려진 자다. 그라면 이 젊은 고수를 감당할 수 있을지도 몰랐다.

금관유 역시 망설이고 있었다. 마혼진을 깨고 나온 석요송의 무공은 계림혈사로부터 시작해 강호의 온갖 전장을 누빈 그조차도 놀라게 만들었다. 승패를 가늠할 수 없었다. 본시 좋은 장수는 승패가 모호한 전쟁을 하는 법이 아니다.

그러나 이대로 물러난다면 지낭은 소도주의 그늘에 들어갈지도 모른다. 금관유의 가슴에는 금문을 넘어 천하가 들어 있었다. 그런 그가 오늘 금령에 밀려 물러난다면 그는 아마도 다시는 금령을 넘어설 기회를 얻지 못할 수도 있었다.

"그 검을 거두시오!"

금관유가 석요송을 향해 무겁게 입을 열었다. 그의 손에 어느새 서슬 퍼런 검이 들려 있었다.

"금 대주도 이 싸움에 흥미가 있소?"

대답은 석요송 대신 금령이 했다. 그러자 금관유가 단호한 어조로 말했다.

"아무리 소도주라 해도 금문삼십육진의 대주를 이유 없이 벨 수는 없습니다."

"이유가 없는 것은 아니지. 날 죽이려 한 자를 베는 것이지. 그런데 그대도 날 죽이려 하는 자들 속에 들어가려 하오?"

금령이 차가운 어조로 물었다. 어느새 금령은 특유의 패기를 흘려내고 있었다. 일단 금령이 패도의 기운을 만들어내자 더 이상 그녀는 여인이 아니었다. 좌중을 압도하는 강렬한 지배자의 모습으로 변한 금령이었다. 그 기운에 천하를 꿈꾸는 금관유조차도 긴장한 기색이 역력했다.

그러나 그가 누군가. 그는 금관유다. 이십사룡의 수장으로서 금문의 주인을, 천하의 지배자를 꿈꾸는 야심가가 아닌가.

"소도주의 행보에 동의할 수 없소."

금관유의 대답에 지낭 단중자의 얼굴에 안도의 기색이 흘렀다. 금령이 금관유의 대답을 이미 예상하고 있었다는 듯 고개를 끄덕였다.

"역시 불산 금관유! 승부를 걸 줄 아는군. 인검!"

"말씀하시지요."

석요송이 대답했다.

"그대가 지낭을 맡아 주시오. 난 아무래도 불산 금 대협의 실력을 봐야겠어. 어느 정도기에 나 금령과 금문을 놓고 겨루는지."

"알겠습니다. 그런데… 목을 베리까?"

"좋을 대로. 살리고 죽이는 것은 그대의 마음이오. 살려 쓸 수 있다면 그도 좋겠지만… 뭐 머리 쓰는 사람은 우리에게도 여럿 있으니……."

"알겠습니다."

석요송이 가볍게 고개를 숙여 보였다. 그리고는 신형을 돌려 지낭 단중자에게로 다가갔다.

"무도한 자의 말을 따르려느냐?"

단중자가 다가오는 석요송을 보며 물었다. 그러자 석요송이 고개를 저으며 대답했다.

"그대는 금문 제일의 모사로 알려져 있으면서 그런 어리석은 질문을 하는 것이오?"

“무슨 소리냐?”

“이미 소도주께서 날 어찌 부르는지 듣지 않았소?”

“인검… 그래, 인검이라 불렸지. 청도주가 소도주의 인검을 기르고 있다는 것은 알고 있었다.”

“맞소. 내가 바로 인검으로 만들어진 사람이오. 인검이 무엇이오. 사람의 칼이오. 칼이란 주인이 휘두르는 대로 움직일 뿐이오. 소도주가 그댈 베길 원하니 난 그댈 베겠소.”

석요송의 말에 지낭 단중자의 동공이 빠르게 움직였다. 상황을 파악하고 자신의 구명지책을 찾는 것이 분명했다.

그러나 석요송은 그런 지낭에게 생각할 시간을 줄 아량이 없었다. 대저 모사꾼들에게 시간이란 곧 가장 강력한 무기다.

팟!

석요송이 단중자를 향해 왼손을 털었다. 그러자 그의 손에서 뻗어 나온 다섯 줄기의 지력이 여의주를 탐하는 신룡들처럼 앞서거니 뒤서거니 하며 단중자의 사혈을 파고들었다.

“음!”

이미 석요송의 무공을 알고 있는 단중자가 나직한 신음성을 흘려내며 뒤로 물러났다.

퍼퍼퍽!

둔탁한 파열음이 일어나며 석요송의 지력이 단중자의 몸을 스치고 지나가 초옥의 기둥에 박혀들었다.

그르릉!

석요송의 지력에 격중된 나무기둥이 흔들리며 초옥이 무너질 듯 몸을 떨었다. 그런데 그 순간 단중자의 뒤쪽에서 세 줄기의 그림자가 단중자를 넘어 석요송을 덮쳐왔다. 아마도 비밀리에 단중자를 호위하는 무사들인 모양이었다.

"죽어랏!"

세 명의 호위무사 중 한 명이 석요송을 향해 노성을 토해냈다. 그리고는 독수리처럼 날아든 삼인이 동시에 도검을 내리그었다.

웅!

강력한 파공음이 일며 하나의 도와 두 개의 검이 떨어져 내렸다. 순간 석요송이 번개처럼 검을 휘둘렀다.

따당!

날카로운 파열음이 일어나며 석요송을 공격하던 세 개의 도검이 허공에서 부러져 나갔다.

"억!"

"욱!"

도검이 부러져 나가는 순간 비명이 터져 나오고 석요송을 향해 달려들던 세 무사가 이삼 장씩 날아가 땅 위에 고꾸라졌다.

"그대 목숨 하나로 족해. 애꿎은 수하들의 목숨을 버리지 마시오. 그게… 우두머리 된 자의 도리지."

석요송이 귀령보를 펼쳐 지낭 단중자에게로 불쑥 다가섰다. 그러자 단중자가 기다렸다는 듯이 검을 뽑아 들고 석요송을 공격했다.

차창!

두 개의 검이 허공에서 엉켜들었다. 석요송은 단중자가 머리만 좋은 인물이 아니라는 것을 깨달았다. 단중자는 그 무공으로도 능히 금문삼십육진의 한 진을 지배할 능력이 있어 보였다.

그러나 상대는 석요송이다. 인검으로 키워진 자, 청도주 금온이 자신의 손녀 금령을 맡긴 석요송이다.

쩡!

한순간 석요송의 검이 단중자의 검을 내려쳤다. 그러자 단중자가 비틀거리며 뒤로 물러났다, 그의 검날이 크게 상해 검의 중간이 뭉텅 이가 빠져 있었다.

물러나는 단중자를 향해 석요송이 그림자처럼 따라붙었다. 그리고는 한순간 그의 옆을 스치고 지나면서 검을 아래에서 위로 그어 올렸다.

삭!

소름 끼치는 소리가 일어나고 붉은 선혈이 솟구쳤다. 순간 단중자의 입에서 한 마디 비명이 흘러나왔다.

"악!"

第十章 금산(金山)

"으음!"

단중자의 입에서 신음성이 흘러나왔다. 그의 시선이 주인 없이 땅을 뒹구는 한 덩어리 팔에 닿았다. 석요송의 일검에 단중자의 팔이 잘려 나간 것이다.

"베라!"

단중자가 처절한 노기를 담아 석요송을 향해 소리쳤다.

그러자 석요송이 고개를 저었다.

"아직은 아니오."

"뭘 기다리는 거냐? 내게 수치를 주겠다는 것이냐?"

"그건 아니오. 단지 난 그대가 맞서려고 했던 사람이 어떤 사람인지 그걸 보여주고 싶소. 이후 당신의 운명은 스스로 결정하시오."

석요송이 말을 하고는 천천히 신형을 돌려 금령과 금관유의
싸움을 응시했다.

금관유는 이십사룡의 수장다웠다. 애초에 그가 이십여 년 전
어린 나이에도 불구하고 계림에 파견되었던 것에는 그만한 이
유가 있었다. 그는 고수였다.

카카캉!

금관유의 검기와 금령의 도기가 허공에서 무섭게 엉켜들었
다. 금령의 도법은 강렬하면서도 정갈했고, 금관유의 검법은 거
칠고 살기가 넘쳐흘렀다. 두 사람이 펼치는 무공만 보아도 두
사람이 걸어온 길이 보였다.

금령은 고된 수련을 통해 얻은 무공이었고, 금관유는 피 흐르
는 전장을 오가며 연성한 무공이다. 무공의 고하를 떠나 실전에
서는 금관유의 검법이 우세할 수밖에 없었다. 그런데 싸움은 양
상은 그렇지 않았다. 금관유는 조금씩 금령에게 싸움의 승기를
내주고 있었다. 그건 곧 무공 실력의 뚜렷한 차이가 존재한다는
의미였다.

금관유의 얼굴은 벌겋게 물들었다. 이십여 년 전 이미 금문
제일의 후기지수로 꼽혔던 금관유다. 더군다나 계림혈사 이후
와신상담하며 힘을 기른 금관유에게 애초에 금령은 그저 한낱
곱게 자란 애송이에 지나지 않았다. 그런데 그 금령이 혈전을
통해 완성한 자신의 검을 능가하고 있지 않은가.

팟!

한순간 금관유의 검이 금령의 심장을 찔렀다. 치명적인 공

격이었지만 기실은 살기 위한 구명절초나 마찬가지였다. 계속해서 밀리다가는 끝내 금령의 도에 목이 잘리고 말 것 같은 위기감을 느낀 금관유가 잠시 여유를 얻기 위해 펼친 한 수였다.

그런데 금령은 금관유에게 숨 쉴 여유를 주지 않았다.

쩡!

금령이 슬쩍 몸을 틀며 강력하게 도초를 펼쳐 자신의 심장을 찌르려 했던 금관유의 검을 내려쳤다. 순간 금관유가 검을 쥔 손에 강렬한 고통을 느끼며 자신도 모르게 뒤로 물러났다.

그런 금관유를 향해 금령이 횡으로 도를 휘둘렀다. 그러자 서릿발 같은 기세를 품은 도기가 금관유의 허리를 잘라갔다.

"윽!"

금관유가 다급성을 토해내며 급히 몸을 틀었다. 순간 금령의 도기가 스치듯 금관유를 지나쳤다.

"음……!"

금관유의 입에서 나직한 신음성이 흘러나왔다. 금관유의 옆구리에 붉은 핏빛이 보였다. 그런 금관유를 향해 금령이 재차 닥쳐들었다. 그리고는 허공으로 일장을 도약하더니 그대로 금관유의 심장을 향해 도를 찔러 넣었다.

도기가 번쩍였다. 도기는 피할 수 없는 빠름과 강력함을 지니고 있었다. 금관유가 그 눈부신 도기에 자신도 모르게 눈을 감았다. 계림혈사에서 살아 돌아온 후 절치부심한 그의 야망도 한 순간 물거품처럼 사라지는 듯 보였다. 금관유는 죽음을 느꼈다. 아니 금관유뿐 아니라 이 싸움을 지켜보고 있던 모든 사람이 금관유의 죽음을 느꼈다.

그런데 금관유의 목을 향해 꽂혀 들던 금령의 도가 갑자기 방향을 틀었다.

깡!

벼락같은 파열음이 일어났다. 연후 금관유의 손에 들려 있던 검이 그의 손을 벗어나 훌훌 허공으로 날아갔다.

삭!

다시 미세한 파열음이 일어났다. 이번에는 금관유의 목에 가는 혈선이 그어졌다. 그러나 그는 여전히 숨을 쉬고 있었고. 상처는 가벼웠다.

"끝난 것 같군."

금관유의 목에 가는 혈선을 만든 금령이 훌쩍 뒤로 물러나며 말했다. 그러자 죽음을 맞이하기 위해 감겼던 금관유의 눈이 떠졌다.

"죽이시오."

"왜 그대를 죽여야 하오?"

금령이 물었다. 그러자 금관유가 답을 찾지 못하고 입을 다물었다. 비록 금관유가 금령과 차기 금문의 주인 자리를 놓고 다투는 입장이라 할지라도 같은 금문의 문도다. 더군다나 오늘 금령이 이곳에 온 것은 지낭 단중자 때문이지 금관유 때문이 아니었다. 금관유를 이곳에서 죽인다면 금산치회에서 곤란해지는 것은 금령 자신이 될 터였다. 혹, 금관유가 금령을 죽이려 한다면 몰라도…….

"그대는 검을 들 수 없소. 그러니 날 죽일 수도 없어. 그대는 금문의 영웅이지. 계림혈사가 치욕의 역사이긴 해도 그곳에서 살아온 자들에 대한 금문도들의 마음은 애틋하오. 그런 그대를 죽인다면 과연 금문의 문도들이 날 마음으로 따르겠소?"

금령의 말에 금관유가 아무런 말도 하지 못했다. 그러자 금령이 이번에는 지낭 단중자에게 물었다.

"그대의 생각은 어떠한가? 내가 금 대주를 죽여야 한다고 보는가?"

마치 자신의 수하에게 조언을 구하는 듯한 금령의 물음이다. 그러자 단중자가 기이한 눈으로 금령을 보며 물었다.

"설마 내가 소도주의 물음에 답을 할 것이라고 생각하십니까?"

"글쎄. 난 단지 그대의 의견이 듣고 싶었을 뿐이야. 이런저런 사정은 제쳐두고 말이야."

"난 답하지 않겠소. 날 죽이시오."

"음… 그러고 보니 궁금하군. 그대는 왜 지낭을 죽이지 않았소?"

문득 금령이 석요송에게 물었다. 그러자 석요송이 대답했다.

"여전히 그는 소도주께 필요한 사람인 듯하여 살려두었습니다. 그리고 그에게 전할 물건도 있고……."

석요송의 말에 금령이 의아한 눈빛을 드러냈다.

"전할 물건?"

"그렇습니다."

"그와 인연이 있었소?"

"그렇지는 않습니다."

"하면…?"

"도주께서 맡기신 물건입니다."

"할아버님이?"

금령이 더욱 호기심이 이는 표정으로 물었다. 그러자 석요송이 품속에서 금온이 맡겼던 소도를 꺼내 들었다. 그리고는 이제 하나만 남은 단중자의 손에 소도를 들려줬다.

"도주께서 이걸 전하라고 하시더이다."

단중자의 손에 소도를 들려주던 석요송이 소도를 통해 단중자의 떨림을 느꼈다. 손뿐만 아니라 그의 눈도 떨리고 있었다.

"정말 이걸 내게 전하라 하셨소?"

단중자가 석요송에게 물었다.

"그렇소."

"다른 말은 없었소?"

"그저 그 칼만 전하라 하셨소."

"으음……."

단중자가 나직한 신음성을 흘렸다. 그리고는 천천히 소도를 들어 올려 자신의 눈앞에 가져갔다. 번들거리는 칼날이 눈부시게 빛났다. 소도를 바라보는 단중자의 시선이 묘하게 일그러졌다. 그리고는 천천히 소도를 내리더니 금령을 보며 말했다.

"도주는 정말 소도주를 아끼시는군요."

"왜 그리 생각하오?"

금령이 물었다. 그러자 단중자가 금령의 질문에는 대답하지 않고 다른 말을 했다.

"내게 하루의 시간을 더 주십시오."

그러자 금령이 선선히 고개를 끄덕였다.

"그럽시다."

"내일 아침 소도주를 찾아뵙지요. 그때 둘 중 하나를 소도주께 드리겠습니다. 내 목숨과 나 자신 중 하나를!"

단중자의 말에 금령이 무심하게 고개를 끄덕이고는 호천단 고수들을 향해 입을 열었다.

"돌아간다."

"알겠습니다. 소도주!"

범교가 호천단 고수들을 대신해 대답을 한 후 호천단원들을 향해 소리쳤다.

"길을 여시오."

범교의 말이 떨어지자 호천단원들이 금령을 호위해 장내를 벗어났다. 석요송은 마지막까지 남아 있다가 금령이 무사히 삼십삼진을 벗어나자 천천히 자리를 떴다.

"단 대주, 도대체 그 소도가 무엇이오?"

석요송 일행이 물러나자 금관유가 단중자에게 물었다. 그러자 단중자가 한참 동안 소도를 내려다보고 있다가 대답했다.

"아주 예전에 내가 잃어버린 물건이오."

"그런데 그걸 왜 도주께서……."

"아마도 그분이 가지고 계셨던 모양이오."

금관유는 단중자가 더 이상 소도에 대해 이야기하고 싶어 하지 않는다는 것을 깨달았다. 금관유도 입을 닫았다. 그러자 단중자가 혼잣말처럼 중얼거렸다.

"생각을… 생각을 해봅시다. 어찌해야 할지… 욱!"

갑자기 단중자가 비틀거렸다. 그가 성한 왼손으로 팔이 잘린 어깨 부위를 감쌌다.

"괜찮소이까?"

금관유가 얼른 단중자를 부축하며 물었다.

"괜찮소. 그자… 참 독하지 않소? 이 소도를 지니고 있음에도 먼저 내어 놓지 않고 굳이 내 한쪽 팔을 자른 후에 내놓다 니……."

"인검 말이오?"

"그렇소. 소도주는… 참 위험한 사람을 얻었구려."

단중자의 말에 금관유의 표정이 어두워졌다.

긴 밤이 지나갔다. 금령은 자신의 천막에서 꼼짝하지 않았다. 석요송도 부르지 않았다. 석요송 역시 자신의 거처에서 하룻밤 동안 움직이지 않았다. 사람들은 잠을 이루지 못했다. 가끔 고 개를 들어 삼십삼진의 동태를 살피고는 다시 모닥불 근처에 모 여 두런두런 이야기를 나눴다.

그리고 아침이 찾아왔다.

두두두!

한 떼의 말발굽 소리가 새벽을 깨뜨렸다. 잠을 설친 호천단의 고수들이 급히 도검을 들고 나와 숙영지 앞으로 나섰다. 숙영지 에서 삼십삼진으로 이어지는 길 위에 일단의 사람들이 모습을 드러냈다. 약속대로 지낭 단중자가 나타난 것이다.

"준비하시오."

단중자가 진을 나선 것을 확인한 범교가 나직하게 명을 내렸다. 그러자 호천단원들이 숙영지 앞쪽에 호피로 감싼 의자를 준비했다. 그리고는 그 의자를 중심으로 호천단원들이 죽 늘어섰다.

질풍처럼 달려오던 말떼들이 숙영지로부터 삼십여 장 떨어진 곳에서 멈추더니 이내 말 위에 타고 있던 자들이 말에서 내려 두 발로 숙영지를 향해 걸어오기 시작했다. 한쪽 팔을 천으로 감싼 단중자가 가장 앞에 있었는데 기이하게도 그의 얼굴에선 어제 보지 못했던 생기가 흘러넘치고 있었다.

"소도주를 뵈러 왔소."

호천단원들 앞에 도달한 단중자가 범교를 보며 말했다.

그러자 범교가 고개를 끄덕였다.

"기다리시오."

범교가 뒤로 물러나 금령의 막사 앞으로 이동에 입을 열었다.

"지낭이 왔습니다."

"알았소."

금령의 대답이 들렸다. 그런데 대답한 금령보다 먼저 모습을 드러낸 것은 금령의 옆 막사에서 머물고 있던 석요송이었다. 석요송은 막사를 벗어나자 숙영지 앞에 서 있는 지낭 단중자를 바라봤다. 그리고는 나직한 목소리로 중얼거렸다.

"그는 오지 않았군."

"누구 말이오?"

범교가 물었다.

"금관유 말이오."

"음… 그러고 보니 그렇구려. 그자는… 소도주께 승복지 않겠다는 것인가 보오."

"천하를 꿈꾸는 자가 그리 쉽게 포기하겠소? 금산의 결과를 기다릴 거요."

석요송의 말에 범교가 고개를 끄덕였다. 그때 금령이 막사를 나섰다. 여전히 은가면을 쓴 그녀였지만 반쪽의 얼굴만으로도 아름다움을 숨기지 못했다.

금령이 나서자 석요송과 범교가 좌우로 물러나 금령에게 길을 열어주었다. 그러자 금령이 천천히 걸음을 옮겨 호천단의 무사들이 준비한 태사의에 앉았다. 그 앞에 서 있는 지낭 단중자는 그런 금령의 움직임을 한 시도 놓치지 않으려는 듯 물끄러미 바라보고 있었다.

"결정은 하셨소?"

자리를 잡고 앉은 금령이 고개를 들어 단중자에게 물었다. 그러자 단중자가 고개를 끄덕였다.

"그렇습니다."

"어찌 결정하셨소?"

금령이 다시 물었다. 그러자 단중자가 그 자리에 그대로 부복했다.

"받아주신다면 소도주의 견마가 되겠습니다."

단중자가 무릎을 꿇자 그를 따르던 무사들 십여 명도 그대로 부복해 머리를 땅에 대었다. 금령의 입가에 한 줄기 미소가 감

돌았다. 지낭 단중자를 얻는 것이 그녀에게 얼마나 중요한 일인
지 그 표정에서 드러나고 있었다.

"일어나시오."

금령의 목소리가 보기 드물게 부드럽다. 그러자 단중자가 천
천히 신형을 일으켰다.

"환영하오!"

몸을 일으킨 단중자를 보며 금령이 다시 입을 열었다.

"받아주시니 감사할 따름입니다."

단중자가 다시 머리를 조아렸다.

"몸은 괜찮소?"

금령이 은근한 어조로 물었다.

"인검의 무공이 놀랍더군요. 워낙 깨끗하게 잘려 나가 쉽게
아물었습니다."

단중자가 슬쩍 석요송을 보며 말했다. 그러자 석요송이 가볍
게 고개를 끄덕였다.

"그를 원망치 마시오."

"원망이라니요. 오히려 내게 한 번 더 기회를 준 것을 고맙게
생각하고 있습니다. 목을 베려면 베었겠지요."

"맞소. 인검은… 나의 분신이오. 그 사실을 명심들 해주시
오."

단중자뿐 아니라 호천단의 고수들에게도 하는 말이었다. 금
령의 말에 단중자와 호천단의 고수들이 조금 놀란 표정을 지었
다. 그들은 이미 금령이 어떤 성정을 지니고 있는지 잘 알고 있
는 사람들이었다. 그런 금령이 석요송에 대해서만큼은 수하 이

상의 대접을 하고 있었다.

"알겠습니다. 명심하겠습니다."

단중자는 금문 제일의 모사다. 그는 적과 아군, 그리고 수하와 상전을 다룰 줄 아는 인물이었다. 단중자가 순순히 금령의 말에 수긍했다. 그러자 금령이 고개를 끄덕이다가 물었다.

"그는 어찌 되었소?"

금령의 물음에 단중자가 이내 금령의 의도를 알아채고는 대답했다.

"먼저 금산으로 간다고 하였습니다. 금산에서 뵙자고 하더군요."

금관유를 두고 하는 말이었다.

"그를 어찌 보시오?"

"강호 무림보단 세속에 어울리는 사람이지요."

"그렇게 보았소?"

"그렇습니다. 그런 의미에서 보자면… 거둘 필요가 있습니다. 세속의 권세가 따르지 않으면 금문의 영화도 오래가지 못하지요."

"그에게 세속의 일은 맡기자는 말이오."

"그렇습니다. 더군다나… 아시고 계시는지 모르겠으나 그의 먼 친족은 변성한 후 말갈의 여러 부족을 이끌고 있지요. 들어보셨을 겁니다. 완안부라고……."

"완안부는 북종을 따르는 곳 아니오?"

"소도주께서 금문의 주인이 되시면 그것이 북종이든 남종이든 무슨 상관이 있겠습니까?"

단중자의 말에 금령이 고개를 끄덕였다.

"그도 그렇군. 어차피 모두 금문의 일이니… 그런데 그가 완안부의 수장이 될 수 있는 위치요?"

금령의 물음에 단중자가 고개를 저었다.

"쉽지는 않습니다. 아시다시피 계림혈사 이후 이십사룡은 금문의 그늘이 되었지요. 덕분에 그는 북종에서도 완안부에서도 환영받지 못하는 사람입니다. 더군다나 완안 성을 쓰는 그들과 달리 그는 여전히 금씨 성을 쓰고 있지요. 이미 친족으로서도 멀어졌다는 의미입니다. 단지 하나의 가능성은 완안부의 사정도 무척 복잡하다는 것이지요. 내부에 족장을 둔 싸움이 치열합니다."

"쉽기도 하고 어렵기도 하겠군."

금령이 말했다. 그러자 단중자가 빙그레 미소를 지으며 말했다.

"소도주께서 이렇게 현명하신 줄은 미처 몰랐습니다. 맞습니다. 쉽기도 하고 어렵기도 합니다. 버림받은 자의 마음을 얻기는 어렵지 않지요. 더군다나 그 마음에 야망을 품고 있는 자는 더더욱 그렇습니다. 반면 버림받은 자가 고향으로 돌아가는 것은 무척 어렵지요. 그가 완안부의 수장이 되는 것은 그래서 반드시 금문 태상장로의 도움이 필요한 것이지요. 그럼 그는 소도주를 위해 세상으로 달려나갈 것입니다. 소도주는 천외천의 주인으로 그를 통해 천하를 지배하겠지요."

"좋군. 좋은 계획이오."

"일단 금산에서 태상장로님의 후계자로 인정받으시는 것이 중요합니다.”

“늙은이들이 쉽게 허락하지는 않을 거요.”

금령이 말했다. 그러자 단중자가 대답했다.

“그렇다고 무턱대고 반대를 하지도 않을 것입니다. 그러니 그들이 취할 행동은 하나지요. 소도주님의 능력을 증명하라 할 것입니다. 물론 그 전에 암습을 할 가능성도 충분하지만 말입니다.”

“나도 그러리라 생각하오.”

“어려운 일을 맡길 것이고… 사람이 필요할 것입니다. 전 삼십삼대의 대주로서 태상장로님의 명이 없으면 이곳을 떠날 수 없습니다. 그러니 금산에 가서 도주님께 말씀드리십시오. 지낭이 소도주님의 사람이 되었다고. 그러면 태상장로께서 절 세상으로 불러내실 겁니다.”

“알겠소. 그리하리다.”

“하면… 길을 서두르시지요. 어른들은 어린 사람이 늦는 것을 싫어하지요.”

단중자의 말에 금령이 고개를 끄덕였다. 그리고는 범교를 보며 말했다.

“떠날 준비를 하시오.”

“옛, 소도주!”

범교가 대답을 하고는 호천단의 고수들을 향해 눈짓을 보냈다. 그러자 호천단원들이 서둘러 숙영지를 정리하기 시작했다. 그러는 사이 금령이 다시 단중자에게 물었다.

“날 어찌 보시오?”

“무슨 말씀이신지……?”

“천하를 얻을 그릇이 되겠소?”

그러자 단중자가 미소를 지으며 대답했다.

“수하는 주군의 그릇을 따지지 않습니다. 최선을 다할
뿐…….”

단중자의 대답에 금령이 살짝 얼굴을 찌푸렸다.

“부족하단 말이구려.”

“그리 들으셨다면 송구하옵니다.”

“아니오. 되었소.”

금령의 말에 단중자가 다시 고개를 숙여 보였다. 그러자 금령
이 침묵을 지키다가 문득 다시 물었다.

“그는 어떻소?”

“누굴 말씀하시는 것인지……?”

“인검 말이오.”

금령의 물음에 단중자가 무거운 시선으로 자신의 천막을 걷
어내고 있는 석요송을 응시했다. 그리고는 잠시 후 역시 천근의
무게를 담은 목소리로 물었다.

“그는 온전히 소도주님의 사람입니까?”

“그렇소.”

금령이 단호하게 대답했다.

“그가 변심할 가능성은 없습니까?”

“아마도… 그대가 변심할 가능성보다 낮을 거요.”

금령의 말에 단중자가 쓸쓸한 웃음을 흘렸다. 그리고는 나직
하게 말했다.

"시간이 지나면 저 또한 절대 소도주님을 배신하지 않을 거란 걸 아시게 될 것입니다."

"그렇소? 고마운 말이구려."

"소도주님과 전 생각보다 인연이 깊습니다,"

단중자의 말에 금령이 의아한 빛을 보였다.

"우리가 무슨 인연이 있소?"

"그건 지금 말씀드리기 어렵군요."

"역시 지금은 그대보다 그가 더 믿을 만한 사람이군. 어쨌든 그는 인검이오. 인검은 나의 분신, 분신은 또 다른 나요. 어찌 그를 믿지 않겠소. 그러니 그대도 그를 나와 같이 대해주시구려."

"그렇게까지 신뢰하시는 줄은 몰랐군요. 어떻게 그의 마음을 얻으셨기에……?"

"그는 내게 마음을 주지는 않았소."

"그게 무슨 말씀이신지요? 누구보다 그를 믿는다고 하지 않으셨습니까?"

단중자가 의혹 어린 시선으로 물었다.

"그렇소. 그를 믿소. 그러나 내가 그를 믿는 것은 나에 대한 그의 충성심이 아니오. 난 그의 말을 믿고, 그의 약속을 믿을 뿐이오. 그는 아마 날 무척 싫어할 거요. 그러나 또한 나를 배신하지도 않을 거요. 그는 그런 사람이오. 자신의 말을 반드시 지키는 사람. 마음은 변할 수 있지만, 사람은 변하지 않소. 나에게 충성을 맹세한 마음은 언제든 변할 수 있소. 그러나 타고난 사람의 본성은 쉽게 변하지 않는 법이오. 그래서 난 그를 믿소. 그는 내게 약속을 했고 그 약속을 반드시 지키는 사람이니까."

금령의 말에 단중자가 고개를 끄덕였다.

"무슨 말씀인지 알겠습니다. 그렇게 대단한 사람인 줄 몰랐습니다."

"조심해야 할 거요."

"무슨 말씀이신지……?"

"그를 적으로 돌리지 마시오."

"함께 소도주를 모시는 사람들인데 그럴 리가 있겠습니까?"

"후후, 전쟁은 안에서나 밖에서나 항상 일어나지. 금문 내에서도 이렇게 싸움이 벌어지고 있지 않소."

"기우십니다."

단중자가 단호하게 고개를 저었다.

"그러길 바라오. 그리고 그게 또한 그대에게도 좋을 것이오. 그를 적으로 삼는다면 다음번엔 그대의 목이 잘릴 거요. 그가 그대의 목을 자른다 해도 그라면 나 또한 그를 추궁할 수 없고……."

"무서운 말씀을 하시는군요."

"그는 나의 일을 하는 사람이지. 금문의 사람은 아니오. 사실 그는 금문에 대해서도 무척 반감이 크다오."

"정말 믿음이 없다면 쓸 수 없는 사람이군요."

"그렇소. 그러나 역시 그는 믿을 만한 사람이오."

"왜 그렇게 확신하십니까?"

“그는… 석문 출신이오.”

“석문!”

단중자가 놀란 표정을 지었다. 그러자 금령이 다시 말했다.

“그의 부친이 누군지 아시오?”

“누굽니까?”

“그의 부친이 바로 석묘문, 바로 그요.”

“아!”

단중자가 나직하게 탄식을 흘렸다.

“그러니 내가 어찌 그를 믿지 않겠소. 석묘문… 그의 아들이라면 당연히 믿어야지 않겠소?”

“그, 그렇지요. 그럼 당연히 믿어야지요. 그런데 왜 어제 불산의 금관유에게 그 말을 하지 않으신 겁니다. 그가 석묘문 대협의 아들이라면 불산은 절대 그의 요구를 거절하지 못할 겁니다. 어디 불산뿐인가요. 이십사룡 모두를 소도주님께서 거두실 수도 있습니다.”

단중자가 흥분해서 말했다. 그러자 금령이 고개를 저었다.

“천하를 꿈꾸는 나요. 겨우 과거의 인연, 그것도 내가 아닌 다른 사람의 인연을 빌어 힘을 키울 만큼 나약하지 않소.”

“제 생각이 짧았습니다. 당연히 그리하셔야지요.”

단중자가 깊이 고개를 숙여 보인다. 금령의 생각이 그의 마음에 든 모양이었다.

숙영지를 거두는 일은 그리 오래 걸리지 않았다. 이내 짐이 말 등에 올랐고, 길을 떠날 차비가 갖춰졌다. 일행은 단중자의 안내를 받으며 송화강을 따라 오르기 시작했다.

삼십삼진을 지나쳐 이십여 리를 더 간 후에 단중자는 삼십삼
진으로 돌아갔다. 그리고 그즈음에서 일행은 뗏목에 몸을 실었
다. 수심이 깊어져 말과 사람을 함께 태운 뗏목이 물에 뜰 정도
가 되었기 때문이다.

뗏목에 부딪히는 물결이 한결 거칠어졌다. 흑수에 이르고 있
다는 의미다. 먼 초원으로부터 발원한 흑수가 송화강을 끌어안
고 바다를 향해 달리는 지점에서 이르자 일행은 다시 뗏목에서
내려 말을 타고 동쪽으로 방향을 틀었다. 석요송으로서는 처음
와보는 길이다.

곳곳에 늪이 도사리는 습지를 지나 일행은 다시 수림 속으로
들어갔다. 초목이 무성한 숲에는 곳곳에서 맹수의 흔적이 발견
되었다. 그러나 도검을 들고 강호를 살아가는 무림인에게 맹수
란 그저 주린 배를 채울 사냥감일 뿐이다.

턱!

조창과 금원보가 숲에서 나오더니 일행 앞에 멧돼지 한 마리
를 던져 놨다. 어금니가 하늘을 향해 한자 이상 치솟은 것이 호
랑이라도 능히 감당할 만한 놈이었다.

"굽는 건 내가 맡겠소."

또 다른 호천단원 노도명이 도를 들고 나섰다. 그러자 조창과
금원보가 고개를 끄덕인 후 숙영지 우측으로 흐르는 개울가로
다가가 손발을 씻고 세수를 했다.

그 사이 노도명이 능숙하게 멧돼지를 손질해 커다란 나뭇가
지에 몸통을 꿴 후 모닥불 위에 올려놓았다.

해는 지고 서서히 어둠이 내리고 있었다. 멧돼지 기름 타는 냄새와 살이 익는 냄새가 사람들의 허기를 보챘다. 얼추 멧돼지의 색이 변하자 노도명이 귀한 청자 접시에 잘 익은 멧돼지 고기를 얇게 저며 올렸다. 그리고는 언제나처럼 자신의 천막 속에 들어앉아 있는 금령을 찾아가 입을 열었다.

"소도주, 고기가 다 익었습니다."

"들어오시오."

금령의 말에 노도명이 고기를 담은 접시를 들고 천막 안으로 들어갔다가 이내 다시 밖으로 나왔다.

"자, 이제 우리도 먹읍시다."

금령에게 고기를 전하고 나온 노도명이 입맛을 다시며 말했다. 그러자 조창과 금원보가 능숙하게 고기를 베어내 사람들에게 나눠줬다.

"조금 질겨요."

금불현이 고기를 씹으며 석요송에게 말했다.

"산짐승이 다 그렇지. 그래도 솜씨들이 좋아."

"그런가요? 하긴 질기긴 해도 맛은 좋네요."

금불현이 빙긋 웃으며 말했다. 그때 또 다른 호천단원 모말이 중얼거렸다.

"이럴 때는 술 한 잔이 있어야 제격인데……"

"하하, 그러게 말이오."

모말의 말에 노도명이 맞장구를 쳤다. 순간 석요송은 문득 왕춘을 떠올렸다. 왕춘은 언제나 선죽주의 주정을 지니고 다녔으므로 이곳에 그가 있었다면 사람들은 필시 선죽주 맛을 보았을 것이다.

'정이 들었었나? 뵙고 싶군.'

왕춘의 거친 얼굴이 돼지기름을 태우며 피어오르는 연기에 어른거렸다. 그런데 그때 문득 금령의 머물고 있는 천막의 입구 열리며 그녀가 모습을 드러냈다. 이런 일은 좀체 없었으므로 사람들이 일제히 금령을 바라봤다.

"별일 아니니 신경 쓰지 마시오. 답답해서 잠시 나와 봤소."

금령의 말에 사람들이 긴장을 풀었다. 그리고는 다시 잘 익은 멧돼지 고기와 숲의 깊은 밤을 즐기기 시작했다.

찬란한 밤이었다. 석요송은 별빛 아래 천천히 숙영지 주변의 숲을 거닐었다. 발끝에 걸리는 풀에게조차 미안한지 석요송의 발걸음은 무척 조심스러웠다. 그렇게 얼마를 걸었을까. 문득 석요송이 걸음을 멈췄다. 그리고는 천천히 신형을 돌려 자신이 걸어온 길을 바라봤다. 길고 어두운 숲이었다.

"인검!"

갑자기 어둠 속에서 사람의 목소리가 들렸다. 석요송이 시선을 돌려 소리가 난 쪽을 바라봤다. 일영이다.

"어떻소?"

석요송이 물었다. 다른 사람들에게는 몰라도 밀영들에게는 절대적인 존재로 인식 받는 석요송이다.

"금산에 든 장로가 열이고, 나머지 장로들도 금산 일백 리 경계에 들어 있습니다."

“주변을 살펴보았소?”

“소도주의 뒤를 따르는 자들은 세 무리가 있습니다.”

일영의 대답에 석요송이 고개를 끄덕였다.

“어떤 자들인지 알아보았소?”

“두 무리는 예상했던 자들입니다. 북종 금천명과 남종 금자명 장로의 사람들인 것이 확실합니다.”

“나머지 하나는?”

“확실치가 않습니다.”

일영의 대답에 석요송의 눈이 가늘어졌다.

“밀영도 정체를 모른다?”

“신중히 살피고 있으니 곧 알게 될 것입니다.”

“이미 금산이 가까웠소. 위험한 땅이오. 면밀히 살펴야 하오.”

“알겠습니다.”

“그리고… 조심해야 하오. 물론 다른 쪽에서도 은밀히 사람을 움직이고 있지만 금산 경내에서 밀영의 활동은 비밀이어야 하오. 목숨이 위험한 일인 것을 명심하시오.”

“그 역시 조심하고 있습니다. 그럼!”

일영이 고개를 숙여 보이고는 홀연히 그 자리에서 사라졌다. 그러자 석요송이 나직하게 중얼거렸다.

“어찌 적이 없기를 바랄까. 이 금산에서 금문의 향배가, 천하의 향배가 결정될 터인데…….”

그런데 그때 문득 석요송의 뒤에 금령의 목소리가 들려왔다.

"누가 있다고 하오?"

석요송이 금령이 목소리에 뒤를 돌아봤다. 금령이 가면을 벗은 얼굴로 석요송을 보고 있었다. 어찌 보면 신비롭고, 또 어찌 보면 요사스러운 아름다움이다. 석요송은 자신도 모르게 가슴이 진탕되는 것을 느꼈다. 그러자 자연스럽게 대정심공이 일어나 흔들린 그의 가슴을 진정시켰다.

"홀로 숙영지를 벗어나는 것은 위험합니다."

"하하, 누가 날 위험하게 한다는 것이오?"

금령이 되물었다. 물론 석요송도 강호에 금령을 위협할 만한 인물이 거의 없음을 알고 있었다. 그러나 사나운 맹수도 늑대가 무리로 달려들면 결국 목숨을 잃는 법이다.

"적은 밝은 곳에 있지 않습니다."

"걱정 마시오. 그대를 아주 가까이서 따라왔으니까. 그대의 곁이라면 어둠 속에 있는 자들도 무서울 것이 없지."

"절 너무 믿지 마십시오."

"그대의 약조를 말이오? 그대의 무공을 말이오?"

금령의 말이 장난스럽다. 이럴 때는 또 천진한 젊은 여인의 모습이 느껴지기도 하는 금령이다.

"둘 모두입니다."

"실망이구려. 난 그 둘 모두를 믿고 싶은데……."

그러자 석요송이 조용하면서도 서늘하게 말했다.

"전 패도를 좋아하지 않습니다. 사람이 다른 사람 위에 군림하는 것은 어떤 이유에서든 옳은 일이 아니지요. 그렇지만 소도주께서 패도를 가시겠다니 한 말씀 드리고 싶습니다."

"말해보시오."

"패도를 가는 사람은 고독할 수밖에 없습니다. 또한, 스스로도 고독을 즐겨야 합니다. 패도는 더불어 갈 수 없는 길입니다. 독보! 홀로 걸어가야 하는 길입니다. 소도주께서 기왕에 패도를 걷기로 하셨다면 다른 사람을 믿지 마십시오. 또한, 다른 사람을 의지하지도 마십시오."

"그게 인검 그대여도 말이오?"

금령이 무겁게 물었다.

"그렇습니다."

"힘든 말이구려."

"선택은 언제나 자신의 몫이지요."

"내가 원한 길이다?"

"정확히 말하자면 원한 것이 아니라 선택한 것이지요."

"강요된 선택이라도?"

"인검의 길도 있습니다."

석요송의 대답에 금령이 잠시 어색한 표정을 지었다. 그녀 역시 누군가에게 강요된 길을 가게 하고 있지 않은가. 자신의 불평이 석요송에 비하면 어리광에 불과하다고 느꼈던지 금령이 말없이 주변을 두리번거리며 딴청을 피우다가 불쑥 물었다.

"일영은 다녀갔소?"

"그렇습니다."

"뭐라 하더이까?"

"따르는 자들이 있다고 하더군요."

"음… 금산의 영역에 들어가면 만날 수 있겠군."

금령이 말했다.

"그들이 소도주님을 공격할까요?"

"아마도 그럴 거요. 날 반대하는 자들에게 상책은 내가 금산에 도달하지 못하는 것이고, 두 번째로 좋은 것은 금산지회에서 내가 후계자로 인정받지 못하는 것이며, 하책이 날 시험하는 것일 거요. 그러니 어찌 상책을 포기하겠소."

"삼십삼진을 둘러온 것은 잘한 일이군요. 그들은 한동안 소도주의 행적을 찾지 못했을 겁니다. 해서 지금껏 공격이 없었던 것일 테고 말입니다."

"맞소. 나로서는 잘된 일이지. 사실 금산 백 리 안쪽에서의 기습은 나로서도 상대하기가 수월하다고 할 수 있소. 그들은 죽어도 되는 자들이니까. 금산 밖에서야 금문의 문도를 함부로 벨 수 없으나 금산 안쪽이라면 규율을 어기고 금산에 들어 칼을 휘두른 자들, 죽어도 하소연할 곳이 없을 것이오."

금령의 말에 석요송이 고개를 끄덕였다.

"밀영들에게도 해당하는 말이군요."

"경험이 많은 자들이니 큰 문제는 없을 거요."

"호천단의 호위를 강화해야겠습니다."

석요송의 말에 금령이 고개를 저었다.

"그럴 필요 없소. 난 오히려 저들을 만나고 싶구려. 이대로 금산까지 입성하는 것은 그리 좋은 일이 아니오. 장로들에게 경고를 해줄 필요가 있소. 내게 도발한 자들이 어떤 결말을 맞는지… 그 모습을 보면 장로들도 금산에서 말조심들을 하겠지."

　금령의 말에 석요송이 몸이 절로 떨렸다. 이것이 권력이다. 이것이 권력을 탐하는 자들의 행보다. 사람의 목숨조차도 하나의 소모품일 뿐인 세계가 바로 이 세계다.

　“그대의 검이 쓰일 때가 온 것 같소. 인검의 검 또한 무섭다는 것을 장로들에게 알려줘야겠지.”

　“금산이 아니라 혈산이 되는 건가요?”

　“강호무림 어딘들 피 흐르지 않는 곳이 있겠소? 금산만 특별한 것은 아니오. 그만 돌아갑시다.”

　금령이 덤덤히 대답을 하고는 신형을 돌리며 가면으로 얼굴을 가렸다. 석요송이 그런 금령의 뒷모습을 보며 나직하게 한숨을 쉬었다.

　금령과 석요송의 예상은 빗나갔다. 일행은 그 누구의 기습도 받지 않고 금산에 도달했다. 이상한 일이었다.

『북천십이로』 4권에 계속…

8월 말에 몰려오는 거대한 흐름!
세상을 보는 또 하나의 창!
이젠-북(ezenbook)!
클릭하세요!

오픈 할 때, 통큰 이벤트도 열립니다

세상을 보는 또 하나의 창-이젠북
ezenBOOK

NOMEN

노멘

이영균 장편 소설

**억울한 누명으로 인한 감옥살이 1년.
직장, 친구, 애인도… 모두 떠나 버렸다.**

911테러 이후, 극비리에 진행된 프로젝트,
그리고 그 결과물, 슈퍼컴퓨터 HAL8999

대한민국의 평범한 청년 동범과
인류가 만든 최고의 컴퓨터에서 깨어난 존재의 만남.

Nomen est omen 이름이 곧 운명!

**인류의 미래를 가르는 사건은
이 우연한 만남으로부터 시작되었다.**

마교가 무림을 일통한 지 십 년.
강호의 도의는 땅에 떨어지고 오직 칼의 법칙만이 지배하는 환란의 시대는 끝날 기미를 보이지 않았다. 그러던 어느 날, 혼마(魂魔)가 죽었다. 오십 세에 혼세신교(混世神教)의 교주로 등극, 구십 세에 구주팔황과 사해오호를 정복한 철의 무인은 고락을 함께 했던 수백 명의 마군(魔軍)들이 지켜보는 가운데 조용히 숨을 거두었다. 그리고 삼 년 후. 한 사람이 신교를 떠났다.

마도의 하늘 아래 살 수 없는 자. 금시도(金砂島)로 오라.

신비로운 열 개의 병기, 내력을 알 수 없는 사내.
그를 만나기 위해 찾아온 수많은 사람들의 금사도를 향한 여정은
과거에도 없었고 앞으로도 없을 대살성의 탄생을 예고하는 서막이었다.

참마도 新무협 판타지 소설

"하늘의 달은 벗 삼아도
땅 위에 떠오른 달은 피하리.
그 달 아래 춤을 추는 자,
사람이 아니리 귀신일지니……"

뜨거운 대지 위에 차가운 달이 떠오른다.
희뿌연 검광과 피가 흩뿌려지고
망자의 혼이 허공에서 춤출 때
귀역의 사자가 그곳에 있을 것이다.

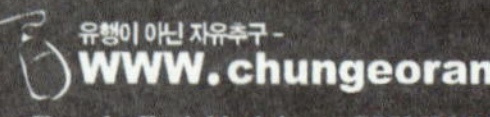
유행이 아닌 자유추구 -
WWW.chungeoram.com
Book Publishing CHUNGEORAM